地火

梅方义　著

九州出版社
JIUZHOUPRESS

图书在版编目 (CIP) 数据

地火 / 梅方义著 . -- 北京 : 九州出版社 , 2024.1
ISBN 978-7-5225-2617-1

Ⅰ . ①地… Ⅱ . ①梅… Ⅲ . ①长篇小说 – 中国 – 当代
Ⅳ . ① I247.5

中国国家版本馆 CIP 数据核字 (2024) 第 042830 号

地火

作　者	梅方义
责任编辑	赵恒丹
出版发行	九州出版社
地　址	北京市西城区阜外大街甲 35 号 (100037)
发行电话	(010)68992190/3/5/6
网　址	www.jiuzhoupress.com
电子信箱	jiuzhou@jiuzhoupress.com
印　刷	济南精致印务有限公司
开　本	880 毫米 ×1230 毫米　32 开
印　张	11.125
字　数	250 千字
版　次	2024 年 1 月第 1 版
印　次	2024 年 3 月第 1 次印刷
书　号	ISBN 978-7-5225-2617-1
定　价	68.00 元

地下奔突的力量，来自地火

——读方义长篇小说《地火》有感

盛　军

收到梅方义先生的长篇小说《地火》手稿，厚厚的书稿，如同金秋丰厚的收获，我为之惊叹。方义在煤炭企业工作三十余年，现已年过半百，却文学情怀不减，为记录三十年来中国煤炭工业发生的翻天覆地的变化，向从未涉足的长篇小说创作发起了挑战。其间的酸甜苦辣，外人难以知晓。我有幸先后读到《地火》的征求意见稿和修改稿，从中可以看出一位煤矿老工作者为勇于开辟自己文学领域所付出的艰辛。煤炭行业的工作性质我是了解的，日常工作紧张繁忙，容不得半点懈怠、敷衍，方义能从忙碌的工作中挤出时间，创作二十多万字的长篇小说，实属不易，令人赞叹和敬佩。

《地火》是一部着眼当代、面向未来的现实主义题材作品。作者以悲悯之心观照大千世界，以温暖的笔触展现世事沧桑，将耳闻目睹的煤矿企业日新月异的变化，真实而生动地呈现在了读者面前。作者丰富的人生阅历，扎实的企业管理经验，多年积累的文学素养以及不甘平庸的追求与探索，使《地火》中的企业改革发展、转型升级的事例鲜活、生动、饱满，故事结构严谨、情节曲折自然，人物的塑造凝神聚力，思想情感深刻准确，给人以老练成熟之感，体现了作者的艺术涵养和创作智慧。

《地火》不停留在满足人们对煤炭企业自身发展和人物命运的好奇心上，写煤矿而不止于煤矿，由点到线，由线到面，由面到体，由体到时空，逐层深入，逐步拓展，将几代煤矿人的信仰与力量，集中呈现在广阔而深邃的文学艺术世界中。小说从二十世纪九十年代入手，从煤矿最开始的炮采、人工采掘，到机械化开采，再到新时代信息化智能化无人开采，展现了煤矿工人“特别能战斗、特别能吃苦、特别能奉献”的优秀品质。特别是煤矿深入推进智慧化、智能化发展，以及立足煤、依托煤、延伸煤、超越煤的转型发展道路，书写了新时代煤炭工业文明的发展史，展现了在中国共产党领导下煤炭人不忘初心、牢记使命、追求梦想的时代光芒。

文学是一个国家和民族的精神核心，为广大人民群众服务，推动社会高质量发展。方义的孜孜追求，验证了作家的命运必然要与民族的命运紧密联系，才能实现真正的自我认知。这正与小说名称“地火”相吻合。方义大学毕业后，分配到特大型煤化工企业陕煤集团工作，从基层矿井到矿业公司，再到集团总部，经过多个层面历练，有丰富的社会、工作阅历。作为一个时代的亲历者和记录者，中国煤炭行业几十年的变迁史、矿工命运的沉浮史，被他在小说里客观而形象地呈现在读者面前。他笔下的刘海洋、张海明、张怀古、惠铜川、杨荔枝、任玉静、黄丽君以及刘宁、闵红光、李强安、王标等人物栩栩如生、跃然纸上。同时对薛明亮、熊玉民、四狗等小人物也着墨不少。因此，小说读来倍感亲切。小说着力塑造了刘海洋这样一个解放思想、团结奋进、锐意进取的企业家形象，主人公是一个农家子弟，靠自身不断努力，不仅改变了自己的命运，还改变了煤矿生产方式，改变了全体职工的生活面貌，使煤矿工人的工作环境、生活质量有了历史性转变。刘海洋以正直、向上的人格魅力，积极弘扬社会主义核心价值观，深刻影响、激励着每一位职工。小说营造的世界，虽有丑陋、苍凉、悲苦，但和谐、美善、进取、希望始终是生活的主基调，总能给人以力量。方义的小说，再现了现实主义创作的无限可能性和强大的艺术生命力。同时，以煤矿的管理改革为牵引，巧妙借助神秘人物文化大师张怀古的讲述，将煤矿精细化管理、干部走动式管理、岗位价值管理以及“双述”等管理方法进行了阐述，为人物形象的成功塑造，起到了映衬、帮扶、展示和表现的作用。

初涉长篇小说创作的方义，在主题选定、结构搭建、人物塑造、语言描述等方面完全没有生硬和突兀之感，主题突出鲜明，结构合情合理，故事引人入胜，人物鲜活生动，语言朴实无华，体现了作者的文学素养和朴实为人的处事风格。小说在事件冲突和情节发展中塑造人物形象，通过人物命运演绎来展现历史面貌、人间烟火，体现了优秀煤炭人无愧于时代、无愧于人民、无愧于民族的精神价值。正如鲁迅所说的“时代精神所居的大宫阙”，需要作家胸中的大气象和笔下的艺术大营造，《地火》无疑做到了这一点。

《地火》创造了一个“不平凡的世界”，读完意犹未尽。未尽的不只是对小说人物未来的期盼，还有对煤炭企业未来发展的期盼，还有对在第二个百年奋斗目标中煤炭行业高质量发展的更大期盼。未尽的还有对作者方义创作的更高期盼，这部长篇小说也许只是他创作生涯的一个起点，奋斗的人生最美丽，老当益壮、厚积薄发，相信他未来会有更多优秀作品与读者见面。

2023 年 7 月 10 日于北京和平里

（盛军，中国文艺评论家协会会员，中国煤矿文联副主席，《阳光》杂志社社长、主编。）

目　录

第一章

1

晨曦姗姗来迟，星星不肯离去。

此刻，躺在宿舍床上的刘海洋翻来覆去怎么也睡不着，各种事情在脑子里盘旋缠绕。这段时间对他来讲，是忙乱而复杂的。临近毕业了，同学们彻底放开了，四年的大学生活已经结束，他们即将奔赴不同的人生前程，心情总是起伏不定，难舍难分，又对新生活充满了向往和期待。有人忙着照相留念，有人忙着吃饭聚餐，有人互赠离别礼物。四年的大学生活，对刘海洋而言是收获满满的，这满满中既有学业上的收获，也有感情上的丰收，这二者的关系，他处理得游刃有余，不仅不会相互影响，还能做到互相促进，相得益彰。他基本上每个学期都能拿到学校的奖学金，还是学生会干部，大三的时候又向党组织递交了入党申请书，成了一名党员。在感情生活上，他也是丰盈且富足的，他的丽君还在老家等他回去。

黄丽君是刘海洋的高中同学，在高中念书的时候，他们就互生好感，生活上互相照应，学习上相互帮忙，生活上往往是黄丽君照顾他多，学业上则是他帮助黄丽君多。每星期食堂卖一次红烧肉，刘海洋是从来不买的，黄丽君经常跟他交换饭盒，因为她的饭盒里有馋人的红烧肉。黄丽君给他解释，她不爱吃肉，就硬塞进他的手里让他吃，他半推半就接过饭盒后，先是不吃，不停地闻香气，直到把溢出来的香气闻完后，才满足地张开嘴一口气吃完，再喝几口菜汤缓解一下憋胀的肚子，最后呆坐在原处，久久地回味着红烧肉的香味。天冷了，许多学生手脚都冻坏了，生了冻疮，黄丽君会把自己的灯芯绒棉鞋拿给他穿，惹得全班同学都向刘海洋投来羡慕的目光。

黄丽君经常会向刘海洋请教数学题，有时明明自己会也要让他帮忙讲解，刘海洋就耐心给她讲解。时间长了，日常的嘘寒问暖，加上偶尔肢体上的接触，使两个人的心越走越近。一天不见黄丽君，刘海洋的心里就会感到一阵阵的失落，感觉像是丢了什么东西似的。之后，他鼓足勇气给黄丽君写了一封滚烫的表白信，两人就这样坠入了爱河。每到傍晚，他们就在周边的田野里学习、谈情说爱。第一次拥抱，第一次亲吻，让刘海洋沉浸在一种新奇而炙热的情感中，黄丽君身体散发出来的自然香气，使他迷恋而不能自拔，他非常享受这种氛围。消息很快传到班主任那里，班主任很震惊很生气，说他俩是全班最有希望考上大学的，谈恋爱肯定会影响学习。有一天晚上十一点多，教室里只剩下刘海洋和黄丽君两个人，班主任突然走进来，说：“这么晚了，怎么还不回宿舍休息？”脸上明显露出不快。第二天，班主任在班级大会上说，快高考了，大家都要朝着这个目标冲刺，任何三心二意都是不允许的，尤其是不要谈情说爱。班主任虽没有指名道姓地批评，同学们还是渐渐地疏远了他俩。黄丽君是个心思敏感的女孩，她明显感觉到了异常和压力，学习成绩下降得很快。在一次深情地相拥之后，黄丽君鼓励刘海洋好好学习，不要因为她而分心。高考结果出来了，全班只有刘海洋一个人考上了大学。刘海洋坚持让黄丽君复读考大学，但最后她选择在镇小学教书，她说不想拖累他，希望他能走得更远。那时候刘海洋痛苦极了，大冬天在学校的操场上哭了一晚上。

刘海洋开始大学生活后，两个人的感情非但没有断，反而越发浓烈。黄丽君经常对他说，亲爱的海洋哥，我在老家等你回来，我对你一辈子好，给你生儿育女。

现在，刘海洋出神地盯着天花板，长长地出了一口气，丽君已经整整等了他四年。四年里，他遇到任何痛苦和磨难，丽君都会鼓励他，他就是在这种鼓励和支持中挺过来的，他发誓将来一定要出人头地，活出个样子给丽君看，不能对不起她对自己的一片深情。

好在，马上就能见到丽君了，刘海洋的眉宇间闪过一丝喜色。半个月前，丽君在镇上给他打了长途电话，约好明天下午在秦黄省城火车站见面。丽君的父亲是跑长途运输的司机，她明天会跟着父亲从老家赶到省城见他。他原本是反对她过来的，但是丽君说想他了，非要在省城见他，他原本计划先去葫芦滩煤矿报到，把一切事情安顿好以后再接她过去，但是她死活不肯。他拗不过她，就只好约在省城见面了。

睡不着，刘海洋干脆下了床，来到窗前。一轮皎洁的月亮挂在天际，校园内静悄悄的，依稀还能听到一两声蝉叫。尽管已经到了后半夜，天气依然很燥热。想起不久他就要到葫芦滩煤矿报到，开启人生的另一段旅程，他又陷入了沉思。本来他是有机会留校当老师的，但他觉得还是要到基层去，到煤矿去，才能将四年所学知识派上更大的用场，他立志要在煤矿干一番事业。想起从未谋面的葫芦滩煤矿及今后火热的工作场景，刘海洋的心情又异常兴奋了起来。意识到明天还要坐火车，刘海洋又重新躺下，强逼自己睡觉。

第二天，天蒙蒙亮，一阵急促的敲门声把刘海洋从昏昏沉沉的睡梦中叫醒。

“海洋，收拾好吗？一会儿该出发了。”门外一个声音喊道。刘海洋想都没想就应了一声，敲门的是他的同学薛明亮。他俩都是学生会的干部，平日里也是非常好的朋友。今天，他们相约一块儿坐火车去秦黄省的省城，然后去单位报到。脑袋传来一阵阵的疼痛感，显然是由于昨晚没睡好，不过，刘海洋现在顾不了这么多，赶时间要紧，他迅速下了床，穿好衣服，拿起毛巾和脸盆急匆匆地去洗漱了。

2

7月5日，刘海洋终于坐上了从徐州开往秦黄省省城的火车。他之所以选择7月5日出发，是因为要在7月7日到达葫芦滩煤矿，之前他还要在秦黄省城停留一天，跟丽君见面。就在四年前的7月7日，刘海洋从众多考生中脱颖而出，考上了中国矿业大学，所以他觉得7月7日是个好日子，能给他带来机遇和好运。

同行的薛明亮一见到刘海洋，就笑着问他为什么打扮得这么时髦帅气，是不是为见黄丽君特意打扮的。

薛明亮也认识黄丽君，每次黄丽君来徐州看刘海洋的时候，他们三个人经常在一起吃饭，谈天说地，一块儿去探访城外的名胜古迹或去郊外游玩踏青。

一条灰白色带点亮色的牛仔裤，配一件浅蓝色的衬衣，使刘海洋整个人看起来既时尚又精神。刘海洋也不遮掩，若无其事地告诉薛明亮，他就是为了见黄丽君才这样打扮的。

陇海铁路线是东西交通大动脉，过往火车全年都是拥挤的，刘海洋和薛明亮好不容易挤上了火车，却找不到座位，他俩也只能将就着挤在过道处。卖食品的服务员来往穿梭叫卖手中的食品，服务员经过身边的时候刘海洋他们只能单腿站立，车厢内到处弥漫着汗味还有食品的味道。火车快开到郑州的时候，刘海洋终于找到了一个座位。刚坐下不久，从郑州车站上来一名中年妇女，怀里抱着一个孩子，不停地哭闹，刘海洋不忍心，就把座位让给了这名妇女。尽管很累，加上昨晚基本一夜没合眼，此时的刘海洋感觉骨头都要跟肉体分离了，可他的心情还是很激动——父母养育了自己23年，今天终于能独立了，加上马上就要见到丽君，他的魂儿早飞了出去，毕竟精神世界的愉悦能战胜身体上的疲累。刘海洋想着想着，就站在过道上睡着了。一觉醒来，火车已到了河南灵宝，一摸裤兜——糟了，被刀子割破了，兜里的四十块钱也不翼而飞。那四十块钱是他获得优秀学生干部的奖金，真让他心疼了好一会儿。广播传来提示音，终点站终于到了。刘海洋和薛明亮下了火车，看到秦黄省城整齐高大的城墙，刘海洋非常吃惊，这么完整的城墙能保存下来，真的是不容易。

火车站外，在熙熙攘攘的人群中，黄丽君一眼就认出了刘海洋。她踮起脚，一边挥着牌子，一边吃力地喊着：“海洋哥，海洋哥！”刘海洋也看见了黄丽君，也挥着手，向她这边走来。

“路上累不？一定饿了吧！快把东西给我。”黄丽君一见到刘海洋就关心地问这问那，顺势从刘海洋的肩膀上拿下满当当物品的背包，套到了自己的胳膊上。

薛明亮俏皮地问道：“就关心你家海洋，也不问问我累不累？”

黄丽君有点不好意思地说道：“你那身板，两头牛都干不过你。”说完，黄丽君笑着看刘海洋。

“唉！我就是没人疼的跟屁虫。”薛明亮叹了一口气，就朝前走了。

三个人来到路边一个小吃摊前，要了稀饭和肉夹馍。刘海洋第一次吃肉夹馍，觉得很香，也可能是饿了的缘故，剁碎了的瘦肉加上青椒、大蒜和孜然，吃着非常可口。因为薛明亮还要赶去新单位报到，吃完饭后，薛明亮就去汽车站坐车了。

送走了薛明亮，黄丽君再也忍不住了，她双手紧紧抱住刘海洋，脸蛋儿紧贴着刘海洋的胸膛。

刘海洋连忙用手在黄丽君的头上抚摸着，对她说：“乖！这儿人多，让人看见就不好了。”

黄丽君这才反应过来，直起身，害羞地把头转过去：“海洋哥，我知道有个好地方，离这儿也不远，没人打扰咱，我们可以静静地说一会儿话。”

说完以后，黄丽君兴奋地拉起刘海洋的手，两人沿着大路，朝着省城西南方向走去。

终于，他们在一片柳树林旁停了下来。刘海洋看了看，他们已经走出了省城的中心地带，这个地方属于郊区。远远的，还能听到机器作业的轰鸣声，应该是一处建筑工地发出的声响。

两人一前一后走进这片不太茂密的柳树林里。他们坐下来，各摘了几根柳叶条，在手里捏着，摸着，撕着，半天谁也没开口说话。

等了一会儿，黄丽君率先开口："海洋哥，从内心上说，我不想让你去煤矿上工作，我不懂煤矿，不能说煤矿不好，主要是离我太远了。现在好不容易等到你毕业，日夜盼着你回老家来，现在刚一见面，你明天又要离开我了。"

刘海洋扔掉一根柳叶条，把黄丽君搂在怀里，难过地说："我也舍不得你，但是你放心，等我到新单位安顿好以后就接你过去，到时候，我们就能永远在一起了。"黄丽君脸上挂满了激动的眼泪，她缓缓地抬起头，看着亲爱的海洋哥眉头结成一个疙瘩，一副惆怅难过的样子，心里马上就后悔了。她不该这样难为海洋哥，不该为了自己而断送海洋哥的前途，他的幸福就是她的幸福，他的前途也是她的前途，还分彼此吗？她为刚才自己的鲁莽而后悔。

黄丽君抹去脸上的泪水，说："海洋哥，真的，你一身才能，就应该用到更大的地方去，不应该只守着我，只是……"黄丽君咬了咬嘴唇，直直地看着眼前的刘海洋。

"只是什么……"刘海洋担心地问道。

"我没有别的心愿，只是你什么时候也甭把我丢下。"黄丽君委屈地说道。

"你啊，看你说的，我丢了自己的命也不能丢下你啊。"刘海洋半开玩笑半正经地说。

黄丽君转过脸，几乎是央告着说："你的命就是我的命！不准你以后再说这样的话，我要你平平安安、健健康康的，你要是有个三长两短，我就爬井，要么爬黄河去！"

"傻丫头！怎么会呢。"刘海洋没想到，自己随口的一句话，竟然引起黄丽君这么大的反应，他有点后悔自己不过脑子就讲出这些话。

"你看你胳膊凉得像冰一样，小心感冒了！天已经黑了，咱们回吧。"

刘海洋点点头。两个人转到土路上，相伴着向城里的方向走去。远处，省城的灯火已经亮起来了，把黑夜照得通明，整个城市也在白天的喧闹声中安静了下来，路上的行人和骑着自行车的市民们自觉地加快了回城的速度。

第二天天不亮，黄丽君就坐上父亲的汽车回去了。临走的时候，她给刘海洋留了一个包裹。刘海洋打开包裹，看见里面整整齐齐地放着一件毛衣，还留了一张小纸条。他打开纸条，看到里面的话，瞬间就坐不住了。纸条上面写着：亲爱的海洋哥，这件毛衣我是花一个假期织出来的，煤矿的冬天冷，到时候你一定穿上它。瞬间，一股暖流从刘海洋的身体中升腾起来，紧接着鼻根一酸，眼泪已经湿润了双眼……

3

葫芦滩煤矿位于秦黄省中部平原的葫芦滩镇，建矿很早，年产180万吨煤炭，有两个炮采队，一个综采队。

7月7日，是刘海洋去煤矿报到的日子。他早早来到汽车站坐上了去葫芦滩镇的汽车。汽车启动后，一路向东北行驶，驶离了省城的繁华后，越走越荒凉，看着道路两旁山丘上稀疏的树木和大风扬起的尘土，刘海洋的心情也逐渐凉了。汽车摇晃了三个小时后，终于在葫芦滩镇汽车站停了下来。下了汽车，刘海洋问司机葫芦滩煤矿怎么走，司机告诉他出了汽车站左拐，顺着街道往前走一公里就到了。葫芦滩镇街道两旁都是平房，拉煤汽车一辆接着一辆，大风一过，扬起漫天的煤尘，让人连马路都看不清楚。附近的庄稼、树木都被盖上了一层厚厚的煤灰，连树上不知名的鸟从头到脚看起来都是黑的。比起山清水秀的老家，这里真是有天壤之别，刘海洋的心里顿感失望。走着走着，他看见一栋办公楼上挂了两块牌子，红字写的是“中国共产党葫芦滩煤矿委员会”，黑字写的是“葫芦滩煤矿”。

刘海洋刚要进大门，就被一个老头拦住了，老头以为又是推销产品的，就让刘海洋出去。刘海洋拿出派遣证，解释说他是新分配来的大学生，今天是来报到的。

“噢！你是大学生啊！”老头立即热情起来，“今天是来报到的吧！那就是组干科的闵科长。”老头指着不远处一个梳着背头，年龄约莫三十岁的男人说。这个人正在院子里专心致志地打台球，见来了个大学生，就主动走了过来，他看了看刘海洋手中的派遣证，然后热情地握住他的手说："我是组干科的闵红光，非常欢迎你来单位报到，感谢组织能派一个矿大的高材生到我们单位来，我们真是捡到了金凤凰，现在矿上正是缺人才的时候，尤其是缺有知识、有文化的年轻人。"闵红光的一顿夸赞，让刘海洋心里暖洋洋的，又重新燃起了对葫芦滩煤矿的希望。

闵红光把刘海洋迎到了他的办公室，给他倒了一杯热腾腾的茶水，见这个大学生满脸污垢，满身灰尘，差点没笑出声来，就让他赶紧去洗洗手和脸。然后拿出一张干部履历表，让刘海洋填写。填写完之后，闵红光又领刘海洋去食堂吃饭。食堂做的是卤面，面对粘成一团的面疙瘩，刘海洋一口也吃不下，就要了两个馒头，要了点油泼辣子，就这样吃了起来。吃完饭后，闵红光又安排他到招待所住下。

第二天早上，刘海洋早早地来到闵红光的办公室。闵红光对他说："生产科或炮采队，你选一个。"

"哪个好？"刘海洋问道。

"那肯定是生产科嘛，机关单位，谁不想去？按照你的条件，你可以去生产科。"

刘海洋说："我要去炮采队。"闵红光在心里对这个年轻人竖起了大拇指。

于是，刘海洋被分配到炮采队当了一名见习技术员。炮采队队长李强安看他一米八的大个子，身体还结实强壮，就对他说："小伙子身体棒，先到工作面攉几天煤吧！"

刘海洋说："队长，没问题。"刘海洋说这话是有底气的，以前在老家干农活，没日没夜的，也没把自己累着，攉几天煤算什么！大学实习的时候，他也在煤矿下过一段时间井，不过那是综采工作面，劳动强度相对小。

李强安又给他安排了宿舍，宿舍楼里住的全是葫芦滩煤矿的单身职工。刘海洋被分配到了 305 宿舍，和两个舍友同住。刘海洋首先做了自我介绍，那两个人也各自介绍了自己，一个叫大头，一个叫惠铜川。大头和惠铜川都是炮采队的协议工，大头跟刘海洋还是老乡，两人因此就有了几分亲切感。惠铜川老家在秦黄北部的黄土高原上，他一口的黄牙，喜欢写诗，十足的文人样儿。大头和惠铜川听说刘海洋是大学生，学校前面还带“中国”字样，两个人都非常羡慕，三个人聊了好长时间。期间，刘海洋向大头和惠铜川了解了葫芦滩镇、葫芦滩煤矿及炮采队的一些情况。

第二章

1

井下是靠力量和拳头说话的，这话在葫芦滩煤矿的井下是一点也不假的。

第一天下井，李强安出于安全考虑，让大头全天带着刘海洋干活儿。下井之前，炮采队召开了班前会，队长李强安先是分配了工作任务，这个班的任务是干五茬儿炮。随后，李强安重点安排了安全工作，强调要认真落实“一炮三检”和“三人联锁”制度，任何人不准冒险作业。开完班前会，大头带着刘海洋到职工澡堂换工服，每个人都脱了个精光，在更衣柜前换上了工服，大头和惠铜川还趁着换衣服的时间抽了一根烟。然后一行人去矿灯房排队领取矿灯和自救器，乘坐罐笼到井下，再坐猴车到了工作面。

刘海洋还是第一次坐猴车。猴车类似于缆车，是由一根铁棍带上坐墩和两个踏板，人可以像猴子一样蹲在上面，由钢索带动运转。工作面满是煤尘，即便睁大眼睛都很难看清脚底下的路，头顶上面还不时有煤渣往下掉落，碎煤块砸在安全帽上咣咣地响。

开始干活儿后，他们先是在煤墙上用煤电钻打眼儿，打好眼儿后，在每个眼洞里装上火药，把线连接在一起，等放炮员连喊三声“放炮喽！”后，所有人都躲到安全地带，放炮员拧动放炮器，然后就听见“咚”的一声巨响，煤就炸开了。只见班长第一个带头冲出去，一群人紧跟着一拥而上，抡起铁锨甩开膀子，把散落的煤往溜槽上攉。

刘海洋不会打眼放炮，只能去攉煤，攉煤用的铁锨比自家的铁锨大一倍还多，使用起来很吃力。刚开始他还能坚持，两茬儿炮下来，已经是汗落如雨，汗水由里到外，浸湿了全身，手疼得握不住铁锨，整个人都麻木了，这比他在家干农活儿要累多了。刘海洋干一会儿就要停一会儿，脸憋得通红，不停地喘着粗气。大头却不用歇，一直在埋头攉煤，飞起的煤灰把他的脸面盖住了，只有在说话时才露出两排洁白的牙齿。一茬儿煤刚攉完，汗水未干，下一茬儿又开始了。一个班下来，刘海洋感觉像是被扒了一层皮，走起路来都轻飘飘的。

坐下来休息的时候，大头说：“你看着高大结实，实际是虚怂一个。”

刘海洋喘着粗气，有气无力地说：“大头，你身体真好，干活儿都不带喘气的。我是实在累得撑不住了。”

“海洋是个秀才，一看就是个坐办公室的料。再说你是刚来，还需要适应，井下这营生急不得也慢不得。”惠铜川咧开嘴，露出黄牙笑着说，“大头里里外外都是一把好手，攉煤没问题，回家也能把媳妇伺候好。”

“老惠说这个话，我不反驳。”大头说完后，哈哈大笑起来。

刘海洋也跟着不好意思地笑了。

到了澡堂，很多人光着身子蹲在地上抽烟。大头和惠铜川也不忙着洗澡，他们点上烟，心满意足地抽着，等彻底过了烟瘾后，才跳下水池，优哉游哉地搓洗起来。刘海洋在漂了一层煤灰的热水池子里泡了泡疲乏的身子，又进去冲了淋浴。

洗完澡后，刘海洋到职工食堂买了一碗汤面和两个馒头，狼吞虎咽地吃了起来。即便他不爱吃面食，现在也已经顾不了那么多了，身体是革命的本钱，填饱肚子才是最重要的。吃饱喝足，刘海洋回到宿舍，一屁股坐下，然后四脚朝天就躺在了床上，一天紧绷的神经如泄气的皮球一样松弛了下来。他屈指一算，从班前会到下井干活儿再到升井洗澡吃饭，整整 11 个小时，大头说这还不算延时和打连班，否则时间更长。

张开手掌，看到掌心起了两个水泡，隐隐作痛，加上浑身传来的疼痛感，让刘海洋开始怀疑自己能否坚持下来。今天第一次下井，就弄得丢盔卸甲，狼狈不堪，这样超负荷的劳动他还是第一次，主要是身体吃不消。

“起泡算个啥，我第一次下井，一下子没注意，脑袋差点碰到飞过来的铁锨上，差点破相。”大头说。

“应该是你抓铁锨的姿势不对，导致用力不匀称，所以才会起泡。”惠铜川说。

刘海洋喜欢自己跟自己较劲，心里瞬间发出一个声音：你怎么能当个懦夫呢，你来煤矿是干什么的？是为了实现你的理想抱负和人生价值，将来好出人头地，光宗耀祖，振兴家族的，这点疼痛算什么？再说，你刚来，一定要好好表现，给领导和工友们留个好印象——他刘海洋可不是来葫芦滩混日子的，他是来干事业的。刘海洋紧握双拳，将拳头举在半空中。

“大头，矿上有健身的地方吗？”刘海洋突然问道。

“有啊，就在宿舍楼后的广场上有健身器材，不过很陈旧。”大头被刘海洋搞得一头雾水。

刘海洋站起来，整理了一下衣服，径直走出房间，并对身后的大头和惠铜川说：“房间里太闷了，我去外面散散步。”

刘海洋来到大头所说的广场上，看见锈迹斑斑的双杠和高低杠，仿佛动一下就会发出吱吱的声响。夜幕下，刘海洋在双杠上练了起来，练习的目的是增强双臂肌肉的力量，到时候下井攉煤不输任何人，给全班的工友们展示一个不一样的刘海洋——他刘海洋不仅会握笔，干硬仗也不在话下。想到这里，刘海洋忍着疼痛加快了上下起落的速度。

果不其然，一个月下来，刘海洋逐渐适应了残酷的井下生活，毕竟自己身强体壮，加上天天锻炼，攉煤对他来讲已不再是难事。但对比大头还是输三分——他一个人抱铁柱子，仍是感觉很吃力；大头一手提一根，还显得轻松自在。

2

入了冬的葫芦滩煤矿显得格外萧条，除了单调的黑色外，似乎再也找不到其他颜色了。煤矿工人还是三班八小时，简单重复地工作着。时令大雪过去三天后，葫芦滩迎来了一场大雪，雪是从头天夜里开始下的。刚开始，零零散散，雪花还没等落地就消失得无影无踪了，但是到了黎明的时候，雪就开始越下越大，临近中午时分，葫芦滩已经披上了一层厚厚的银装。

雪的到来使整个矿区变得有了生气，远处的选煤楼、办公楼、宿舍楼、矿区学校、医院、家属楼及依山而建的棚户区在白雪的覆盖下显得格外干净整齐。由于路面打滑的原因，汽车放慢了速度行驶在笔直的矿区大道上，骑自行车来上班的工人们也干脆推着前行。

转眼之间，刘海洋来葫芦滩煤矿工作已经半年多了，这半年对刘海洋来说，是具有非凡意义的半年，他实习期已满，正式成为炮采队的一名技术员。炮采队总共有二百多号职工，有四个技术员，他是最年轻的。但一切又好像才刚刚开始，有时候他感觉这半年是短暂的，他在这里有过欢乐和愉快，也有过伤心和难过，期间经历了很多事，懂得了不少的人情世故，也结交了很多的朋友，工作上获得了支持和理解，很多事都是他终生难忘的……他现在已经很少下井攉煤了，主要是干一些技术上的工作，或者带班、值班、开会。

天气转凉以后，刘海洋就穿上了黄丽君给他织的那件毛衣，毛衣并不厚，但穿上以后，刘海洋感觉热乎乎的。期间，他跟丽君通了几次长途电话，还相互写了好几封信，他明显感觉到，黄丽君总是有意无意地提及婚嫁的事情，虽然没有明确说出来，但是中心思想和主要内容是围绕这个话题展开的，甚至说能否让双方父母见个面，也算是认个门，她大概是想等刘海洋主动提出来。

刘海洋当然知道黄丽君的想法，即便不算高中那时候懵懵懂懂的感情生活，他们也已经谈了四年多，黄丽君等了他四年多，他应该给她一个交代。但是他转念一想，自己刚在煤矿上稳定下来，根基还不牢固，煤矿是个高危行业，磕磕碰碰不是什么稀罕事。再说，父母刚把他供养出来，穷家薄业，哪儿还有实力给他讨媳妇，彩礼钱就是个问题，父母年龄大了，已经干不动了，他刘海洋不能再从父母身上榨油水了，他得好好赚钱。现在他每个月都给家里邮寄一百块钱的生活费，有时候更多，但这远远抵不上父母亲对他的养育之恩。

刘海洋想再等两年，等他手上宽裕以后，自己凭实力把丽君娶回来。当他把想法告诉黄丽君的时候，黄丽君给他的答复是：我等你。

3

305宿舍的隔壁306房间里，住着一位新来的大学生叫刘宁。刘宁毕业于省城采矿学院，专业是学机电的，被分配到了矿综采队上班，与刘海洋一样，也是技术员，上个月刚刚通过矿上组干科的考核，顺利度过了实习期。由于都是新来的大学生，因此无论从身份上、见识上，还是思想上，两个人都很投缘，他们经常在一起吃饭聊天，遇到工作上的难题也一块儿探讨沟通。

刘宁的父亲是葫芦滩煤矿分管生产的上任副矿长，现在已经退休。父亲深知煤矿的艰辛和危险，原计划是不让刘宁来煤矿工作的，在综采队也只是个过渡，一旦时机成熟就把刘宁安排在机关科室里，这样既有一份稳定的工作，也能远离煤矿的危险。

刘宁是个热心人，有一天他把刘海洋拉到一边，神神秘秘对他说："劳资科有个女孩叫任玉静，长得很漂亮，是我的发小，我想介绍你们认识一下。"

刘海洋说："做个朋友认识一下可以嘛！"

刘宁所说的任玉静，实际刘海洋也认识，只是没有深交。任玉静毕业于省城师范大学，学的是汉语言文学专业，她的父亲任自忠是葫芦滩煤矿分管安全的上任副矿长，跟刘宁的父亲是老相识、老同事，两个都曾是葫芦滩煤矿的领导班子成员，现任组干科科长闵红光还是任老的部下，是任老一手培养出来的。任玉静和刘宁是从小在矿区长大的孩子，属于煤矿子弟，按时髦的话讲，他们是地地道道的"煤二代"。

每次刘海洋去劳资科办事的时候，总能碰见任玉静。她留着一个学生头，高个子，白皮肤，身材纤细，鼻梁上还架着一副眼镜，看起来很文气。在一次矿上组织的活动中，任玉静临时还客串了一把主持人，让刘海洋对她印象深刻。

第二天下午，刘海洋刚带完班升井回到炮采队值班室，刘宁就急匆匆地跑过来，对他说，他已经把任玉静约好了，这会儿任玉静正在镇上的江湖饭店等着呢。

刘海洋和刘宁来到江湖饭店时，任玉静已经在餐桌旁坐了很长时间。刘宁介绍两个人相互认识后，三个人就坐下了。刘宁知道刘海洋爱吃米饭，就点了下饭菜，有烧大肠、糖醋鱼、炒西葫芦和炒韭菜，刘海洋也是饿了，一连吃了三碗米饭，刘宁吃了两碗，任玉静只吃了半碗米饭。

得知刘海洋大学主修采矿后，任玉静便问："你是学采矿的，能不能说说关于煤的一些知识，让我这个门外汉也长长见识？"

"不敢当，就是相互探讨，互通有无，共同进步。"刘海洋说。找到了话题，也是他擅长的领域，刘海洋就侃侃而谈起来。刘海洋给任玉静谈了关于煤的成因、煤的作用及煤炭的衍生产品、煤炭的清洁利用等等话题，几次都让任玉静惊讶得张开了嘴巴，她没想到，原来煤浑身都是宝啊，有这么多神奇的作用和功能。她虽然在矿区长大，天天跟煤打交道，但是从来没有这么深入地了解过煤，听刘海洋一说，真是提高了认识，开阔了眼界。

听完刘海洋的讲述，刘宁和任玉静同时向他伸出了大拇指，说你懂得真多。刘海洋笑了笑说："我只是爱看书而已。"

三个人还聊了葫芦滩煤矿当下发展、井下安全管理及福利待遇方面的一些话题，越谈越投机，越聊越兴奋，一直聊到饭馆打烊，老板过来提醒，三人才结束了话题，踏着夜色，一起向葫芦滩煤矿走去。

第三章

1

元旦一过，葫芦滩煤矿就接到了一项硬任务，也是政治任务。省煤炭局团委要举办一场主题为“煤海建功青年正当时”的演讲比赛，让葫芦滩煤矿具体承办。

举办这场比赛的目的就是发现本省煤炭系统内的优秀青年人才，鼓励煤矿青年人立足岗位，建功立业。省局的红头文件下发后，葫芦滩煤矿高度重视，专门召开了党政联席会研究部署承办事宜。党委书记、矿长张海明激动地说，省局能将演讲比赛放在葫芦滩举办，是对我们工作的高度信任和关怀，要举全矿之力把比赛办好，办出水平，办出质量，展现葫芦滩人的精气神。先以部室、区队为单位，开展内部选拔赛，每个单位选出两名选手，参加矿上统一组织的淘汰赛，最终按照上面分配的名额，全矿共选拔出五名选手参加省里的比赛。原则上，这两年分配来的大学生都要参加，而且张海明在会上明确提出，葫芦滩一定要把第一名拿回来，谁能拿回第一名次，首先奖励选手所在单位，其次重奖参赛选手，下一步还要提拔使用。

张海明的话犹如一颗重磅炸弹，在基层炸出了轰动的火花，机关各部室、各区队第一时间传达学习了张海明的讲话精神，积极筹备开展内部选拔赛，同时动员符合条件的职工踊跃参与。有些区队为了鼓励更多的职工参与进来，对在参加内部选拔赛脱颖而出的职工，当月奖励500元。

报名的人很多，无论是正式工还是协议工，大家纷纷填写报名表准备参加内部选拔赛。但也有很多职工因为文化程度低，肚子里没货，所以没办法参加。

任玉静是葫芦滩煤矿的团委委员，她是本次演讲比赛的具体负责人之一，她的任务很繁重，不仅要组织好内部的选拔赛，还要担任淘汰赛和最终比赛的主持人。让任玉静担任主持人是张海明决定的，张海明与任玉静的父亲任自忠在葫芦滩煤矿一起工作过，他对任玉静是非常熟悉的，知道她的嗓音好，在主持方面有先天优势，正好可以借此机会展示一下，而且任玉静又是团委委员，更应该起到带头表率作用。由于事先没有通知任玉静，等任玉静知道后，事情已经在会上定下来了，她也只能硬着头皮接下这个艰巨的任务。让任玉静难为情的倒不是紧张怯场或者条件不足等方面的原因，而是她不爱抛头露面，虽然在大学里做过广播员，在葫芦滩煤矿也客串过几回主持人，但她始终认为自己还是个“门外人”，当主持人的经验、火候、能力还不足，生平第一次主持这么一台全省的演讲比赛，真是一个不小的挑战。

刘宁是新来的大学生，按照矿上的规定，他必须参加，因此，在文件下发后，他就积极备赛，撰写演讲稿。为了让儿子能拿到决赛的第一名，刘宁的父亲还亲自帮儿子修改演讲稿。当然，作为葫芦滩煤矿曾经分管生产的副矿长，改稿子不是强项，因此，这个退休的老干部动用自己多年积攒的人脉关系，找了一个写作高手给儿子修改演讲稿。刘宁惊呼写得太好了，简直像是给自己量身定做的一样。稿子的事情搞定了，下一步就是熟背于心，为此，刘宁干脆请了几天假，在家里专心背稿子备赛。

炮采队的技术员刘海洋也是要参加的，从初中到高中，再到大学，他参加了无数次演讲比赛，口才自然没得说，文字功底也还不赖，所以，这次比赛刘海洋是志在必得的。刘海洋深知，他不能掉以轻心，刘宁的实力也很强，是他的主要竞争对手，虽然他俩私人关系好，但是这种比赛是谁也不会谦让谁的，所以他必须好好准备，才能做到万无一失。刘海洋早早就写好了演讲稿，还让矿工诗人惠铜川给他润色了一下，增添了一些文学的语言和意境，这样现场的效果会更好。

这场全矿总动员的比赛，每个参赛者都在一种紧张的气氛中做着准备，唯有大头显得十分自在。大头虽然也报名参赛了，但他对名次不感兴趣，就是冲那500元去的，他压根儿没有准备演讲稿。结果参加炮采队内部选拔赛的时候，大头还是亮了丑，上台以后紧张得一句话也说不出，等到不紧张了，又不知道说什么，干脆给工友们讲了一个自编的笑话弥补了台上的尴尬。最终，刘海洋和惠铜川代表炮采队参加下一轮矿上组织的淘汰赛。综采队选出来的代表则是刘宁和另外一名技术员。不出意外，经过紧张激烈的内部选拔，最终，张海洋、刘宁、惠铜川和两名机关部室的选手代表葫芦滩煤矿参加省里的比赛。

三天后，省煤炭局组织的主题演讲比赛在葫芦滩煤矿如期举办，省局领导以及部室相关负责人及所属煤矿企业的一二把手和分管团委工作的副书记都来到了葫芦滩煤矿。比赛开始前，葫芦滩煤矿还组织与会领导、嘉宾参观了矿区，任玉静全程陪同进行了讲解。参观期间，张海明着重向各位领导介绍了葫芦滩煤矿今年的主要工作、明年的工作打算以及需要上级部门协调解决的问题。

吃完饭后，比赛正式开始，来自包括葫芦滩在内的各个煤矿推送的25名选手同台竞技。会议室黑压压地坐满了人，大约得有六七百。赛前，就有传言，说本场比赛主要是看刘海洋与刘宁之间的较量，他俩基本上锁定了前两名，只是谁能夺冠的问题。矿上退休的老干部们也来观看比赛，其中就有刘宁的父亲和任玉静的父亲任自忠，人群中，两个老搭档一边聊着过去，一边观看年轻人在舞台上的演讲。

比赛开始前，张海明代表葫芦滩煤矿做了热情洋溢的致辞。这天，任玉静打扮得非常漂亮，简直跟电视上看到的主持人一模一样。按照抽签的顺序，惠铜川第一个出场，惠铜川主打情感牌，他主要讲述了在葫芦滩煤矿参加工作以来的所思所感所想，并最后引用了北宋哲学家张载的“为天地立心，为生民立命，为往圣继绝学，为万世开太平”作为结束语，引来现场不少的掌声。刘宁中间位置出场。刘海洋最后一个出场，他主要围绕煤矿专业知识展开，讲述了如何加强煤矿的安全管理、如何高产高效，以及青年人如何立足岗位成长，其中有很多新奇、大胆的想法，让台下的张海明一下子就记住了这个年轻人。记住刘海洋的不仅有张海明，还有退休老干部任自忠，他不仅认可刘海洋扎实的理论功底，而且对刘海洋在台上展现出来的自信、热情和朝气也是非常赏识的，每次老头子总是第一个鼓掌。最终，刘海洋为葫芦滩煤矿拿到了期待中的第一名，刘宁为第二名，惠铜川为第九名。

张海明大喜，在调度会上，重奖了炮采队、综采队和刘海洋、刘宁两名技术员，并号召全矿职工，尤其是青年职工向刘海洋、刘宁两位同志学习，李强安代表炮采队领取了集体奖励，刘海洋、刘宁还做了经验交流发言。

2

刘海洋有了空闲就和惠铜川、大头闲聊天，他们三个人经常在一起做饭，刘海洋负责买菜，大头炒菜，惠铜川洗碗，大头的厨艺很好，无论面条还是家常菜都做得很可口。有时他们还会叫上刘宁和任玉静一块儿聚餐。

一天，刘海洋下夜班回来，刚开了宿舍门，就听见大头的床上有响动，一个长发女人迅速将头缩进了被窝。

只听见大头说：“海洋，你嫂子来了！”

“哦！对不起。”刘海洋知趣地退出去关上了门。刘海洋就到隔壁刘宁的房间凑合了一晚。

第二天，刘海洋请惠铜川、大头以及大头老婆杨荔枝到镇上火锅店吃饭，惠铜川提了两瓶西凤酒，又要的烤肉。杨荔枝三十岁出头，个子不高，白净面孔，柳眉杏眼，很耐看。

惠铜川说:“荔枝,你这次来,就多住几天,大头都想死你了！”

杨荔枝说：“不行的，我明天就要回去，家里还有娃娃，离不开的。”

惠铜川说：“才住两天，也太不过瘾了。”

大头笑着说：“把你的破嘴夹紧，少说两句，没人当你是哑巴！”

惠铜川不说话，只是低着头笑……

这天下午，刘海洋正准备下班，就接到任玉静从劳资科打来的电话。

“海洋，晚上请你到江湖饭店吃饭，怎么样？”

“好呀！到门口咱坐个三轮车过去。”

到了江湖饭店，任玉静点了三个菜，又要了一瓶当地产的白酒。

任玉静说：“我只能陪你喝三杯，剩下的都归你了。”刘海洋点头说好。

刘海洋说：“你是学中文的，除了唐诗以外，你还喜欢哪位诗人的佳作？”

任玉静说：“唐代以前的诗人，我喜欢陶渊明的诗，他的诗有一种淡泊的境界，特别是那首《饮酒》诗。”

说完后，任玉静就用她那主持人特有的字正腔圆的方式背了出来：

结庐在人境，而无车马喧。
问君何能尔？心远地自偏。
采菊东篱下，悠然见南山。
山气日夕佳，飞鸟相与还。
此中有真意，欲辨已忘言。

刘海洋拍手称赞道："陶渊明把唐代以前的诗推向了高潮。唐以后的诗词，我更喜欢李煜的词，他写的词文字优美，韵律悠扬，是诗词中的佳作，特别是那首《虞美人》。"

刘海洋站起来，看着远处，就动情地朗诵了起来：

春花秋月何时了？往事知多少。
小楼昨夜又东风，故国不堪回首月明中。
雕栏玉砌应犹在，只是朱颜改。
问君能有几多愁？
恰似一江春水向东流。

朗诵完，刘海洋说："这首词可谓字字珠玑，堪称诗词中的精品。"

任玉静问："海洋，那你觉得唐朝的诗人谁是第一？"

刘海洋说："唐朝的诗人人才辈出，要说谁是第一，那可不好说。李白的诗浪漫，杜甫的诗工整，王维的诗有境界，李商隐的诗感伤……唐朝有才华的诗人很多，很难说谁是第一，只是风格不同而已。这就叫作文无第一。你能说李商隐的诗就一定不如白居易吗？'春蚕到死丝方尽，蜡炬成灰泪始干'，这就是李商隐的名句，还有那句'夕阳无限好，只是近黄昏'。"

"'夕阳无限好，只是近黄昏。'"任玉静说，"这句中的近字，意思是正是，也就是说，这首诗的意思是，夕阳无限好，正是在黄昏时分。"

刘海洋说："确实有这样的说法……"

走出江湖饭店，两人沿着葫芦滩镇的街道走着。看着身边的任玉静，刘海洋脑海中映出了黄丽君的身影，丽君的一颦一笑，她那黏人的话语，她那滚烫的眼泪，她那挺拔的胸脯……刘海洋才意识到自己已经很长时间没有给黄丽君打长途电话了。刘海洋抓了一把头发，一股难受的情绪包围了内心，他把自己从过去的回忆中强制拉出来，继续陪着任玉静散步聊天。他们有说有笑，谈天说地，直到天完全黑了下来，看不清脚下的路，两人才相互告别。

就在杨荔枝离开不久，大头就出事了。那天上班，大头和工友们走在进风巷里，大头胶靴里有一颗石子，咯得难受，他就脱下鞋打算把石子抠出来，就在这个时候，头上的顶板掉落了下来，瞬间就把大头埋了。等工友们把人扒出来的时候，大头早就没气了。由于大头是协议工，不享受正式工的工伤待遇，矿上给了两万块钱，买了一口棺材，又给拉了一车煤，算是了结了。

杨荔枝是哭着来，又哭着走的，刘海洋实在是不忍心，就让陪同杨荔枝回去的惠铜川给捎了两百元钱。接下来，就是追查事故原因，追查了三天，调查结果是顶板自己掉下来的，谁都没有责任。葫芦滩煤矿一把手张海明生气了，亲自上手，一个个谈话。谈到刘海洋时，张海明问刘海洋顶板垮落到底是什么原因？

“顶板垮落说到底还是支护问题，巷道是锚杆支护的，锚杆的长度是两米，但老顶在三到五米的位置，锚杆支护根本不起作用，所以顶板才会莫名其妙地掉下来。”刘海洋说。

“这个问题怎么解决？”张海明问。

“解决这个问题必须上锚索，锚索的支护长度可达五米以上，可以把易破碎的顶板和老顶紧紧地连在一起，这样，顶板就不会出事了。”刘海洋说。

张海明认为刘海洋说得有道理，就在全矿推广锚索支护，果然再没有发生顶板掉落的现象。张海明因而进一步认可了刘海洋的能力。

3

张海明 40 岁出头，早年毕业于北京矿业学院，学的是矿建专业。张海明长得文质彬彬，管煤矿却是出了名的严厉，一切按规章制度办事，他自己以身作则，从不搞特殊化。最近，综采队的产量老上不去，让他很是头疼。

张海明认为综采队是在管理上出了问题，跟工人没关系，主要原因还是出在干部身上——现任综采队的队长和书记年龄都偏大了，而且在一个岗位上待久了，懈怠思想严重。这个问题必须解决，晚解决不如早解决，必须换人了。至于换谁来接替综采队的队长和书记，他一时间也找不到合适的人选，于是，他就征询了两位老大哥的意见——曾经跟他一起共过事的任自忠和刘宁的父亲。任自忠首先想到了刘海洋，上次演讲比赛，这个自信且有想法的年轻人给他留下了非常深刻的印象，又时不时听女儿任玉静夸赞这个年轻人，所以，当张海明征求他的意见时，他就毫不犹豫地把刘海洋推荐给了组织，让组织来考察。当张海明征求刘宁父亲的意见时，他极力向这位一把手推荐了自己的儿子。征求完两位退休老干部的意见后，张海明心中基本上有了答案，相比书记，队长的人选更为重要。于是张海明又向炮采队队长李强安问了刘海洋的具体情况，李强安对刘海洋的人品和能力也是非常认可的。就这样，提拔刘海洋为综采队队长、刘宁为综采队党支部书记就被张海明火速提上了议事日程。张海明拿着这份名单与班子其他成员进行沟通时，有人提出，刘海洋很年轻，刚参加工作不久，在技术员岗位上也没干多久，让他现在去任综采队的队长，恐怕会让下面的人不服气，到时候会影响队伍的团结。张海明接受了意见，他想了一个折中的办法，让刘海洋任代理队长，主持全面工作，如果干得好，半年后去代转正。况且上次省煤炭局组织的演讲比赛，刘海洋为葫芦滩煤矿拿回了第一名，他曾在会上明确表示，第一名要提拔重用，所以，此次提拔刘海洋为代理队长，也是顺理成章，合情合理的。

所有人意见一致后，张海明让组干科科长闵红光向党政联席会提交人事任免议案，刘海洋和刘宁的任命很快就通过了。就这样，25 岁的刘海洋当了综采队代理队长，一时间在葫芦滩煤矿引起了轩然大波。25 岁，还没结婚，就当上了代理队长，嘴上没毛，办事不牢，刘海洋是在众人怀疑的目光中到综采队上任的。

刘海洋到任后，首要的任务是抓生产，他发现综采队职工上班积极性不高，就找副队长高怀礼谈话，问究竟是怎么回事。

高怀礼说："队上有个闲皮，叫王玉剑，别人都叫他王老虎，吃喝嫖赌啥都干，就是不干活。不干活还要领工资，每月发工资的时候他就来了，领完就走，谁也惹不起。有王玉剑这样，队上有几个二杆子也开始效仿，这些人不好好上班，还领队上的工资，其他的人都有怨言。"

"这还能行？把这些人的工资都停了。"刘海洋说。

王玉剑听说了，就发话道：“敢停我工资，看我不整死他。”一天，王玉剑喝得醉醺醺的，来到矿上。门卫见他喝多了，不让他进，他抬手就打了门卫一拳，把人打得口鼻流血。之后，他又冲进综采队学习室，一边骂刘海洋，一边拿起凳子砸学习室的窗户。办事员上来阻拦，王玉剑抓住办事员的衣领要打，刘海洋知道来者不善，就给高怀礼交代几句，高怀礼领着几个还未下井的工人，摁住王玉剑让他动弹不得，然后是一顿狂揍，任凭王玉剑嗷嗷直叫。王玉剑从地上爬起来，踉踉跄跄地，边走边放话：“等着瞧，等老子带人来，不把你们整死，绝不罢休。”

事后，刘海洋让高怀礼去王玉剑家里谈了一次，传达一个意思：要想打架，随时奉陪，综采队 180 个男人，还怕你几个小混混不成？要想领工资就必须好好上班。过了几天，王玉剑灰溜溜地来上班了。

一天，趁着空闲，刘海洋找王玉剑长谈了一次，说你好好上班，什么都好说，你身子胖，体虚，可以给你安排力所能及的活儿，比如给井下弟兄们送饭、送材料，打个杂、跑个腿的，不让你干重活儿。王玉剑同意了。从此，一天不少地上班，工作责任心还挺强，他到食堂取饭，从供应科要材料，分量都很足。王玉剑上班了，剩下那几个小混混也都上班了，综采队的出勤问题总算是解决了。

出勤问题虽然解决了，刘海洋发现出工不出力的情况依然存在，干的干，看的看，有些人根本就不想干活，刘海洋又找党支部书记刘宁共同探讨这个问题。刘宁笑了笑说，这个问题比较复杂，涉及体制问题，他说综采队的职工分成两部分，180 人中有 100 人为协议工，这些协议工都是从农村招来的，脏活重活都是他们的。比如说端头抱柱子的，工作面拉架子的，两顺槽起底清煤的，不用问，都是协议工干。协议工一般签八年合同，也有三年或五年的。协议工当中不乏优秀者，比如说熟练工、技术工，因此，矿上每年会从协议工中选择一部分转为正式工。有些人托关系走后门，想方设法也要转为正式工，因此，矿上留下来的协议工并非全部都是技术工和熟练工，也有不少关系户。协议工为什么要转为正式工，因为待遇不同，正式工有政策性补贴，比如山区补贴、工龄补贴等，协议工没有。正式工有探亲假、婚假、丧假、产假等，请假期间，工资照发，协议工则没有。正式工可以分房、公费医疗，协议工也没有。协议工如果违反劳动纪律或不好好干活，直接就开除了，因为想干协议工的人太多了。正式工违反劳动纪律或不好好干活，你要把他开除了，他能拿刀子和你拼命。因此，协议工干最重的活，领最低的待遇，正式工干轻活，收入却比协议工高。

刘海洋说：“咱们也改，大的体制咱改不了，同岗同酬要做到，无论正式工还是协议工，在什么岗位拿什么钱，比如，同是采煤机司机，正式工和协议工一样多。”

刘宁说：“这个办法好是好，得矿领导同意才行，否则，审批工资时，劳资科是不会给批的。”

为了带好这支队伍，刘海洋和刘宁就去找张海明，把他们的想法和张海明谈了。张海明同意了两个年轻人的想法。张海明说，正式工和协议工同岗同酬，在综采队先做个试点，如果成功了，就在全矿推广。刘海洋还向张海明提出，综采队按出煤多少拿工资，出一吨煤多少钱，每月矿上给综采队下指标，多出煤多拿工资，少出煤少拿工资。张海明说，再加上一条，综采队的材料费也实行承包，按照去年的基数，核定今年的材料费，材料费超支就从工资里扣，材料费节余多少，工资就增加多少，也在综采队搞试点，最后推广。

请示完一把手后，刘海洋召开全队职工大会，宣布了两项政策：一是同岗同酬，无论正式工还是协议工，在什么岗位拿什么钱。二是材料费分解到班组和岗位，超支从工资扣除，节约给予奖励。一石激起千层浪，综采队全队职工的积极性都被调动了起来，产量提高了 50%，工资也增加了 50%。综采队的职工私底下议论，矿上给他们分来了一位好领导，让他们工作有奔头，有钱赚。

第四章

1

如果联系不上亲爱的海洋哥，黄丽君就会陷入短暂的胡思乱想和坐卧不安的急躁中。自从上次在省城分别后，两个人还没有再见过面。亲爱的海洋哥不止一次对她说，在煤矿上安顿好以后，就来接她，可她已经等了那么长时间，也没见他有实际的行动。关于这个问题，在他们两次通话中，他都没有提，她也没好意思问。

除了吃饭睡觉，黄丽君一天的主要工作就是备课讲课、批改作业，其余时间她都在想亲爱的海洋哥在干什么，今天吃了什么，工作累不累。黄丽君相信，她的海洋哥肯定是工作忙，所以没有时间给她打电话或者写信，想到这里，她就这样原谅了他。她有时候也会因为收不到刘海洋的信息烦躁地在办公室里走来走去，甚至会抱怨得直跺脚。同在一个办公室的老师看出了端倪，问黄老师怎么了，需不需要帮忙，这时，黄丽君才回过神，不好意思地笑笑说没事。这时候，黄丽君索性就没心情待在办公室了，她一口气走出镇子，来到镇子口那条交通大道上，顺着大道出神地看着远处，她知道，如果亲爱的海洋哥回来的话，这是必经之路。就这样，黄丽君几乎天天站在路口，等待着她的海洋哥回来，尽管每次都是无功而返，但她仍然不死心。有一次，黄丽君远远地看到大路上走来一个人影，跟刘海洋的身形很像，她喜出望外，很兴奋，很激动，一边喊，一边跑，过去一看，原来不是她的海洋哥，是自己认错了人，她又失魂落魄地走了回来。

眼前，更有一件难事摆在了黄丽君面前，跑省城长途运输的父亲对她说，有一个跟他一块儿跑运输的小伙子，人老实憨厚，家里条件也不错，父亲想要把这个小伙子介绍给她。一次，父亲直接把这个小伙子带回了家，甚至，父亲还自作主张见了这个小伙子的父母，两家口头上已经达成了一致。黄丽君没有理会父亲给她张罗的婚姻大事，她的心里只有亲爱的海洋哥，已经容不下任何其他人了，她前前后后等了海洋哥那么多年，他们的感情固若金汤，谁也不能把他们分开。当父亲提出让她去见见对方父母时，她就谎称自己生病了或者学校有课没时间，她就是不想见。

黄丽君的父亲并不死心。由于跑长途，常在外面跑，也知道城里的年轻人普遍结婚晚，有时候也能理解女儿不谈对象、不结婚的想法，年轻人把时间和精力用在工作和事业上，也是正确的，所以，这些年他从未向女儿提起结婚的事情。他曾明里暗里提醒女儿要抓紧谈一个，可是女儿似乎没领会他的意思，对自己的事不操心，更不上心，他着急啊，也担心啊，倒也不是担心女儿嫁不出去，是人到了什么年龄就应该完成什么样的任务，他们每代人都是这样过来的啊。有一次，趁着女儿周末回家，他就强硬要求女儿第二天跟他一块儿去见见对方的父母，没想到一向听话的女儿竟然跟他顶嘴，说什么也不去，气得他举起手就要打，被老伴拦了下来，女儿哭着说，打死她也不会去的，除了刘海洋，她不见任何男人。

刘海洋是谁？这可把他和老伴都搞糊涂了。由于黄丽君与刘海洋谈恋爱的事情一直都是秘密进行，所以黄丽君的父亲根本不知道，女儿早已经有了对象，有了心仪的人，女儿已经把所有的情感都给了这个叫刘海洋的男人。搞清楚了女儿与刘海洋的事情后，他也不再为难女儿了，年轻人自己的事情还是让他们自行解决为好。

眼看新年越来越近，黄丽君还没等到亲爱的海洋哥回来，她就给他打了电话。在电话里，刘海洋告诉她，过年自己不回去了，黄丽君一下子就失望了，无助地把电话举在半空，听着电话发出的忙音发愣。后来她转念一想，海洋哥忙得回不来，自己可以去葫芦滩煤矿找他啊，顺便跟海洋哥一块儿在煤矿过年。父母现在已经知道他们两个的情况了，应该是会同意她去的，说不定，父亲还会亲自开车把她送到葫芦滩呢。想到这里，黄丽君的心情一下子好了起来，感觉天空的太阳也变得又大又亮了。黄丽君计划先不告诉刘海洋，给他来个意想不到的惊喜。想到这里，黄丽君的精神和状态就处于激烈的动荡之中，她内心里狂热地爱着刘海洋，觉得无论如何都要和刘海洋生活在一块儿，即便扑上这条命，也要跟他在一起。

当黄丽君把想去找刘海洋的想法告诉父母时，跟她料想的一样，父母欣然同意，父亲还会开车把她送过去。就在万事就绪，黄丽君准备出发时，她偶然听一个从葫芦滩镇回来的学生家长说，他本人就在葫芦滩煤矿上班，也认识刘海洋，还夸赞刘海洋年纪轻轻就当上了队长，现在是全矿人羡慕的对象，是矿上年轻人的榜样，这些事情黄丽君是没有听海洋哥讲过的，不过她为他事业上取得的成功而高兴。但是当听到那个家长说亲爱的海洋哥在跟一个矿领导的女儿谈恋爱的时候，黄丽君再没有了那股子高兴劲儿，一盆现实的冷水骤然浇在她身上。

“你看清楚了？”血涌到黄丽君的脸上，她使劲儿拧着手腕子。

“全矿的人都知道，很多人还看见他们手牵着手在矿区散步呢。”学生家长肯定地说。另外，这位家长还告诉她，这个女孩叫任玉静。黄丽君感到胸口像压了一块石头似的沉重，生活真是跟她开了一个天大的玩笑，原来一切都是假的，一切都是徒劳，自己苦苦等待的人竟然跟别人恋爱了，而她从始至终都像傻瓜一样不知道。

黄丽君感觉像是有一道闪电把她瞬间击倒了。从那以后，她上课经常走神，手中的粉笔不知道怎么就掉了，学校组织教师开会，轮到她发言时也是语无伦次，前言不搭后语，她的种种反常行为受到了领导的批评和同事们的议论。黄丽君感觉自己不能再在学校待下去了，就请了一段时间假，把自己关在房间里，不说话、不吃饭也不喝水，晚上翻来覆去地睡不着觉，只是流眼泪，眼泪几乎把枕头浸透了。

黄丽君的父亲不知道女儿发生的事情，只是听女儿说不去找刘海洋了，然后就躲进了自己的房间，再也没有出来过。母亲问女儿发生了什么事情，女儿一句话也不说。看到女儿每天这样，两口子坐不住了，就叫来了村里的大夫，结果被女儿呵斥着挡在了门口，女儿说，她没病，一会又说，自己是有病……

黄丽君思前想后怎么也想不通，自己的海洋哥怎么会跟其他的女孩好上了，以她对海洋哥的了解应该不是那样的情况，那个叫任玉静的说不定只是他的同事，找他散步聊天，这也正常，可怎么还拉手了呢？黄丽君越想头越疼，不过，有一件事情她想通了，那就是无论是什么情况，她都要去葫芦滩煤矿当着刘海洋的面问清楚。

三天以后，黄丽君蓬头垢面地走出了房间，整个人瘦了一圈，眼窝也塌下去了，急得母亲不停地擦眼泪。

“妈，有饭吗？”

“有，饭一直在锅里热着呢。”

黄丽君端起饭，狼吞虎咽地吃了起来，一边吃，一边说：“爸，明天把我拉到葫芦滩。”

老两口你看我，我看你，不知道说什么好……

2

经过几个月的深入交往后，任玉静发现刘海洋身上有一种特有的迷人气质，说得具体点，就是有一种男子汉的英雄气概，这种气质在她的父亲任自忠身上也有。

任玉静崇拜父亲，也崇拜像父亲那样的男人，她从小就喜欢像父亲那样敢于担当的男人。父亲当过兵，后来转业来到了葫芦滩煤矿，无论是当工人还是做干部，都把军人的优秀品质体现在工作和生活中，她佩服父亲，也佩服父亲始终如一爱一个人的毅力和坚守——在她十二岁那年，母亲因为车祸去世了，那时候父亲正值人生事业的上升期，很多亲戚朋友也包括她自己，都劝解父亲再找一个伴侣，但是父亲不愿意，用他的话说，他的心里只有她母亲，再也装不下任何人了。任玉静为父亲的执着而感动，所以，她要找一个像父亲那样顶天立地的人。

作为煤矿子弟，任玉静从小有比较宽裕的物质条件和良好的受教育环境，父亲将她送到了省城的高中上学，后来，她顺利地考上了省城的师范大学。参加工作后，谈婚论嫁就成了理所当然的人生大事，很多同学同事，长辈亲戚都给她介绍对象，这些人都很优秀或者某一个方面很突出，有让人羡慕的工作，家境也优越，她竟然一个也没有看上。还有人说，让她考虑一下刘宁，任玉静听后差点没有笑出来，她和刘宁从小在矿区一块儿长大，彼此很熟悉，两家大人也是世交，两人根本不可能，再说，她在刘宁身上也看不到父亲那样的气质。

任玉静对择偶有严格的标准，反而对事业没有太大的奢望和追求，就拿目前在劳资科上班来说，每天，她按时按点上班，完成手头上的工作，到点准时下班。她理想的工作岗位不是在煤矿，尽管她在葫芦滩矿区长大，对这里有一定的感情，但她的理想是当一名语文老师，教书育人，桃李满天下，况且她大学四年学的就是这个专业。

刘海洋的出现让任玉静找到了那种久违而熟悉的气质，这个高高大大、沉稳内敛的青年一下子就吸引了她。刘海洋学识渊博，见多识广，无论她说起哪方面的事情，他都知道，并且能提出跟别人不一样的观点，简直无所不能，他有超过了他这个年龄段该有的冷静、沉着和睿智，即便谈起她擅长的文学，刘海洋也能跟她探讨很多。她有事没事就约刘海洋出来，一起吃饭，一起散步聊天，说过去的事情，说现在的事情，说将来的事情，有一次，他们竟然讨论了地球以外的生命在哪里这样虚无缥缈的话题。

任玉静现在拿不准刘海洋对自己的态度，有时候，她感觉他们就是朋友，有时候，她又感觉他们两个像是在谈恋爱；有时候，刘海洋对她很上心，有时候又刻意保持一定的距离，让她有一种若即若离、患得患失的感觉。当任玉静把她的想法告诉了父亲任自忠后，任自忠很认可刘海洋，也支持女儿，女儿看上的男人，肯定不会错。

任玉静觉得到了向刘海洋说出自己内心想法的时候了。

葫芦滩矿外面的棚户区所在的山叫月牙山，葫芦滩镇就建在月牙山脚下。一天，任玉静约刘海洋爬月牙山，她想跟刘海洋看山顶的月亮——每月下旬最后几天夜里，是赏月的最佳时机。小时候，她跟刘宁还有矿区其他几个孩子经常爬上山顶看月亮，所以对月牙山的沟沟梁梁很熟悉。当然最主要的目的是和刘海洋摊牌。

两个人是下午开始往山上走的，绵延数公里长的棚户区散落在月牙山的一侧，他们穿过棚户区，向着山峰的最高处爬去。任玉静平时缺少锻炼，刚爬了几个小坡，就气喘吁吁爬不动了，额头上渗出了豆大的汗，她就主动要求刘海洋拉着她。就这样，两人一路爬，一路歇，走走停停，近两个小时才爬上了月牙山的山顶。

一轮皓月出现在了夜空中，月亮虽然不圆，但感觉离得特别近，仿佛伸手就能够着。任玉静欢快地跳了起来，她好久没见过月牙山的月亮了。刘海洋也被眼前的景象惊呆了，不禁发出一阵阵的赞叹。

“海洋，为什么有月亮的地方就有星星？”任玉静兴奋地说。

“这个我还没研究过。”刘海洋仰着头，看着眼前的月亮回答。

“因为他们是一对恋人，彼此不分开。”任玉静停顿了一下，“海洋，我想跟你就像月牙山的月亮和星星一样，做一对恋人，永远不分开，怎么样？”

面对任玉静突如其来的提问，刘海洋显然没有准备，甚至有点慌张。

“呃……”刘海洋一时语塞。

“你不愿意吗？”

“不是，咱们两个相处，我当你是朋友，并没有那个意思。”刘海洋有点局促不安，但故作镇定。

“你先不着急回答我，你回去慢慢考虑。”任玉静似乎有点失落，她背过身体，那轮皓月就在她的正前方，山峦，美人，良景，似乎构成了一幅生动且有意蕴的画卷。

下了山以后，刘海洋把任玉静送回了宿舍。现在，他不得不考虑任玉静抛给他的这道难题了。

刘海洋回到房间，躺下来，开始认真地思考这个难题。他已经搬出了305宿舍，当了队长以后，单位给他分了单间，他现在有了自己独立的空间。他不由得交替想到任玉静和黄丽君，两个人几乎同时出现在他的脑海，又同时消失，同时向他招手微笑，又同时用一种期待的眼神看着他。

黄丽君是他的初恋，他们前前后后好了好多年，他爱她，她也爱他，这是他们能最终走在一起的感情基础，本来他们可以顺顺利利在一起，结婚生子，夫唱妇随，恩恩爱爱一辈子。现在他的感情世界里突然闯进了一个任玉静，他对这个女孩有一种说不清道不明的好感，他不得不重新考虑这件事了。丽君从小在农村长大，虽然她现在是个民办教师，但随时都有下岗的风险，而他是矿大毕业的高才生，现在在葫芦滩煤矿还有着一官半职，两个人的条件有了不小的差距。但是刘海洋觉得这不是主要矛盾，问题的主要症结是黄丽君每次跟他谈的都是村里的一些家长里短，零零碎碎，谁家的女子嫁好人家了，谁家的儿子在外面败家了，谁家的猪羊喂得又肥又壮，谁家的庄稼长势好……他对这些事情不感兴趣，只是敷衍地听一听，而他给黄丽君说葫芦滩的事情，说煤矿的奇人异事，说井下的劳作环境，她也同样提不起兴趣，两个人共同感兴趣的话题也越来越少，有时候，刘海洋觉得很苦恼，但是一时也找不到解决的办法。反观他跟任玉静的关系，就不一样了，首先是文化层次上两个人没有太大的差别，任玉静虽然是师范大学毕业，那也是秦黄省的重点大学，因此，他们对很多事物在认识和看法上有惊人的一致，每次，他们的聊天都是愉快且有建设性的。任玉静是干部子弟，有时候，刘海洋觉得，任玉静的眼界、境界及素养比他也要高一截。工作中遇到什么难题，任玉静有时候还能给他当参谋，进一步讲，任玉静给他工作上的帮忙远远不止这些。后来，刘海洋知道了之前任自忠向张海明推荐他的事，可以说，他能当上这个队长，任自忠的推荐起了很大的作用，一瓶好酒要卖个好价钱，会吆喝也是至关重要的。自私一点地说，日后，他刘海洋如果想要在事业上进一步发展，想在葫芦滩煤矿有一番作为，任自忠是他必须仰仗的人。

刘海洋觉得他想了许多问题，又觉得仿佛什么也没想；刚觉得想出个所以然来了，又觉得全没有了头绪。

夜晚的葫芦滩一点也不宁静，矿区灯火通明，夜幕下机器的声音格外响亮，马路上还不时传来矿工的嬉笑声和耍闹声。

黄丽君终于来到了葫芦滩煤矿。她是第一次见煤矿，以前听刘海洋给她说过一些煤矿上的事情，今天见到了现实中的煤矿，心情还是有点激动。父亲把她送到葫芦滩后，看她状态不好，人也提不起神，原打算留下来陪她的，黄丽君死活不同意，父亲这才唉声叹气地回了省城。

黄丽君不知道刘海洋的住处，进到矿区后，看见行人就打问，恰巧碰到了早班刚升井的综采队党支部书记刘宁，刘宁就带她去找刘海洋。

此刻的刘海洋正在劳资科跟任玉静说工资结算的事情。本来这些事并不需要刘海洋亲力亲为，但是每次到了月底结算工资的时候，他都会亲自跑去劳资科，目的只有一个——尽可能在政策允许的情况下，多给职工争取一些利益，甚至是发一些奖金。

见黄丽君突然出现在劳资科办公室的门口，刘海洋先是吃了一惊，然后高兴地跑过去握住黄丽君冰冷的手，问道："丽君，你怎么来了？"黄丽君就把前前后后的事情给他说了。

这时候，任玉静走上前，笑着伸出手说："你是丽君吧，我经常听海洋说起你。"

黄丽君刚想伸手，又难为情地缩了回去——这个女孩应该就是跟海洋哥散步牵手的那个女孩吧，一种吃醋的情绪在黄丽君的心里蔓延开来，她苦笑了一下，并没有继续伸手的意思。刘海洋看出了两个人的尴尬，慌忙打圆场，解围道："丽君刚来，我先带她回去。"

任玉静点了点头。

一进屋，黄丽君就抱住了刘海洋，哭哭啼啼地质问道："刚才那个女孩是谁？是不是叫任玉静？你是不是爱上她了？”

刘海洋忙解释：“哪有的事情，我们只是同事……”

黄丽君根本不听，用拳头打着刘海洋：“你骗我，你骗我……”刘海洋不知道如何是好，就转移了话题：“你吃饭了吗？我给你打饭去。”

“我不想吃，我不饿。你先回答我。”黄丽君直立起来，泪眼婆娑地看着刘海洋，想从他的眼神中找到答案。

看着眼前的恋人，刘海洋心里五味杂陈，有一种说不清道不明的东西在翻腾。对黄丽君，他是有愧疚的，直到现在，他仍然爱着黄丽君，只是没有以前那样强烈了，这点他承认。对任玉静，他不知道是不是喜欢或者爱，总之，就想每天看到她，哪一天见不到了，他心里就不得劲。刘海洋觉得，自己将来的生活中不能没有任玉静。

3

这段时间，刘海洋心神不宁，上班思想老抛锚，有时候主持开班前会，嘴皮子好似装了刹车似的，一下子就卡壳停顿，嘴里哼哼唧唧，找不到下文了，好在主持这种内部会，刘海洋经验丰富，也不至于当场出丑。有时候，一晚上做梦睡不醒，明明睡了一晚上，感觉跟没睡一样，打不起精神头。刘宁见到刘海洋这种情况，就让他赶紧回去休息，说队上的事情有自己呢，遇到重要的事情，会及时跟他汇报沟通的。

黄丽君已经在矿上住了一个月有余，突然像换了一个人似的，不跟刘海洋吵闹，也不谈感情方面的事，温柔得像个刚出阁的小女人。任玉静找了他几回，刘海洋知道她的意思，故意躲着没见。

夜晚，刘海洋独自来到矿区，一弯残月，在葫芦滩对面的月牙山上挂着，依稀的月光被夜雾隔断了。他倚在一棵树上，抽着烟，抽了一根又一根。本来他是不抽烟的，参加工作后，遇到烦心事，他就会抽烟解闷，烟这个东西，一旦上瘾，就难放下。这段时间，刘海洋把所有的事情前前后后想了个遍，基本上已经确定下来，这是他人生中重要的一刻，而他只能选择任玉静。刘海洋决定，要把心里的想法告诉黄丽君，不能再这样瞒着她，也不能再这样折磨她了，毕竟她是那么爱他。他明白，绝不能再拖下去了，拖下去意味着给双方都戴上了思想和行动的枷锁。早一点解决，对所有人都是一种解脱。刘海洋将烟头掐灭，难过地咽了一下口水，向矿区深处走去……

每天，黄丽君都会早早起来给刘海洋准备饭食，大清早，她就去镇上买菜和肉，跟商贩们讲价格，能省一分是一分，俨然成了个居家过日子的女人。回来以后，她就开始精心准备美食，整理房间，洗衣拖地……这会儿，黄丽君已经做好了饭菜，都是刘海洋爱吃的家乡菜肴，荤素搭配，色泽鲜美，看得人直流口水。黄丽君坐在凳子上，等待着刘海洋回来吃饭。她俨然成了这里的女主人，那挂晒起的衣服、一尘不染的地面和桌椅，甚至她自掏腰包买的装饰品和小贴画，都在宣示着主权。经过这段时间的调养，黄丽君的脸上再次浮现出了久违的活力和光泽，那依然美丽的面容，看上去有一点忧郁，但那眼神里却分明含着希望的光芒。

刘海洋推开了门，黄丽君赶忙起身，将他迎了进来，并将刘海洋手臂上挂的大衣接了过去。

“饭菜正热乎着呢。”黄丽君将衣服挂在了衣架上。

“丽君，先不着急吃饭，我有件事要对你说。”刘海洋急切地说，他的心思压根没在吃饭上。

“啥事比吃饭重要？吃完再说。”黄丽君一边催促，一边开始盛米饭。

“我心里一直有任玉静，我忘不了她……我也认真考虑了，我不能没有她。”刘海洋不知道怎么就说出了这句话。

啪的一声，黄丽君手里的碗掉落到了地上，连同米饭撒了一地。黄丽君怔怔地立在那里，一动不动，眼泪像断了线的珠子一样掉了下来。

“我知道对不起你！可缘分这事没办法说……”刘海洋难受地说。

空气中一时凝结着难以流通的沉默气息。

“我知道，我配不上你了，你现在做官了，也是个大人物了……”黄丽君哭着说。黄丽君原想着自己在葫芦滩煤矿陪着刘海洋，用她的温柔、真心和诚意可以打动他，她的海洋哥可能回心转意，不离开她。甚至每天夜里，她早早就上了床，滚热的身体钻进冰冷的被窝里，等待着刘海洋……可是每次都没有盼来亲爱的人。

刘海洋的一句话如冰冷的刀子扎进了黄丽君的心里，把她所有的希望和期待都扎碎了。现在，她感觉什么都是徒劳无意义的，生活跟她开了一个很大的玩笑，需要搭上她一辈子的幸福。她还是没有逃脱最不愿意看到的结局，她爱的人远离了她，她不甘心，又无可奈何。她不怪海洋哥，也不怪任何人，只怪自己的命不好。

说到底，她——黄丽君，只能向命运低头，向命运屈服。

过了一会儿，黄丽君意外地不哭了，她擦了擦眼泪，然后俯下身将洒在地下的碗和米饭捡起来，穿上外衣头也不回地走了，只留下刘海洋一人怅然若失地留在了那里。

黑夜中，一个身影也跟着黄丽君跑了出去……

第五章

1

自从丈夫大头死了以后，杨荔枝的生活就陷入了一片黑暗和迷茫中。整日整夜，杨荔枝抱着儿子壮壮，不停地流眼泪。杨荔枝感觉世界就要天崩地裂了，她还不如拉根绳子上吊一了百了，可看着活蹦乱跳的亲生骨肉，她又犹豫了……

杨荔枝不知道未来在哪里，生活给她织了一张密不透风的网，她只能在网子里等死。嫁汉嫁汉，穿衣吃饭，汉子没了，去哪吃饭？再说还撇下一个娃娃，让她咋活嘛。娘家的父母怕她想不开，寻了短见，索性就把她接回家照料。杨荔枝生在秦黄省北部黄土高原的千沟万壑里，里面散落了千千万万个窑洞，祖祖辈辈在这块贫瘠的土地上耕耘、生活、奋斗，过着与天斗、与地斗的日子。

在娘家的窑洞里，多少个日日夜夜，她不知道自己是怎么熬过那段艰难的日子的。当她梳着乌黑的长发时，镜子里映出了她清瘦的容颜，曾经那么丰满的脸蛋，像被刀子割去一部分似的消瘦，曾经那双光彩夺目的杏眼，如今黯淡无光。

也许时间是治疗伤口最好的良药。在娘家人的照料和鼓励下，加上她骨子里本就是个厉害要强的女人，半年以后，杨荔枝逐渐从阴影中走了出来，总算是活过来了。杨荔枝开始认真思考以后的生活和生存问题，她一个女子赤手空拳怎么能把壮壮抚养长大？再厉害的女人也需要男人，娘家父母开始托人打问合适的人家。好人家是没有了，就看谁家的儿子没了媳妇，可以跟他家荔枝搭伙过日子。在黄土高原的庄稼人看来，死了男人的女人是不吉利的，是很难再嫁出去的，好在杨荔枝长得俊俏又年轻，再找个男人只是时间上的问题。于是，陆续有好几个媒人上门，只是介绍的人不是脑子不利索，就是四肢不健全，这一下子惹恼了杨荔枝，她把这些眼里只剩钱的媒人痛骂道："你们是没眼窝还是眼瞎了，找一些残疾和脑子不满的祸害人哩。"从那以后，没有媒人再上门说喜，反倒是到了后半夜，有人开始敲荔枝的窑洞门——荔枝跟父母是分开住的，家里没有多余的窑洞给他娘俩住，就把原来放杂货的小窑腾出来收拾了一下，荔枝跟壮壮就住在了这里。前两次有人来敲门，荔枝害怕，以为是家里遭了贼，躲在被子里抱着壮壮不敢出声。第二天起来查看，院子里完好无损，显然不是偷盗行为。过了几天，外面又响起了敲门声，荔枝蹑手蹑脚来到门口，从内推开门，只听扑通一声，一个人栽了进来，她拿起顶门棍就是一顿打，那个人影来不及躲藏，只能哭爹喊娘，最后逮了个空子夺门而逃。从此，杨荔枝再没有听到半夜的敲门声。

杨荔枝与惠铜川时不时还有联系，虽然娘家距离葫芦滩煤矿有几百公里，但是她关心着葫芦滩上的事情。她从惠铜川那里得知，刘海洋当上了队长。杨荔枝文化水平低，从小崇拜和尊重有文化、有知识的人，刘海洋自然是她崇拜与尊重的对象，“煤矿诗人”惠铜川也是她崇拜的偶像。大头出事后，惠铜川作为队上的代表把她送回来后，并没有着急回葫芦滩，而是又多住了两天，给她家里采购了一些生活用品，还给壮壮买了一些零食，看着她的情绪基本稳定后才走。临走时还不忘嘱托，有困难随时可以找他。

眼下，杨荔枝有个大胆而冲动的想法，那就是去葫芦滩煤矿讨生活，葫芦滩煤矿是他男人大头工作和生活过的地方，那里她有很多熟人，会有她一席生存之地的。在她看来，长期待在娘家不是长久的事情，遭人非议不说，娘家父母也跟着遭旁人说三道四。就这样，杨荔枝带着壮壮踏上了开往葫芦滩的班车。经过两天的波折后，她来到了葫芦滩。看着眼前熟悉的一切，杨荔枝又想起了大头，不由得悲伤起来，可现实告诉她，绝不能再跟往事纠缠下去了，她必须带着壮壮坚强地生活下去，在这个地方立住脚。

惠铜川非常高兴杨荔枝能来葫芦滩煤矿，这个诗人把房间里的好吃好喝统统拿出来招待这位从老家过来的老乡——惠铜川的老家也在秦黄省北部的黄土高原上，他所在的县城与杨荔枝所在的县城相距不到百公里。大头不幸走了以后，他实际上充当了照顾杨荔枝一家的角色，一来大头生前是他最好的朋友，二来，他对杨荔枝有种异样的感觉，尤其是忘不了她那双勾人慑魄的杏眼，他对这个女人充满了挂念，但是惠铜川没有越轨之想，他认为这份挂念是由诗人天生的敏感和非凡的想象力引起的。

惠铜川把杨荔枝母子安排在了棚户区的一间民房里，民房是他一个协议工朋友走的时候留下的，虽然条件简陋，但总算让他们娘俩有个落脚的地方。杨荔枝手忙脚乱地不知道怎么感谢惠铜川的大恩情，只能嘴里一个劲儿地说："老惠，可是麻烦你了。"惠铜川总是张开满口黄牙回应道："不要记心上……"

后来，惠铜川给杨荔枝想主意，认为她可以在葫芦滩开一个麻将馆，很多矿工下班以后不是往录像厅里钻，就是到麻将馆消磨时间。麻将馆投资少，经营起来也简单，只要腿脚勤快一点，嘴皮子甜一点，可以说是一份好工作。

当惠铜川将自己设想的宏伟计划告诉杨荔枝时，杨荔枝高兴得差点没跳起来，心里揣着的一块石头终于落地了。这段时间，她不由得着急起来，担心柴米油盐过日子的钱从哪里来，自己刚立足葫芦滩，连邻里邻居都没认全呢，不尽快找个营生做，她们母子就只能喝西北风了。

杨荔枝的麻将馆开业了，房租和买麻将机的钱是从惠铜川那里借的，名义上是借，可惠铜川并不打算让她还。正式开业那晚，杨荔枝邀请了刘海洋、刘宁、任玉静以及原来和大头关系好的工友们吃了一顿饭，饭菜是她和惠铜川一块儿准备的。看着眼前这个认真择菜、洗菜、切菜的男人，杨荔枝重新燃起了对生活的希望。

2

黄丽君退出后，任玉静和刘海洋的关系发展迅速，很快就开始谈婚论嫁了。自从那个叫黄丽君的女人闯进葫芦滩以来，任玉静就开始悄悄地观察她，同时，也一直等待着刘海洋的回复。任玉静始终认为，刘海洋是会选择她的，刘海洋是个有理想有抱负的人，在事业上需要她的帮助，再说，一个矿大毕业的高材生怎么会选择一个乡下的姑娘做自己的人生伴侣呢。那段时间，任玉静找了刘海洋几次，她知道刘海洋是故意躲着不见她，她不担心刘海洋做什么样的决定，只是想提醒他不能因为这些事情而影响到工作。如她所愿，刘海洋还是选择了她。

任玉静对刘海洋说，她父亲叫他晚上一块儿去家里吃饭。刘海洋很重视，他跟任玉静确定了关系后，由于忙工作还没有正式登门拜访一下未来的老丈人，于是他穿了一身西服，打了领带，专门到镇上理了发，还买了一条红塔山香烟，两瓶高脖子西凤酒和两瓶黄桃罐头。

任自忠见到准女婿刘海洋来了，非常热情。任玉静在厨房炒菜，任老拿出了西凤酒，菜刚上桌，两个人就喝开了。三杯酒下肚，任老的话匣子就打开了。任自忠是个老煤矿工作者，70年代到葫芦滩煤矿，一干就是二十年直至退休。任自忠下井有个习惯，那就是敲帮问顶，拿一个木棍子在顶板和四壁敲一敲，就知道顶板牢不牢，帮壁实不实。他说，有一次在井下被冒落的顶板砸伤了，他感觉自己的脚被砸断了，赶紧积极自救，他将石头搬开，用木棍把脚固定，然后站在原地等待救援，等工友们来，把他抬到医院，足足养了半年，脚才好起来。任老庆幸地表示，如果自救方法不当，自己的脚就报废了。还有一次下井，工作面燥热异常，煤壁上有气体往出冒，老鼠都跑出来了，任老叫来瓦检员在上隅角测瓦斯浓度，一看是10%，赶紧组织人员往出撤，结果当天瓦斯就爆炸了。刘海洋非常佩服任老，任老对这个未来的女婿也很满意。

吃饭时，任玉静就问刘海洋：“煤矿这么危险，到底有哪些灾害呀？”

刘海洋说：“煤矿灾害主要有水、火、瓦斯、煤尘、顶板和冲击地压。”刘海洋结合实际，给任玉静讲了秦黄省目前很多煤矿存在的水和瓦斯灾害。讲完后，任自忠高兴地说：“海洋讲得很专业、很具体，讲得好，让我这个老煤矿人也学习了。”

刘海洋笑着说：“叔叔您谦虚了，我这是班门弄斧。理论上我学得多，可要论实践经验，我可比不上叔叔您。”

3

刘海洋提出让任玉静跟他回老家见父母，任玉静欣然同意。回老家要到省城坐火车，有座位的票很难买，刘海洋只好早早地从票贩子手上买了高价火车票。一路上，刘海洋给任玉静讲他小时候的故事。

刘海洋出生在秦黄省南部一个贫困的小山村，家中姐弟三人，他排行老三，上面有一个姐姐和一个哥哥。每到农闲时节，父母轮流带孩子出门讨饭，当时刘海洋年龄小，母亲出门讨饭时，他就被留在家里，只能委屈地坐在门前的大石头上哭。刘海洋清楚地记得，从春到秋的大部分时间里他都打赤脚，只有在深秋过后，父亲把家里的两头猪卖了，才给他买一双“解放”鞋。这鞋子一个冬天就穿烂了，春天过后只好又打赤脚，脚板有一层厚厚的茧子，不小心踩到刺或其他尖锐的器物就会流血，那时候，他是多么渴望有一双像样的鞋呀！一个偶然的机会，刘海洋在公社的供销社里看到一双牛皮鞋，价格是7元，样子很漂亮，油光发亮。当时，他就突发奇想，有这么一双结实的鞋至少可以穿好几年，于是立志要买下这双鞋。没有钱怎么办，供销社的隔壁是废品收购站，隔三岔五就有人去卖废品，他决心效仿。放了暑假，他每天背着一个蛇皮袋，沿村去捡破烂，旧铁器、塑料鞋底、塑料薄膜……两个星期就捡满了一口袋，他背着口袋要走七八里路，才能到公社的收购站，生铁一斤3分，熟铁一斤4分，最贵的数废铜器，能卖到1.7元一斤，不过这些他从没捡到过。一口袋废品大约能换回一块钱，每次卖废品经过供销社门口，刘海洋都要进去留恋地看看那双放在玻璃柜台里的皮鞋。两个多月下来他已经攒了5.4元。天气渐渐变凉了，废品也越来越难捡到了，他算计着，再坚持一个多月，就可以买下一双皮鞋了。就在这个节骨眼上，哥哥突然病了，是肾炎，他的5.4元钱自然也交给了父母。能为家里做点事，他感到很欣慰，不过他还是大哭了一场，为他那个失落的皮鞋梦。

刘海洋对家乡最深的印象是水多鱼多。村子周围的塘、坝、河、溪星罗棋布，盛产鱼虾。家乡的鱼有好多种：青、草、鲢、鳙、鲫等放养的鱼被称为“家鱼”，家鱼好养，容易长大。还有更多被称为“野鱼”的，如单薄的鲦鱼、光滑的鲶鱼、穴居的鳝鱼、懒惰的黑鱼、沉默的甲鱼等。好看的要数黄辣丁，只有二三寸长，浑身青黄，背鳍突出，在水里不停地摇头摆尾，极具观赏价值。野蛮的要数“鲫花”，形似鳜鱼，口阔齿利，善于攻击，以同类为食。

夏季的鱼最活跃，如果下到水坝里戏水，会有一群群小鱼啃咬皮肤，不安分的鲢鱼会在太阳最大的中午玩跳水，通体雪白的大头鲢在荷塘里争相跃出水面，与青青的荷叶、娇艳的荷花相辉映，简直就是一幅绝妙的风景画。梅雨季节，雨水很多，坝满塘溢。大雨过后，水库里的鱼会溯流而上，少数顽皮的还会跑到水沟边和稻田里。村里人拿着渔网、木罩等工具在水里捉鱼，最有效的办法就是在水流湍急处扎上竹箔，从上游下来的鱼往往是一个不落，运气好的还会在山边的水窝里捉到鱼。秋天的鱼最肥，秋季稻子成熟，耕地不需用水，村里人会把塘里的大部分水放掉，把放养的鱼用网打捞，上集去卖。大人们打捞完后，轮到孩子们浑水摸鱼。一群孩子一起下到水里，蹲下身子，来回移动，两只手在水里不停地抓摸，水搅浑后，鱼无处躲藏，往往能捉到不少漏网之鱼。最好捉的要数黄鳝了，用一支竹签串上一只大蚯蚓，放在鳝笼里，再用草团将笼尾塞紧，将鳝笼放在稻田或水沟边。夜深人静时，黄鳝从洞里出来觅食，闻到蚯蚓的味道，就会钻进能进不能出的鳝笼里。第二天依据做好的标记寻找，总有收获，有时一只笼子里能钻进五六条黄鳝。

刘海洋记得，村子的南边有一条小河，河水清清。河对岸有一座小山，开春之后，嫩绿的青草一股脑儿从地里冒出来，山上、河边满眼的绿色，这就是村子里的放牛场。翻过小山就是南山，南山比小山大好多倍，山上长满了树，放牛娃轻易不敢到南山上去，因为有狼。下雪天，狼在山里找不到食物，饿极了，就会冒险跑到村子里来偷猪，有时也会袭击小孩。村子里要是听到有人喊狼来了，男人们就会一起来撵狼，狼听见人喊叫就跑了。为了防止狼的袭击，家家户户都养狗，同村的四狗三岁时在屋后拉屎，被一只狼叼走，当时村里四条狗同时出击，才把四狗从狼嘴里夺回来，四狗也因此得名。

狗是可有可无的，牛却是庄户人的命根子，那会儿养的牛都是水牛，水牛比黄牛力气大，可以在水田中耕作。刘海洋七岁就开始放牛，暑假和周末的时间基本是在牛背上度过的，一直到高中毕业。刚开始只能放水沙（母牛），水沙很温顺，叫一声“低角”，牛便将头低下来，等人把两只脚搭在牛的两只犄角上，站稳了，牛便将头用力一抬，把人送到了牛背上。年龄稍大一点，才可以放牯子（公牛），牯子比水沙高大，脾气也大，十分好斗。

放牛要赶早，早晨天气凉爽，牛可以多吃草，中午牛要洗澡，卧在水中反刍。吃罢午饭，天不太热了，再把牛赶到草地上吃草，下午五六点钟光景，有农活时，牛就开始耕地了。中午时分，太阳火辣辣的，人身上直冒汗，牛也热得呼哧呼哧地喘粗气，放牛娃们便赶着牛到河里去洗澡，在河里是不能骑牛的，牛毛沾水之后就变硬了，戳到皮肤上，第二天身上便会长出许多小红疙瘩，大人说是“牛癞子”，很痒，要好几天才能下去。胆子大一点的放牛娃，就站在牛背上，让牛扎猛子，用手抖动缰绳，说声“猛子”，牛便将头浸入水中，好久才从水中露出头来，大口地喘着粗气。有时候，小伙伴们会在水里打水仗，一个猛子扎下去，从河底抠出一捧淤泥，分成小块往伙伴的头上砸，砸中了并不疼，头上脸上都是泥，又一个猛子，泥就被水冲没了。在水里吃了亏的，便跑到岸上来，在岸边水浅的地方取了泥，就朝水里的伙伴猛砸，水里的发觉不妙，一个猛子就溜远了。天热的时候很容易渴，渴了就喝山泉水，泉水清亮亮的，喝饱了追逐撒欢的牛，满山上跑，肚子里的水咣咣作响。饿了就吃山里红，那是一种野果，果实很小，酸里透甜。或者吃烧“老草”，是一种蚂蚱，老草跑得慢，容易捉。

还有一种蚂蚱叫“老飞”，皮嫩肉肥味美，飞得极快，很不好捉。胆子大一点的，就到村民地里扒几个红薯，烧熟了，皮焦肉黄，又香又甜，吃着很过瘾。

最过瘾的事是看斗牛，牯牛相斗是殊死相拼，惊天动地，一方见到同性在附近吃草，便高昂起头，接着发出“嗯嗯”的叫声，另一方听见叫声，也昂起头。为避免斗伤，放牛娃各自拉住自己的牛缰绳，但多数都控制不住，四只角撞在一起，所有的力气都聚集在头上，眼睛通红，尾巴夹得紧紧的。几个小时过后，渐渐地分出胜负，斗败者先是腿发软，仓皇逃跑，胜者仍不依不饶，往往要追出几公里甚至十几公里。

第六章

1

下了火车，刘海洋和任玉静又坐了两个小时的汽车，到了镇上便不通车了，两人只能步行。走到村子里，已经是晚上八点钟了。刘海洋的家在村子的中间，前屋四间瓦房，后屋是两层小楼，中间是一个大院子。刚到家门口，刘海洋的父亲和哥哥嫂子一家人就迎了过来，刘海洋的母亲在厨房忙着做饭。刘海洋和任玉静刚进门坐下，小侄子就端来了热水，让他们洗脸洗手。

不一会儿工夫，刘海洋的母亲就把饭菜做好了。饭菜十分丰盛，有红烧黑鱼、火锅咸鸭、红烧土鸡、五香花生米、水煮豆腐等，都是乡下的土菜。刘海洋的哥哥打开一瓶古井贡酒，刘海洋说不用了，自己带了箱西凤酒，还给父亲带了两条红塔山，父亲夸儿子孝顺，买这么好的烟和酒。

家里的饭菜刘海洋吃着很爽口。刘海洋说，人的胃是有记忆力的，小时候喜欢吃什么，终生都不会忘记。在家里喝酒是需要划拳助兴的，刘海洋的父亲拳划得好，经常赢，但年龄大了，酒量有限。刘海洋哥哥划拳不行，但酒量很好，父子三人喝了一斤。

刘海洋给哥哥敬了一杯酒，说："哥，为了这个家，这么多年你辛苦了！"

刘海洋的哥哥大刘海洋两岁，哥哥小的时候正逢闹饥荒，七岁时就跟着母亲出门讨饭，风餐露宿，受尽了煎熬。为了能多讨一点，哥哥和母亲必须分头行动，刚开始哥哥害怕被村子里的狗咬，不愿单独出去讨要，被母亲打了两棍子，才端着碗出了门。八岁时哥哥才开始上学，上学之余还要做家务，往往是吃罢早饭，刷了锅，洗完碗，听见上课铃响，才往学校跑。刘海洋小时候体弱，由于吃厌了杂粮，进食很少，显得更加瘦小。哥哥经常照顾他，吃红薯稀饭时，哥哥先把碗里的红薯吃完，把剩余的稀米粥全部倒进他的碗里。由于家务的拖累，哥哥的学习成绩不好，经常因回答不出老师的提问而受罚，老师甚至有时会拿竹棍在哥哥的头上用力地敲，哥哥很坚强，再打都不哭。念到小学五年级，父母亲实在忙不过来，忍痛让哥哥辍学，辍学那天，哥哥不甘心，坐在路边哭了一鼻子。

刘海洋上高二的时候，哥哥成家了，当时父母亲都五十多岁了，哥哥和嫂子就成了家中的主要劳动力，村子里有人就劝哥哥和父母亲分家，哥哥坚持不分。为了供刘海洋上学，哥哥又开了十亩荒地，光水稻一项每年就要种二十多亩，从育苗、播种、除草到收割、入仓，历时半年之久。哥哥长年在地里劳作，从开春到冬末，从不停歇，农忙时每天只休息几个小时，有时太累了，抱着扁担坐在田埂上就睡着了。就这样，哥哥供刘海洋念完了高中又上了大学。如今父母亲已年近六旬，哥哥仍与父母亲生活在一起，照顾起居，求医问药。

吃完饭后，刘海洋的母亲从箱子里拿出500元钱，塞到任玉静的手里，说是见面礼，任玉静不要，刘海洋的母亲说，一定拿上，这是有讲究的，任玉静就收下了。

晚上睡下的时候，任玉静缠着刘海洋给她讲故事，刘海洋就给她讲了《王小砍柴》的故事，说是从母亲那里听来的。

王小天天砍柴，有一天王小在路上碰见一只蜈蚣和一只蝎子打架，蜈蚣头被打破了，往旁边的砖头上蹭蹭，伤就好了。蝎子头被打破了，也往砖头上蹭蹭，伤也好了。

它俩打了一天，王小也看了一天，王小心想，这砖头可能是件宝贝，就把砖头拿回家，他妈问王小怎么没砍柴，王小就把情况说了。第二天，村子里来了个卖猫的，卖猫的问王小，是不是捡了一块砖头。王小说是。卖猫的人说砖头是他的，让王小把砖头还给他，王小就把砖头给了他。卖猫的把怀里的那只猫给了王小，王小说不要猫，卖猫的说不要不行，王小就把猫抱回了家。

妈妈说咱娘俩口粮都不够，现在还多了一只猫，从明天开始，咱俩一起上山砍柴，这样能多砍一些柴换些吃的。娘俩砍柴回来，见家里灶上热气腾腾，揭开锅盖一看，锅里面有煮熟的鸡鸭鱼肉，娘俩感到很奇怪。第二天、第三天还是如此。妈妈就让王小藏在家里的隐秘处，观察到底发生了什么事。王小就藏在家里的土瓮里。快到天晚时，家里这只猫把猫皮一脱，就变成一个如花似玉的大姑娘，姑娘将手里的扇子扇了又扇，锅台上立马热气腾腾，香气四溢。王小一下从土瓮蹿出来，一把抢走猫皮，姑娘要猫皮，王小不给，并要求姑娘嫁给他，姑娘想了想就答应了。从此，一家人过上了幸福的生活。

刘海洋讲完时，任玉静已经呼呼地睡着了……

刘海洋带任玉静参观了稻田、鱼塘和水坝。晚上又到姐姐家，姐姐大刘海洋十四岁，就住在邻村。

刘海洋的姐姐准备了弟弟最爱吃的鸡鸭鱼肉，刘海洋吃着姐姐做的饭菜很合胃口，任玉静就不习惯，说一桌子肉，也没有几道素菜，菜太咸了，都是米饭，也没有面，能不能来点凉皮。刘海洋的姐姐笑着说，可以少放些盐，多加些素菜，青菜之类的地里都有，再从集市上买些，面条也有，不过是挂面，凉皮确实没有，也没有吃过。

刘海洋告诉任玉静，他记事的时候，姐姐已是花一样的大姑娘，姐姐不仅人长得漂亮，在村里村外人缘也很好。由于家里负担重，姐姐小学未毕业就辍学到生产队劳动，后来又当了赤脚医生。但在家里，姐姐却很霸道。

平时姐姐总以老大自居，以管教弟弟为己任，轻则动口，重则动手。他和哥哥要是做错了事，姐姐先是大声训斥，然后越说越气，一巴掌就扇到脸上了，火辣辣地疼；再然后是继续训斥继续生气，接下来左右开弓又是两巴掌，直到弟弟们号啕大哭，再接下来就听姐姐炸雷般的喊声“别哭了！”。姐姐不在家时，他和哥哥就高兴，姐姐在家时，他和哥哥都战战兢兢。刘海洋是轻易不敢碰姐姐的东西的。有一次，家里来了亲戚，妈妈让他睡到姐姐的绣床上，他说姐姐回来要打的，妈妈说不要紧。由于紧张过度，晚上他尿床了。姐姐回来后，拧着耳朵把他拽到一边，不由分说，就是一通巴掌，结果他的脸肿了好几天。记得他那年才五岁，他曾经一千次地发誓永远不再理她，可在姐姐拿出好吃的东西时，他又在心里原谅了她。当姐姐再次举起巴掌时，他总是后悔自己心太软。这种日子持续了近十年，好不容易熬到姐姐出嫁。那时候闺女嫁人，讲究哭着出门，姐姐也装模作样地哭了一回。他和哥哥高兴极了，到田野里疯跑，相互庆祝苦日子终于熬出头了。哥哥边跑边喊：弟弟，什么山最高？他说喜马拉雅山最高。他问哥哥：什么人最坏？哥哥说：姐姐最坏。至于姐姐为什么那么坏，他曾在姐姐出嫁后问过她，姐姐粉面一沉，反问道："我要是不打你，你能考上中学吗？"这个理由当然不能让人信服，因为哥哥和他一样挨巴掌，却没有考上中学。据哥哥后来分析，主要原因是观念陈旧，以为巴掌下面出贤弟。

姐姐出嫁后，坏脾气改了许多，不高兴时偶尔也会原形毕露，只是矛头转向了姐夫，有时看着姐夫挨训，刘海洋心里特同情，因为感同身受。小外甥出生后，姐姐对他和哥哥突然好了起来，经常让他俩到家里吃饭，谁有了事情，她都要问长问短。姐姐家境不富裕，但对他俩特别大方，经常给他俩钱，怎么拒绝都不行。他俩上学，哥哥成家立业，都得到过她不少的帮助，为此，她负了不少债。在评价姐姐时，刘海洋的结论是三七开，三分过失，七分关爱。哥哥说：结了婚的姐姐才美丽，当了母亲的姐姐才可爱。

在家里又待了几天，期间，同村的四狗听说刘海洋带着女朋友回来了，特地跑来看一看。四狗变胖了，胖得刘海洋都快认不出来了。四狗说自己现在省城铁路派出所工作，能搞到火车票。刘海洋说太好了，那你给我们买两张到省城的火车票吧。

七天假期很快就过去了，刘海洋和任玉静还要赶回去上班，父母让哥哥开上拖拉机送他俩去镇上的汽车站。拖拉机行驶在乡间的石子路上，上下颠簸，任玉静觉得五脏都要颠出来了，就坚持下车走路。到了县城的火车站，四狗已经在车站门口等他们了，说是没有买到便宜的硬卧车票，只买到两张软卧车票，刘海洋说，太谢谢了，贵就贵点，坐着舒服。

2

刘海洋和任玉静结婚了，矿上给两人分了一套二室一厅的房子。由于路途遥远，加之是农忙时节，父母、哥哥和姐姐都没有来，但他们共同寄来五千元钱。接到汇款单时，刘海洋哭了，五千元钱是家里人卖了三万斤稻子的钱，是一家人整整一年的收入。刘海洋用这五千元钱买了电视、冰箱和家具。结婚那天，刘海洋在江湖饭店包了八桌酒席，请领导和同事们前来参加，刘宁主持婚礼，高怀礼在门外放鞭炮。刘宁的口才很好，出口成章。他说："爆竹声声，喜气洋洋，一对新人，站在中央，新郎叫刘海洋，英俊潇洒，相貌堂堂，远看像刘德华，近看像周润发。新娘叫任玉静，温柔贤淑，宁静美丽，远看像张曼玉，近看像巩俐。二人相配，真是天造的一对，地设的一双……"

张海明作为嘉宾代表做了讲话。他讲了三点：一是学习改变人生，鼓励刘海洋夫妇在工作岗位上多学习，不断地提升自己的能力。二是百善孝为先，一定要孝敬双方的父母，不要忘记父母对自己的养育之恩。三是家和万事兴，百年修得同船渡，千年修得共枕眠，夫妻要和睦相处，珍惜这个来之不易的缘分。此外，张海明还给刘海洋夫妇特批了二十天婚假，让他俩去度蜜月。

刘海洋走时将队里的工作交给了支部书记刘宁。他和任玉静没去过黄山，想象中的黄山一定很美，两人计划在黄山上住几天，好好领略一下黄山的风光，还计划去杭州、上海、苏州和南京去看看。

第一站，他俩到了皖南宏村，在皖南众多风格独特的徽派民居村落中，宏村是最具代表性的。在整个外观上，宏村是古黟桃花源里一座奇特的牛形古村落，既有山林野趣，又有水乡风貌，素有“中国画里的乡村”之美誉。村中各户皆有水道相连，汩汩清泉从各户潺潺流过，层楼叠院与湖光山色交相辉映，处处是景，步步入画。闲庭信步其间，悠然之情浓烈得让人心醉。全村现完好保存明清民居 140 余幢，白墙黑瓦，独具风韵。

米饭和腊肉是徽州饮食中的绝配，刘海洋吃着很爽口，任玉静则只吃烧青菜和炖竹笋，她想吃面条儿，服务员说只有挂面，任玉静说挂面就挂面吧，那也比米饭强。

一路走着看着，雨说下就下，两人撑起雨伞，走在小巷里，任玉静轻声地吟诵起戴望舒的《雨巷》：

撑着油纸伞，独自
彷徨在悠长、悠长
又寂寥的雨巷
我希望逢着
一个丁香一样地
结着愁怨的姑娘
她是有
丁香一样的颜色
丁香一样的芬芳

丁香一样的忧愁
在雨中哀怨
哀怨又彷徨
她彷徨在这寂寥的雨巷
撑着油纸伞
像我一样
像我一样地
默默彳亍着
冷漠、凄清，又惆怅
她默默地走近
走近，又投出
太息一般的眼光
……

第二天，他俩到了黄山脚下，住在一家旅馆里。旅馆是全木打造，房屋不隔音，隔壁住着一对小夫妻，估计是新婚宴尔，刘海洋明显能听到木床摩擦地板的声音，响个不停，他俩根本睡不着。直到半夜那个声音还在响，刘海洋就敲了敲木隔板，声音就停了下来。过了半个小时，那个声音又响了起来，有时还能听到女人的呻吟声。刘海洋和任玉静实在无法入睡，都从床上坐起来。

刘海洋对任玉静说："要不，咱俩和他俩来个比赛吧？"

任玉静笑着说："我可不行，留点体力明天爬山呢！"

天刚亮，刘海洋和任玉静就起床了，想趁早排队上山。刘海洋不放心单位的事情，就给综采队打了个电话，电话通了，是刘宁接的。

刘海洋问："工作面的情况咋样？"

刘宁说："情况不好，工作面出水了，是老塘的水，生产已经停了，全队都在24小时排水。你就安心在外度蜜月吧！我们能顶住。"

放下电话，刘海洋对任玉静说："咱俩回去吧！工作面出水了，下次再来吧！"

任玉静垂头丧气说："那好吧！下次你可一定要陪我来呀！"

刘海洋搂着任玉静说："一定！"

回到葫芦滩煤矿，刘海洋第一时间赶到了工作面，工作面的水已经齐腰深，液压支架、运输机和采煤机全部泡在了水里，两端头顶板压力很大，单体支柱被压得东倒西歪。刘海洋安排用大功率水泵排水，现场的人分成两拨，一拨人排水，一拨人支护，在两端头打木跺支护，又把端头支护长度延伸到200米的位置。刘宁泡在水里修水泵，浑身都湿透了，满脸满身都是煤泥。刘海洋安排刘宁升井休息，全队的人分成三班作业，并安排专人送水送饭。

一说起送饭，刘海洋就想起了王玉剑，他问身边的高怀礼："怎么没有见王玉剑？"

高怀礼说王玉剑出事了。一周前，王玉剑和几个狐朋狗友去镇上歌舞厅唱歌，王玉剑喝多了，有一个家伙还趁机给王玉剑吃了药，王玉剑药性发作，缠着歌厅的一个女服务员，说要和她发生关系，女服务员不同意，他和女服务员纠缠了半天也没有结果，结果在众目睽睽之下，王玉剑把这个女的强奸了。当天晚上，王玉剑就被抓了。《秦黄都市报》刊登了一则消息《葫芦滩恶霸当众强奸民女》，很快整个秦黄省的人都知道了，听说省委政法委的领导都批示了，说是要从重从快从严判处，如此看来，王玉剑轻判不了。

“队上要不要派人去看看王玉剑？”高怀礼问道。

“看个锤子！”刘海洋气愤地说，“这种畜生死有余辜。”

经过一个月的努力，工作面的积水减少了，但恢复生产还很困难，综采队四分之一的人病倒了，高怀礼高烧39度，住进了矿医院。刘海洋去找张海明，张海明立即召开协调会，安排通风队排水，掘进队支护，机电队检修设备，办公室负责后勤保障，矿领导分班在现场指挥。有了全矿的支持，综采队很快恢复了生产。

刘海洋想去医院看看高怀礼，刘宁说：“高怀礼出院了，在家休养。”刘海洋说：“那就去他家里看看吧！”刘宁买了些营养品，就和刘海洋一起出发了。

高怀礼是当地人，就住在葫芦滩镇上，他家有三孔窑洞，还有砖砌的院墙，院子里种了各种蔬菜。听说刘海洋来了，高怀礼亲自到院外迎接。到了家里，刘海洋还发现一个坐着轮椅的中年男人，高怀礼介绍说这是他的哥哥，出生半岁时，不幸感染脊髓灰质炎，多方治疗无效后落下了全身残疾。父母亲常常叮嘱高怀礼要照看好哥哥，从高怀礼懂事起，就一日三餐为哥哥端吃端喝，抱着哥哥解手方便，时时小心照看着。有人嘲笑哥哥时，他更多地是做好哥哥的思想工作，让他勇敢面对生活，就这样和哥哥在艰难中一起长大。

高怀礼十七岁时，母亲因多年苦累，早早撒手人寰，他和父亲、哥哥三个男人相依为命，直到在葫芦滩煤矿参加工作，家中贫寒的经济才略有改善。受家中拖累，高怀礼二十八岁时才结了婚，有了自己的小家。可操劳一生的父亲又患上重病，他陪侍在父亲左右，为父亲端屎端尿。为了照顾好父亲和哥哥，高怀礼把年幼的儿子交给了孩子外婆代为抚养，老父亲在弥留之际留给高怀礼一句话：“你哥哥我放心不下，一定照看好你哥哥！”那一刻，他更加明白了这句话的分量。

正在这个家需要照顾的时候，高怀礼妻子因受不了家庭拖累和他离婚，留下儿子转身离去。从此，哥哥和年幼的孩子就成了高怀礼的全部，帮哥哥洗衣做饭，收拾房间。夏日大院里冲凉，冬季暖房洗澡，哥哥的吃喝拉撒，吃穿住行，他无时无刻不挂在心上。为了让哥哥行动更加方便体面，高怀礼自己琢磨，从废品收购站找来旧轱辘、电瓶，找到电焊铺子，为哥哥焊制了一辆自制的电动轮椅车。看着哥哥在轮椅车上舒展的眉头，他和哥哥一样高兴。

一天，高怀礼正在办公室上班，哥哥突然打来电话，说他肚子疼痛难忍。他慌忙请假回到家中，带着哥哥去了医院。他东拼西凑交上 2000 元的住院费，背着哥哥在医院楼上楼下检查。三天三夜，他陪在哥哥身旁，寸步不离。去年冬天的一个夜里，哥哥因行动不便差点被锁在大门外，多亏乡邻帮忙才未发生意外。为此，高怀礼省吃俭用专门为哥哥盖了一间电动门房，方便哥哥进出。因为哥哥身体残疾，每次上卫生间都得坐在轮椅车上花费一个钟头，他又专门在院子里给哥哥盖了个向阳的厕所。

“滴水之恩，当涌泉相报。”这是高怀礼经常说的话。他哥哥是一级残疾人，享受着五保待遇，一个月可以领 300 元的补助。高怀礼的哥哥说：“自己没有对社会做出贡献，却享受着国家补贴，内心总是感到愧疚。”

“人就是在逆境中成长，生活总要继续，再困难的日子总会过去。而且，这个家不敢有闪失，我和哥哥一定会坚强地走下去！”高怀礼含着热泪深情地说。

听完高怀礼的讲述，刘海洋和刘宁热泪盈眶，他俩被高怀礼的事迹深深感动了。临走时，他俩留给高怀礼的哥哥500元钱，他哥哥坚持不要，刘海洋硬是把钱留下了。

高怀礼还告诉了刘海洋一个消息，王玉剑被执行死刑了。刘海洋说：“死有余辜。”

3

一轮火红的太阳正在葫芦滩上空燃烧，一层散漫的红光怡然飘落而下，照耀着一个在办公室里忙碌的人，此人正是刘宁。他现在工作的地方既不在阴暗潮湿的井下，也不在综采队凉爽的值班室里，他正在办公楼里焦头烂额地写着材料。写材料，刘宁是不擅长的，这既不是他拿手的专业，也不是他的兴趣爱好，他只能强逼着自己按照设定好的思路写。可一上午，他只写出了不到半页纸。这份材料要求高，标准严，方方面面、条条框框的内容加起来不得少于三千字，现在才是九牛一毛，这不是逼张飞绣花吗！刘宁站起来烦躁地走来走去，虽然已经过了午饭时间，但是他感觉肚子胀胀的，没有一点食欲。

他重新坐下，做了一个长长的深呼吸，想把自己这段时间以来的不快情绪都吐净，造成今天这样进退两难的局面不能怪别人，只能从自己身上找原因。

刘宁现在是葫芦滩煤矿的团委书记了，当时这件事在葫芦滩还引起了不小的震动，至少在综采队是一条爆炸性新闻。一切暗流都在冰层下悄无声息地流动着，在组干科的工作人员将任职公示贴出去以后，综采队的干部职工惊掉了下巴，事先没有任何迹象和征兆，他们认为，刘宁跟大家相处得挺好，工作上也负责，实在没有必要去机关当一个并没有多少存在感的团委书记。有人说，刘宁在综采队干得不顺心，综采队队长和书记不和，刘宁和刘海洋工作上闹得不愉快。还有人说，刘海洋仗着自己是队长，工作上搞“一言堂”，大事小事他一个人说了算，不支持刘宁的工作。一时间，流言四起，说什么的都有，搞得刘宁见了刘海洋都很尴尬。

事情搞成现在这个样子，综采队的干部职工只能向刘宁表示祝贺。在正式任命还未下达之前，有些原来在刘宁手底下干活的班长就开始请刘宁吃饭喝酒，天天把这个小伙子喝得醉醺醺的，直到任命正式宣布，刘宁才终于结束了喝酒话离别的日子。

刘宁当这个团委书记，是他让父亲出面找的张海明。刘宁的父亲一直希望儿子在体面的机关工作，认为综采队井下工作环境差，危险系数高，不能干得太久了，这回反倒合了老人的心愿。

当初在综采队，刘宁作为党支部书记，主要工作任务和职责就是抓党建，把支部的工作搞起来，生产上的事情相对参与得少，所以在综采队，刘宁的地位跟刘海洋比起来，差了一大截。打心里讲，刘宁也不愿意在综采队干了，不管干什么，刘海洋的风头都胜过自己，队里的人都把刘海洋当成一把手，而他充其量是个二把手，有时候甚至还不如副队长高怀礼的地位高。刘宁想跳出来单干，证明自己的能力和水平不比刘海洋差，他刘宁也会成为葫芦滩的一个人物的。

刘宁上任团委书记后，干的第一件事情就是召开团代会，他向张海明建议，团委该换届了，需要重新选举团委领导班子，张海明同意这个想法。刘宁进行了大刀阔斧的改革，原来的团委委员只保留了任玉静，剩下的他都换成了“自己人”。刘宁认为，他要培养自己的人，有了人，才能在葫芦滩干出一番自己的事业。

事情的结果并不是随着人的意志而转移的，由于团委书记是和组干科是合署办公的，加上团委的日常性事情相对不多，所以刘海洋还得兼职干一部分组干科的业务，实际上闵红光也算是刘宁的领导。组干科缺少写材料的人，闵红光就安排刘宁写材料。刘宁写的绝大多数材料都被闵红光否定了，一晃几个月下来，刘宁在写材料上仍然没有多大进步，这让刘宁很苦恼。

生活并非都是一成不变的。最近，还是有些高兴的事情。刘宁已经与黄丽君正式交往了。那晚，从夜幕中追出的人影正是刘宁。自打黄丽君到了葫芦滩煤矿，刘宁就一直关注着这个从本省南部山区而来的女人。刘宁不认识黄丽君，以前只是在跟刘海洋的交谈中听过。后来，黄丽君到了葫芦滩煤矿，他跟着刘海洋与黄丽君吃了几次饭，那个时候，黄丽君还是刘海洋谈了很多年的女朋友。

缘分往往是奇妙和意想不到的，刘宁自打见到黄丽君，就一下子迷上了这个姑娘，亲戚朋友给他介绍了那么多的对象，他愣是一个没瞧上，单就对黄丽君立马有了感觉。刘宁甚至想，如果黄丽君不是刘海洋的女朋友，他会主动去追黄丽君的。

由于刘宁与刘海洋的宿舍在一层楼，每天晚上，这个被一种情感占据全部思维的年轻人就会来到刘海洋这里蹭饭。有时候，即使并没有被邀请，他也总是找一些理由过来，明面上是跟刘海洋谈工作，实际他的心思都在黄丽君身上。直到黄丽君把饭端上来，刘宁也没有想离开的意思，于是，他就顺理成章地与他们坐在一起吃饭聊天……有时候，刘宁看见刘海洋不在屋里，也会找些话题，故意接近黄丽君。这样一来二往，刘宁成了除刘海洋之外，黄丽君在葫芦滩最熟悉的人。时间就这样在一种美妙的氛围中流逝着，直到有一天晚上，刘宁回来，看见黄丽君一个人哭着跑出了宿舍楼，就赶快追了上去。

那晚，刘宁一直陪着黄丽君，他不说话，也不知道该怎么办，只是陪在她身边。黄丽君漫无目的地走着，刘宁就在后面悄无声息地跟着；她停下来，他也停下来；她顺势坐下来，他也坐在离她不足半米远的地方；她起来继续走，他也继续跟着……突然，黄丽君脚下踩空，一头栽了下去，刘宁跑过去赶快将她扶起来。望着茫茫的夜幕，黄丽君的心情糟糕透了，有种叫天不灵叫地不应的感觉，只能先找个歇脚的地方，刘宁就把黄丽君搀扶到了镇上的一家宾馆。黄丽君要喝酒，刘宁像个听话的孩子陪她喝，一瓶酒还没喝了一半，黄丽君就开始吐，吐完再喝，喝完再吐，到最后，黄丽君反而越喝越有劲，越喝越有力，就这样，两人推杯换盏，把一贯酒量大的刘宁都喝得难以辨别方向，两人东倒西歪就睡去了。睡梦中，刘宁感觉一只手伸进了他的衣服里，接着一股扑鼻的酒味袭来，瞬间使他清醒了一半，刘宁也顺势翻身抱住了黄丽君，黄丽君并没有反抗，就这样，借着酒劲和荷尔蒙，刘宁的手就像一条蛇游走在黄丽君凹凸有致的身体上，他扭动着身体，把对黄丽君所有的心动、想象和牵挂融进无尽的缠绵中，娇喘声让无边的黑夜多了几分躁动。

第二天，刘宁赤身裸体地醒来，后脑根阵阵酸痛，浑身提不起力气，偌大的一张床上就剩下他一个人还在被窝里，旁边已经没有了黄丽君的身影。刘宁来不及穿衣服，就爬起来在房间里找人，找了一圈没见到人。他以最快的速度穿好衣服，跑到宾馆前台打问，老板娘没好气地说，那么多人，她怎么能知道谁是黄丽君。

黄丽君就这样从葫芦滩消失了。刘宁向刘海洋打问过黄丽君，刘海洋说自从二人断绝了关系以后，就再没有联系过黄丽君，所以对黄丽君的情况不清楚。

黄丽君的身影总会时不时地出现在刘宁的脑海，他尤其留恋那晚黄丽君柔软挺拔的身体和殷殷的娇喘声，仿佛刻在了骨头里，拔都拔不出来。他要想方设法找到黄丽君，把她留在自己的身边。

刘宁的思绪像窗外漫无边际的野草一样疯长着，这个时候，一个电话把他的浮想拉回了现实中。来电话的正是闵红光，闵红光告诉他团省委要举办为期一个月的团干部培训班，刘宁作为团委书记要参加，第二天就要报到。刘宁放下电话，就开始收拾。他也无心再在材料上下功夫了，随即撕掉稿纸，扔进纸篓里，走出了办公室。

一天后，刘宁出现在省城的培训现场，报到完安排好食宿，下午就开始上课。刘宁对上课提不起多大的兴趣，心里一直想着怎么找到黄丽君。晚上还有研讨课，刘宁口才好，也不需要提前准备，就能不费力气地轻松应对。遇到周末不上课的时候，他就漫无目的地到省城的街道上转悠，不买什么，不专门看什么，纯属为了消磨时光。大城市的繁华、美景、美食统统提不起他的兴趣。他为什么不去找黄丽君呢？当天中午吃完饭，刘宁就坐上了去黄丽君老家的车。

车子一路晃晃悠悠，一个山洞走完接着钻入另一个山洞。到了县城，刘宁没有停歇，他的心里只有黄丽君，就想着早点见到她，于是立刻踏上了去往镇上的车。刘宁到了黄丽君所在的镇小学，得知黄丽君请了长假，又向学校打听到了黄丽君家的地址，他就三步并两步向村里走去。终于他推开了黄丽君家的大门，一条狗朝着刘宁扑咬，屋里闪出一个熟悉的身影，刘宁知道，那身影就是黄丽君。

黄丽君并没有迎接这位远道而来的客人，刘宁从她脸上的表情能看出黄丽君对他的态度，他并没有生气，反而像个客人一样走了进来。黄丽君的父母看着进来一位生人，一时也搞不明白情况，但知道是女儿的朋友，老两口也不好意思让这个年轻人站着，就把刘宁让进了女儿的屋里，还端来了茶水，然后，老两口就出去了。

这是黄丽君的屋子，虽然小，但是收拾得干净温馨。即使在心情糟透的日子里，黄丽君也没有失去对生活的向往和热情，她不允许自己随随便便睡在脏乱的地方。她把屋子里里外外收拾得干干净净，屋内斑驳的墙面，也让她糊上了一层白纸。天黑了下来，打开灯，亮了光，小屋变得温暖而有生气。

“丽君，你让我找得好苦。”刘宁坐着，搓着手，“自从上次在葫芦滩分别以后，我一直在寻你……”

黄丽君并没有接过他的话，她背对着刘宁，不想知道关于葫芦滩的任何事。

“我一直忘不了你，你应该知道我的心思。”刘宁继续说。黄丽君还是立在那里，不作声。见黄丽君一直没说话，刘宁也不知道说什么了，纵然他有一腔的话想要表达，但似乎眼前没有这个机会了。

空气中弥漫着尴尬，人的呼吸声听起来有些沉重。过了一会儿，刘宁站起来，往前缓缓走了两步，说道：“你考虑一下，我等你的消息。”随即推开门走出去，消失在了无边的夜色中。等黄丽君反应过来追出去的时候，人已经不见了踪影。

第二天一早，刘宁又准时出现在黄丽君的家门口，手里还拎着一些不知道从哪买来的礼品。

准确地说，黄丽君心里确实吃了一惊，有点紧张又觉得非常意外。但是她把一切情感的变化和心理活动统统装进肚子里，不让人察觉到，尤其是门外站着的这个人。黄丽君的父亲笑着拉刘宁进了女儿的屋里，又是让烟，又是上茶，弄得黄丽君反而下不了台，急忙把父亲拉到一边说道：“你干吗对他那么好？”没想到，黄丽君的父亲反责怪女子待客没礼貌，离开的时候还给黄丽君撂了一句话，小伙子人挺好的。

黄丽君知道刘宁的意思，可她现在实在不想再在爱情上冒险了，她已经遍体鳞伤了。她深爱的人爱上了别人，不爱的人反而找上门来。那晚在葫芦滩宾馆发生的事情让她羞愧得不敢见人，她没想到刘宁会找上门，更没有料想到，刘宁没有因为她冷冰冰的态度知难而退，反而摆出了一副死缠烂打的样子。

正如黄丽君所担心的那样，从那以后，刘宁天天来他们家，每天雷打不动的时间，在他们家吃完早饭然后告辞离开。直到第六天，情况有了根本性的转变。

“刘宁，你啥意思，天天在我们家吃喝？”黄丽君终于忍不住，开口问道。

“你这不是明知故问吗，我的想法你又不是不知道。”刘宁显出一种势在必得的气势。

……

“你能对我一辈子好不？”良久，黄丽君问道。

“我能！”

“你骗人，话好说，事难做。”

“我指天发誓。”刘宁着急得满脸通红。

“我不要你的那些话，你对我一心一意我就满足了。”

“我一定能！”黄丽君在刘宁的眼睛里看到了一种纯正而又炽热的东西……

第七章

1

任玉静怀孕了，这可把刘海洋高兴坏了。做了父亲，人生的意义也不一样了，肩上有了责任，对工作也更上进了。刘宁走了，党支部书记的岗位一直空缺，组织索性让刘海洋一肩挑了。

当然高兴的还有任自忠，自从女儿怀孕后，这位退休老干部的精神头特别好，梳着麻利的大背头，走起路来，气势和气派特别足。任自忠有时候还饶有兴致地跑到杨荔枝的麻将馆打一会儿牌作为娱乐消遣。任自忠逢人就说，女儿怀孕了，他任家有后了，也算对得起死去的玉静娘了。

女人当了妈以后就变了，这话一点儿也不假。首先表现在身体变化上，现在的任玉静看起来体态丰盈，肩膀和胯部明显宽了，脸蛋也变得红润了，走起路来身子沉沉的，全身透露着一种母性的成熟气质。庆幸的是，任玉静基本没有孕反，不吐不恶心，头也不晕。其次，她的心思变了。结婚以后，任玉静有点黏丈夫刘海洋，总是拉着他干一些自己喜欢做的事，有时候，刘海洋遇到工作上不顺心的事情，就不愿意配合妻子，不免发火。现在任玉静把所有的心思都放在宝宝身上了，根本没时间去关心丈夫的工作。每天，任玉静扳着手指头数日子，有时候能感觉到宝宝在肚子里动，这让任玉静着实感觉一个生命在生长、在跳跃。眼看着肚子越来越大，任玉静就哪儿也不去了，每天就是坐着躺着，无聊的时候就挺着大肚子在房间里走来走去。

忙工作之余，刘海洋一有时间就陪着任玉静，让妻子能有一种安全感。

一天，惠铜川来到综采队办公室找他，说好长时间没见了，约他一起坐坐。

惠铜川说："把任玉静也叫上！"

刘海洋摇摇头："不行，她怀孕了，不方便！"

刘海洋和惠铜川来到了江湖饭店，杨荔枝也在那儿，杨荔枝带了两瓶高脖子西凤酒，惠铜川点了刘海洋最爱吃的干煸肥肠和蒜薹炒肉。酒过三巡，惠铜川拿出自己写的一首诗给刘海洋看。

天上的太阳
像心般滚烫
十五的月亮
给了我多少圆圆的遐想
痴的梦
已被抛进老塘
把这月亮、太阳
顶在头上

巷道里，我大步徜徉
煤的醇香醉了心房……

刘海洋看完后，向惠铜川竖起了大拇指，写得真好。

任玉静要生了，肚子疼得厉害。刘海洋第一时间将任玉静送到矿医院，大夫将任玉静推进了产房，刘海洋在外面等了两个多小时，也不见妻子出来，急得他直转圈儿。又等了一个小时，大夫出来了。

大夫说："孩子太大，生不出来！"

血一下子就涌到刘海洋的脸上了，他着急地问："那怎么办？"

大夫说："只有剖宫产了！"

刘海洋没有了法子，只能同意。

刘海洋在手术单上签完字，又在门口等了两个小时。大夫又出来了。

大夫说："产妇大出血，急需输血。快去找O型血的人来献血！"

听到这个消息，刘海洋差点栽倒，他心急火燎地给高怀礼打了个电话，让他在综采队找两个O型血的人过来救命。

十几分钟后，矿医院来了二十多个人，都是来献血的。高怀礼说，综采队零点班的职工刚下班，O型血的人都来了。走在最后的是杨荔枝，她听说了，也赶了过来。医生说，只要两个人就够了，不需要那么多人，最后高怀礼和杨荔枝留了下来。

献完血后，刘海洋又在手术门口等了三个多小时，护士才将产妇和刚出生的宝宝推了出来。

进了病房后，刘海洋看到妻子母子平安，才把悬着的心放了下来。

刘海洋问："手术咋做了那么长时间？"

任玉静说："大夫把止血钳子忘在我肚子里面了，重新打开，又缝了一次。"

刘海洋说："哪有这么粗心的大夫，我找他说理去。"

任玉静说："算了吧！都是一个单位的，低头不见抬头见。再说人家也累了一天了。快给孩子起个名字吧！"

刘海洋想了想说："就叫楠楠吧！取难产'难'字的谐音。"

任玉静说："那就叫刘楠楠吧！"

这一年，刘海洋被提任为葫芦滩煤矿副矿长兼总工程师，与他一同升职的还有刘宁、闵红光和李强安。刘宁被任命为矿党委副书记兼工会主席，闵红光和李强安的职务都是副矿长，在刘海洋的推荐下，高怀礼被提任为综采队队长。但刘海洋是班子里最年轻的。刘海洋升职的主要原因还是他的工作业绩非常突出，综采队的产量已经占到全矿的三分之二。另外，他在综采队推行正式工和协议工同岗同酬，极大地调动了协议工的工作积极性，推行的材料承包制，有效地降低了采煤成本。这两项改革在全矿，甚至在全省得到了推广，张海明还代表葫芦滩煤矿在全省煤炭企业管理经验交流会上作了发言。一个月后，张海明被提拔为省煤炭局副局长兼葫芦滩煤矿矿长、党委书记。

2

对于杨荔枝来说，眼前的生活仍然像梦一样不可思议。

麻将馆生意的大繁荣后面，是充满着重重困难和艰辛的。杨荔枝一个人从天明忙到黑灯瞎火，有时候甚至忙到半夜三更，虽然麻将馆的营生并非考验一个人的体力，大部分是端茶倒水、迎来送往、跑腿帮忙、收拾卫生等一些琐事，但是一点闲工夫都逮不住。杨荔枝刚坐下歇了一口气，客人就叫帮忙买包烟，买完后，客人又叫添些水，一会儿，又让去隔壁江湖饭店叫饭菜，一整天都被一些杂七杂八的事情环绕着。一天下来，跑得杨荔枝小腿肚子生疼，腰都立不直，晚上睡下的时候，连盖被子的力气都快没有了，辛苦得梦中都在呻吟。

杨荔枝是个随性好客的人，没事的时候，她总是为麻将馆的红火热闹添柴加火，客人跟她开个羞臊的玩笑，杨荔枝非但不生气，反而接过话匣子，说更加露骨且直白的话，于是，这个玩笑在一片嬉笑声中，不留尾巴地圆满收场。有些客人，甚至趁杨荔枝不注意，在她大腿根上捏一把，或者屁股上掐一下，杨荔枝也没有跟对方生气，这个时候她反而笑着，把自己的大腿和屁股摆出来，让对方捏个够，众目睽睽之下，往往尴尬得让对方下不了台。杨荔枝经常为光顾的客人提供免费的饭食，这让麻将馆多了很多回头客。杨荔枝有自己的生意经，来的都是客，客人就是自己的衣食父母，人家说啥做啥，都不能放在心上计较。

麻将馆在杨荔枝的精心经营下，生意如日中天，每天都能在外面听到噼里啪啦的麻将声，里面没有一张闲桌子。杨荔枝的好生意立马引起了附近其他麻将馆的嫉妒，客人都被杨荔枝抢走了，他们喝西北风去？！有一家麻将馆的老板娘竟然跑到了杨荔枝的门口找她理论，摆出一副闹事的样子，杨荔枝不甘示弱，她骨子里要强，吵架打架那也是拿手活，骂人的话从小就会，这个老板娘硬是被杨荔枝犀利刁钻的骂人功夫给吓退，从此以后，再也没有人敢上杨荔枝的麻将馆闹事。

吓退了嫉妒闹事的，垂涎美色的又上了门，他们借着打牌的名义盯上了杨荔枝的脸蛋和身材，不是请杨荔枝吃饭喝酒，就是给她点小恩小惠，买个苹果送个梨，杨荔枝深知“寡妇门前是非多”的道理，形形色色的献殷勤的目的只有一个：就是想占她便宜。当然，杨荔枝根本不会让这些人得逞，长眼睛的她会给个好脸色，不长眼的都被她一顿火力全开的脏话骂了回去。有一次，最后一拨客人走了以后，已经是凌晨两点多了，杨荔枝累得脖子都直不起来，她顾不得收拾卫生，锁了门，就直奔棚户区的家。走着走着，杨荔枝发现不对劲，老感觉后面有人跟着，好在自己胆子比较大，不然早吓得没魂了。起初，杨荔枝没在意，着急赶回家，没想到，就在她快到门口的时候，那个身影竟然先一步她立在了门前，杨荔枝吓了一跳，她定了定神，发现是那个经常在江湖饭店喝得找不到北的醉鬼，这个醉鬼带着满身的酒气朝杨荔枝扑了过来。杨荔枝“啊”地叫了一声，本能地拿起地上不知道哪来的木棍朝着那个醉汉砸了过去，醉鬼被打得哇哇叫，连滚带爬地跑了……

就文人惠铜川的处境来说，他是幸福的，他正满满地徜徉在幸福的海洋里。首先，他终于转正了，成为葫芦滩煤矿炮采队的一名正式工了。每年矿上转正的指标非常有限，惠铜川能脱颖而出，首先是平时表现好，惠铜川经常代表炮采队参加矿上组织的一些活动，有时候还能拿到不错的名次，为区队增光添彩。其次，惠铜川经常在矿上自办的报纸上发表一些散文、诗歌以及一些新闻稿件，发得多了，自然有人就注意到了他，后来，大大小小的领导都知道惠铜川这个人，转正也成了顺理成章的事情。期盼多年的一件大事情解决了，惠铜川高兴地哭了一鼻子，他的眼泪里既饱含着激动，又有一种苦尽甘来的喜悦。惠铜川觉得是祖宗保佑的结果，他家世世代代都是农民，现在终于有一个走出大山，拔掉穷根，端上公家饭碗的人了，这是一件了不起的事，更是他人生中值得铭记的一件大事。以前惠铜川回村里探亲的时候，总有一种抬不起头的感觉，也因此他很少回老家。自己是个下井挖煤的，村里的人在一定程度上瞧不起下井的，更别说还是一个协议工。这回，不管是挖煤还是掏炭，自己最起码是一个国有单位的工人了。

让惠铜川高兴的事还有跟杨荔枝这层比较微妙的关系。每天拖着疲惫不堪的身体升井后，在澡堂将浑身的煤泥和污垢洗干净，惠铜川就跑到杨荔枝的麻将馆里帮忙，这个时候杨荔枝已经给他准备好了热气腾腾的饭菜。杨荔枝做饭真是一把好手，不仅能吊住人的胃口，还能每天变着花样做。惠铜川吃着杨荔枝特意为他做的饭菜，脸上头上汗津津的，下井的一身疲惫感早就消失得无影无踪了。惠铜川也会起身帮杨荔枝照料麻将馆，杨荔枝心疼惠铜川，总让他坐着不要帮忙，惠铜川拗不过杨荔枝，就这样，一直坐到晚上，惠铜川才依依不舍地离开麻将馆回到矿上。

作为一个有家室的人，惠铜川刻意保持着与杨荔枝的距离，尽管他每天升井后都要去麻将馆，但是从不越雷池半步。坦白来讲，惠铜川确实对杨荔枝动过心，有过遐想，但是他强迫自己止步于这种遐想中。这或许只是他作为一个诗人对事物天生的敏感，并不能代表内心真实的想法，如果他写一本书，他肯定会把自己写成书里的男主人公，把杨荔枝写成女主人公。在书里他们可以相恋相爱，没有什么能阻碍他，但是现实不允许他这样做，只要他在葫芦滩一天，他就有义务替自己的兄弟大头照顾好杨荔枝……

日子就这样悄无声息地过着，一年的春夏秋冬不停地轮转着。一场雨稀稀拉拉地下着，葫芦滩笼罩在一片雾蒙蒙的湿润中，矿区内已经见不到行人了，只有车辆穿梭在其中。下午，雨势逐渐减弱，多日不见的太阳照着葫芦滩洁白的田野，风在吹，点点晶莹的水珠滴下来。这时，炮采队的工作面传来一个让人揪心的消息，诗人惠铜川出事故了。早些时候升井的工人也说不清楚这个文人到底在井下出了什么事故，后来参与救援的人说，惠铜川满脸是血升井了……

杨荔枝是听一位打牌的客人说的，知道这个消息后，杨荔枝着急地揪住那位客人的衣服问人在哪？客人听了个一知半解，吞吞吐吐半天没有说出有价值的信息。杨荔枝来不及多想，跑到炮采队值班室打问情况，才知道惠铜川被送去了矿医院。到了医院以后，人已经被推进了急诊科的手术室。一小时后，惠铜川被推了出来，整个脑袋都被纱布缠着，纱布薄处还能看到渗出来的血迹。原来是惠铜川跟工友修理井下开关的电缆时，由于电缆漏电，喷出来的高压电弧灼伤了惠铜川的脸。医生对杨荔枝说，左半脸灼烧得严重，将来会留下疤痕，幸运的是没有烧到眼睛，烧到眼睛的话，眼睛也保不住了，那就是一辈子的遗憾了。现在，烧伤没有特别好的治疗办法，在医院治疗完后，就只能在家里静养了。

听到这里，杨荔枝失声哭了起来，旁边的医生和护士赶忙劝解眼前的女人不能哭闹，医院是静养之地，病人们都需要休息。

惠铜川在矿医院治疗了一个礼拜以后出院了，他的妻子也过来了，杨荔枝不方便出面，只能在麻将馆等着。惠铜川的妻子在煤矿照顾了惠铜川半个月后，就被惠铜川撵回老家去了，说是撵，实际是因为家里还有老人和孩子，妻子不能在矿上待太久。

惠铜川难以接受自己毁容的现实，整天郁郁寡欢，对什么也提不起兴趣。惠铜川受伤后，他所在的班组和炮采队都安排人过来看望，刘海洋还代表矿上对他进行了慰问。由于惠铜川是在上班期间出的事故，性质属于工伤，每个月都能领到工伤补助，这在一定程度上解决了惠铜川的一些后顾之忧。

惠铜川的妻子走后，杨荔枝就把他接了过来，安慰着眼前的这个男人，让他在家里养好身体，尽快康复起来。杨荔枝握着惠铜川的手说，千事万事有她在，尽管把心放宽，天塌不下来……惠铜川握着杨荔枝火一般烫的手，只觉得心头一热，眼里便噙满了泪水……

3

一场金融风暴席卷全球，中国的经济也不可避免地受到了影响，煤炭市场价格一下跌到了冰点，一吨煤在市场上只能卖到60元钱，即使这样仍然很难卖出去，一斤煤三毛钱，低到了白菜价，就算侥幸把煤卖出去了，煤款也不好收回。

就在这样困难的情况下，葫芦滩煤矿出事了。那天，刘海洋下井，走到离井口八百米处时，发现有一股水流从大巷的底板涌出，一开始水量不大，口子被冲开后，水量突然猛增，在数百米外都能听到巨大的涌水声。没一会儿，井下的四台水泵及部分机电设施就被大水淹没了，生产系统陷入了瘫痪。刘海洋给调度室打电话，命令所有在井下的作业人员全部撤退。刘海洋升井后，工作服还没来得及换，就冲到了调度室。张海明、刘宁、闵红光、李强安等矿领导一个不少地全聚在了调度室，张海明问刘海洋怎么办，刘海洋说，在距井口两千米处是大巷的制高点，在制高点处砌三道挡水墙，将三条大巷封死，否则的话，全矿井都会被淹没，那么井下所有的设备、巷道、管线都将遭受灭顶之灾。很快，领导班子达成了一致的意见，那就是全矿总动员，争分夺秒砌好这三堵墙。

很快，全矿六千多名职工都被调动起来，分成三组，一组砌墙，一组运料，一组做后勤保障。每一组又被分成三个班，昼夜不停地施工。有矿工家属也自发前来帮忙，在送饭人员的队伍里，刘海洋看到了杨荔枝，杨荔枝递给刘海洋一个肉夹馍。刘海洋边吃边问："你怎么也来了？"杨荔枝说："矿上发生这么大的事，我怎能不来呢！我自己做了一些肉夹馍，免费给大家送来，表示一下心意，我帮不了大忙，送饭送水还是可以的。"两天时间，三道挡水墙砌成了，大巷的水也到顶了。矿井是全矿职工家属的饭碗和希望，如果矿井停产了，职工和家属的饭碗也就成了问题。

张海明指示由刘海洋联系省煤田地质队来矿上进行地质勘探，结果让所有的人都大吃一惊，造成矿井灭顶之灾的根本原因，是个体小煤窑违法在河床下开采，凿穿河床造成漏水。距葫芦滩煤矿十公里的河流上游，个体小煤窑有二十多个，相互越界开采，在长达三千米区间的塌陷区沿岸，巨大的裂缝有百十条。地质专家估计，河水通过裂缝流入地下的水量已达600万立方，在葫芦滩煤矿的旁边形成一座巨大的地下水库。如何治理水患，让矿上的领导和地质专家们费尽了心思。最后，刘海洋提出，在地下水库最窄处的地面打孔注浆，形成一座地下水坝，把来水挡住，然后抽干大巷的积水。刘海洋的治水意见得到了张海明和地质专家们的一致认可。注浆和抽水工作整整持续了半年，葫芦滩耗资巨大，经济损失高达五千万元，加之煤价过低，葫芦滩煤矿陷入了巨大的困境。

这天，刘海洋正在井下检查，调度室打来电话，让他赶快升井，任玉静找他有急事。刘海洋听后，脑袋“嗡”的一下，心里感到不安，因为妻子在他工作期间，很少给他打电话。前几天，楠楠闹着要去动物园看老虎，刘海洋就让任玉静带着孩子去省城了。刘海洋以最快的速度升了井，他来不及换衣服，就按照调度员给的号码拨了过去，接电话的正是妻子任玉静。

任玉静哭着说：“楠楠丢了！”

刘海洋只感觉一阵天旋地转，忙问：“咋就丢了！你报案了吗？”

任玉静说：“报了，找了半天还是没找着！你快点下来吧！”

真是一声晴天霹雳。放下电话后，刘海洋感觉双腿发软，站起来都是问题，但是作为一家之主，他深知这个时候家里需要他，他坚决不能倒下，于是，刘海洋强撑起身体，拨通了张海明的电话。

刘海洋向张海明请了假，张海明说：“你坐我的车下去吧！”刘海洋说：“不用了。我打车更方便。”

刘海洋来到省城汽车站，任玉静正在门口等他，见到刘海洋，任玉静抱住他痛哭起来。等任玉静情绪稍微平静了一点，刘海洋就问是怎么回事。任玉静就讲了事情的来龙去脉。

任玉静带楠楠去省城动物园看完老虎，又去步行街买了几件衣服，然后到汽车站准备坐车返回。在汽车站门口，看到一个白发苍苍的老太太摔倒在地上，任玉静过去把老太太扶了起来，帮她掸去身上的灰尘。回头再找儿子楠楠，楠楠就不见了……

刘海洋带着任玉静来到车站派出所，值班民警热情接待了两人。民警说："汽车站来往的人很多，丢钱的、丢孩子的事每隔一段时间都会发生。孩子的事我们已经记录在案，一有消息，立马通知你们。"

任玉静听完，哭得更厉害了。

报完案后，刘海洋要返回矿上，任玉静说："我不回，我再找找，兴许还能找到。"

刘海洋说："孩子现在肯定不在车站了，肯定被转移了，这样找好比大海捞针，还是回去吧！"

任玉静说："我不回，你整天就知道工作，家里的事一点都不管，楠楠丢了，天大的事，你还想着工作，你的良心被狗吃了。你要回你回，反正我不回。"

刘海洋想了想说："那我给你留点钱，你继续找，我回矿上了。"说完话，刘海洋将身上全部的1500元钱都给了妻子，就坐上了返矿的汽车。

任玉静自此每天待在汽车站，手里拿着一沓寻人启事，逢人就发。她还到火车站附近张贴寻人启事，晚上和两个同样找孩子的妇女住在五元钱一晚的家庭旅馆里。一天晚上，任玉静的传呼机响了，显示孩子找着了，在武汉火车站。任玉静按照对方提供的电话打过去，接电话的是一名中年妇女，她说孩子找着了，是她花六千元从人贩子手里买的，想要孩子就要拿一万块钱，任玉静又详细地问了孩子的情况，对方描述的孩子和楠楠很像，她决定先去看一看。下了火车，见到了一位中年妇女，那位妇女拿了一张楠楠的照片，模样很像，只是有些模糊。任玉静坚持要见到孩子才给钱，中年妇女坚持先给钱，才能见到孩子，最后那位妇女提出先交两千元钱定金。任玉静和她争执了半天，可那名妇女就是不松口，任玉静只好给了她两千元钱，可那名妇女借口去上厕所，然后就踪迹全无。任玉静在火车站找了一天一夜也没有找到，最后只好返回了。回到省城汽车站时，她身上分文全无，饿了两天两夜，最后晕倒在地上。幸好被坐车回老家的杨荔枝发现了，才把她扶起来。任玉静醒来后，杨荔枝带她到饭馆吃饭，任玉静也是饿极了，一口气吃了三碗炒面，吃到最后，任玉静哭了，就把在武汉被骗的经历说了一番。

这时，任玉静的传呼机又响了，信息显示孩子在兰州找到了，任玉静又要去兰州，杨荔枝就劝她别去了，任玉静坚持要去，杨荔枝说，那我陪你一起过去吧！两人到了兰州，一个男子约她俩到黄河大桥下见面。见到她俩后，一个留着长发的男青年手拿一张楠楠的照片，要一万块钱，杨荔枝说身上没有带钱，等见到孩子后，家人就会把钱汇过来。

男青年见骗不到钱，就凶相毕露，拿出匕首威胁任玉静脱衣服，任玉静不从，他就将任玉静扑倒在地。杨荔枝见情况危急，捡起地上的一根粗树枝迎面打过去，正打在那个男人的脸上，把门牙打掉两颗，同时大声呼救，男青年见势不妙，赶紧灰溜溜地跑了。

大难未伤，任玉静与杨荔枝相拥而泣。两个人回到省城后，听同房间一个同样丢孩子的妇女说，郑州火车站派出所有一个走丢的男孩很像照片上的刘楠楠。任玉静坚持要去，并对杨荔枝说，这次是去派出所，应该不会被骗。两人又赶到郑州火车站派出所，派出所的人说，好长时间无人认领，已经送到福利院去了。两人又赶到了福利院，见到了那个男孩，长相酷似刘楠楠，但男孩不会说话，左腕上也没有红色的胎记。男孩很可怜，是个聋哑儿童，大概是被父母抛弃的。

杨荔枝对任玉静说："咱俩回葫芦滩吧！这样找孩子好比大海捞针。"

任玉静说："我不回，我不死心，我还要在省城汽车站继续找下去。"

杨荔枝只好与任玉静道别，自己回葫芦滩去了。

第八章

1

煤炭卖不出去，全矿六千多名职工等着发工资，他们每个人都有家小。张海明心急如焚，动员全矿科级以上干部全部出去卖煤和要煤款。刘海洋负责攻关林河电厂，林河电厂地处秦黄省腹地的中部平原上，林河电厂招待所里住满了卖煤的和要煤款的。刘海洋想见厂长，办公室秘书说，厂长忙着呢，有事就找销售科王科长。王科长叫王志强，在一楼办公，长得又白又胖，眯缝着一对细眼。见到王志强，刘海洋自我介绍说是葫芦滩煤矿副矿长、总工程师，是来要煤款的。

王志强把头一扬，摆了摆手，说："没钱，再等几个月。"

刘海洋低声地说："好吧，那能不能给电厂再送点煤？"

王志强又摆了摆手："你没见煤场的煤都堆满了吗？不要，不要！"

刘海洋说："王科长，我给你带了两条中华烟、一盒龙井茶。"

刘海洋边说边将一个文件包递给了王志强。

王志强说："就放在桌子上吧！你可以走了，我还有会呢！"

回到林河电厂招待所，刘海洋在大堂遇见曾经矿大的同学，也是他最好的朋友薛明亮。薛明亮现在是杨村煤矿副矿长，两人见面，不胜亲热，叙说着近况。薛明亮说杨村煤矿还没正式投产，现在每年能出 40 万吨工程煤，但是卖出去不到一半，煤场都堆满了。杨村的煤发热量高，燃点低，隔一段时间煤场就会自燃，职工生活也是相当困难。说到王志强，薛明亮直摇头，人家电老虎牛得很，不过，王志强这个人吃喝嫖赌样样爱好，拿下他应该没问题，但是，需要多下一番功夫。两个人又谈起了大学时候的一些事情，聊着起劲，就走进饭店一边喝酒，一边聊天，直至夜深了才散去。

第二天，刘海洋又来找王志强。

刘海洋笑着说："王科长，今天我在酒店备了一桌酒席，还请王科长务必赏个脸参加。"

王志强说："今天没时间，改天吧！回吧，回吧！我这儿有一堆事情呢。"说着话就把刘海洋推到了门外。

第三天上午，刘海洋又去了王志强的办公室，趁着王志强还没开口，就立刻说："王科长，今天是周末，能不能请你到省城的西京酒店吃顿饭？"

王志强想了想说："那好吧！晚上六点，西京酒店见。"

刘海洋忙说："好好好！感谢王科长赏光，那就晚上见！"

刘海洋回到招待所收拾完行李，就叫上司机去了省城西京酒店，先订了个包间，又到外面买了高档烟酒，一直在包间等到晚上八点钟，王志强才到。王志强还带来几个朋友，刘海洋让王志强看了看点好的菜单，王志强又加了一份辣子炒鲍鱼和一份龙虾。

王志强的朋友里有一个叫冷铁柱的，一脸的红疙瘩，但特别能说，几杯酒下肚，话匣子就打开了。为了把气氛搞起来，冷铁柱先讲了一个段子。段子既露骨又幽默，惹得众人捧腹大笑。王志强说，我也讲一个。冷铁柱带头鼓起掌来，大家都说，王科长来一个。王志强也讲了一个段子。大家笑得更厉害了！

王志强要求刘海洋也讲一个，刘海洋的心里五味杂陈。儿子楠楠丢了，妻子还在外面冒险寻找，可这边矿上已经揭不开锅了，矿领导都得出去卖煤，自己作为矿领导，必须带头做好表率。现在轮到他表演节目了，自己心里有很多苦楚和无奈，但不能说，只能一个人慢慢消化。

刘海洋站起来说，他给大家朗诵一首李白的《将进酒》，权当给大家助助酒兴。王志强说好，带头鼓起掌来，一桌子的人就跟着鼓起掌来。

君不见黄河之水天上来
奔流到海不复回
君不见高堂明镜悲白发
朝如青丝暮成雪
人生得意须尽欢
莫使金樽空对月
天生我材必有用
千金散尽还复来
烹羊宰牛且为乐
会须一饮三百杯

岑夫子，丹丘生
将进酒，杯莫停
与君歌一曲
请君为我倾耳听
钟鼓馔玉不足贵
但愿长醉不复醒
古来圣贤皆寂寞
惟有饮者留其名
昔时陈王宴平乐
斗酒十千恣欢谑
主人何为言少钱
径须沽取对君酌
五花马，千金裘
呼儿将出换美酒
与尔同销万古愁

刘海洋朗诵完毕，又是一片掌声。王志强说：“喝酒！喝酒！”

几杯过后，刘海洋就开始敬酒，敬到王志强时，王志强拿过一个大酒杯说：“刘矿长，你喝一杯，我给你十万元煤款。”刘海洋看了看酒杯，一杯大概能盛一两，就说：“可以。”刘海洋端起酒杯，一饮而尽。刘海洋喝完一杯，王志强就再倒一杯，刘海洋一口气喝了十五杯，再也喝不下去。

刘海洋明显是醉了，他强撑着身体走出包间，来到酒店走廊里。夜色中，省城道路上的霓虹灯格外醒目，此刻，刘海洋又想起了妻子任玉静和走丢的儿子楠楠，丢下妻子一人在外面艰辛地找孩子，他实在于心不忍。楠楠现在杳无音信，自己因为工作没有帮上一刻钟的忙，还在这里陪着客人嬉嬉笑笑，吃喝玩乐，一种愧疚和自责感充斥着刘海洋的胸膛……自从楠楠丢失了以后，刘海洋几乎夜夜失眠，脑海中经常浮现出楠楠调皮捣蛋的可爱模样，哭着喊着叫爸爸，如一只小鸟扑着朝他跑过来……楠楠出生以后，他一心扑在工作上，很难抽出时间陪妻子和儿子，一天除了睡觉吃饭上厕所，基本是在忙工作，妻子有时候冲他发脾气，他只能默不作声。在家里，他没有尽到丈夫的职责，更没有尽到一个做父亲的责任，他是一个不称职的丈夫，更是一个不合格的父亲……

刘海洋是一个不善于外露感情的人，多年的工作环境磨砺了他沉稳内敛的性格，用他的话说，干煤矿的人要练就铁一般的性格，不怕流血流汗，要当男人中的男人。当他忙完工作一个人回到家里后，想到儿子，就情不自禁地流下了眼泪，他知道，偌大的世界，楠楠怕是很难找回来了。

心里的苦楚和身体里蒸腾的酒精早已使刘海洋的眼里噙满了泪水。刘海洋平复了一下心情，他知道自己不能在外面待得太久，今天他无论如何都要把王志强拿下。葫芦滩艰难的经营状况他比谁都清楚，比谁都明白。卖出煤，要回煤款，矿上几千号职工的吃喝拉撒就有了着落，他身上的压力和担子非常重。刘海洋拿起手里的纸巾擦了擦眼睛，用手搓了把脸，再次走进了包间……

吃完饭，冷铁柱等人就走了，王志强却没有走，他把西京酒店的老板娘叫了过来，两个人坐在沙发上，交头接耳地说着悄悄话。王志强有些醉了，把一句话翻来覆去地说，刘海洋就这样静静地陪在一旁。过了约莫一个小时，老板娘起身说结账，刘海洋就跟过去结账，一共1600块，刘海洋递过去16张百元钞票。老板娘收下后又从柜台后拿出两张来，说这两张是假钞，刘海洋一看就明白，是老板娘做了手脚，但王志强就在旁边坐着，刘海洋不好说什么，又从钱夹里拿出来两张。

结完账，王志强要去唱歌，刘海洋只好陪着，他们来到省城中心地带一家名为“火”的歌舞厅。他俩刚坐下，门口走进来一排袒胸露背的美女，王志强挑了两个，让刘海洋也挑一个。刘海洋根本没有心思，更没有那个心情，但是王志强非要让他挑，眼看拗不过，刘海洋就随便指了一个。王志强让两个美女分别坐在他的左右腿上，扯开嗓子唱《糊涂的爱》，王志强让刘海洋也唱一首，刘海洋就让陪他的美女唱了一首。唱了一会儿，王志强又要求做游戏，好一番戏耍折腾，结束时已经是半夜三点了。王志强说：“刘矿长，周一到电厂拿钱。”

刘海洋回到房间，再也忍不住了，胃里感到一阵阵恶心，加上刚才歌舞厅那股难闻的味道，就开始吐了起来。司机小张在一旁伺候着，等刘海洋吐完，小张又让刘海洋喝了点白开水，刘海洋才沉沉睡去。

周一大早，刘海洋来到王志强办公室，王志强果真告知财务科，付了150万元煤款。刘海洋又要求王志强再接收几万吨煤，王志强只说：“需要时再通知你，等我电话吧！”

回到葫芦滩煤矿，天已经完全黑下来了，刘海洋顺路去了杨荔枝的麻将馆。杨荔枝的孩子壮壮正在吃客人吃剩的饺子。刘海洋就问杨荔枝，怎么让孩子吃客人的剩饭。杨荔枝当场就哭了，说矿上已经三个月没发工资，来这里打牌的矿工已经很少了，麻将馆都快开不下去了。这时候，惠铜川回来了，他说帮当地村民收麦子去了，一天 30 元还管吃饭。

据惠铜川说，队里的大部分工人都在替农民打工，矿上发不出工资，只好另想办法了。村民的苹果地里一年四季都有矿工的身影，春季疏花、夏季套袋、秋季摘果、冬季清园。除了劳务市场外，还有一个交易市场，矿工把能卖的东西，如工作服、电工具、胶靴等都贱卖给了当地农民，从农民手里换点吃的。有的把自己的劳动模范奖章卖了，还有人把结婚的金戒指都卖给镇上的小商贩了。

刘海洋临走时被杨荔枝拉到了一边，她说：“我在省城汽车站看见你媳妇玉静了，她在那里待两个多月了，为了找楠楠，还去了武汉、兰州、郑州，整个人面黄肌瘦，神情呆滞，你还是劝她回来吧！”

刘海洋难受地咽了一口唾沫：“我也想，但是我劝不动她啊，玉静是个倔脾气，认准的事，十头牛都拉不回来。”

杨荔枝说：“你可以去找玉静她爸啊，你俩一起去，肯定能把她劝回来。”

刘海洋无奈地说：“目前情况也只能这样了。”

告别了杨荔枝和惠铜川，刘海洋就去找任自忠，任自忠二话没说就跟刘海洋去了省城汽车站。两人在车站候车室找到了任玉静，经历了两个多月的奔波，任玉静又黑又瘦，头发凌乱，衣衫不整。任自忠见了女儿就流泪，父女俩抱头痛哭，刘海洋也站在一旁抹眼泪。在两位亲人的劝说下，任玉静终于答应跟他俩回家了。

2

一天，刘海洋接到王志强的电话，说是林河电厂需要 6 万吨煤，让他赶紧下来签合同。签订合同时，双方的意见不一致：刘海洋要求煤价不低于 60 元，因为葫芦滩煤矿吨煤成本就是 60 元。王志强只出 50 元，因为其他小煤窑的供煤价格就是 50 元，至于为什么选葫芦滩煤矿，是因为葫芦滩煤矿的煤质稳定。

王志强说："一吨煤只给 50 元，否则就选别的煤炭企业，且考虑时间为一小时。想供煤的企业多了去了。"

刘海洋说："我半个小时给您答复！"

刘海洋打电话给张海明，张海明听完汇报答复说，50 就 50 吧，因为长时间停产，工作面的维护费用更高。最后双方以 50 元一吨的价格成交。

王志强提出，晚上到省城西京酒店吃饭，庆祝双方合作成功。吃饭时王志强又叫了冷铁柱等一帮人。

三杯酒下肚，还是按照老套路进行，冷铁柱又开始讲段子。王志强也讲了一个，一桌子人笑得前仰后合。

大家让刘海洋也表演一个，刘海洋说他不会讲段子，就唱了一首《滚滚长江东逝水》。唱完后，王志强又让刘海洋用大杯喝酒，一杯酒给 10 万煤款，这次刘海洋喝到第 13 杯就不行了，在酒桌边把喝下的酒全吐了出来……

王志强吃饱喝足之后，又提出去洗澡，他俩又去了市里一家洗浴中心洗澡。第二天，刘海洋拿到了 130 万元煤款。

张海明兴奋地对刘海洋说，自己请来了一位神秘的文化大师，叫张怀古，是全国煤炭学会的专家，现任山南矿务局的党委副书记，他是专程来葫芦滩煤矿讲授煤矿安全教育的。刘海洋当即表示一定要认真听听。

会议室里坐满了人，黑压压的一片，全矿副科级以上的干部都来了。讲台前坐着一位文质彬彬的中年长者，年龄约有五十出头，花白头发，红光满面，精神矍铄。张怀古讲课的内容是“煤矿安全教育法”。

张怀古认为，煤矿发生的安全事故几乎都是人为因素造成的，把人的思想问题解决了，煤矿安全就能得到根本性的保证。怎样解决人的思想问题，就是要抓好安全教育。

两个小时的讲座，台下的人听得很认真，张怀古深入浅出地讲解了安全教育法的内涵、意义和作用。大家觉得张怀古讲得太好了，帮他们提高了认识，增长了见识。安全教育法思路新颖，非常实用，有些方法是他们闻所未闻的。

张怀古讲完后，全场响起了热烈的掌声。张海明做了总结讲话。他说：“张书记讲得太好了，安全教育法是张书记多年从事煤矿工作总结出的经验，也是他多年来的研究成果。最近国内发生了多起煤矿安全事故，给国家、企业和矿工个人都造成了巨大的损失。究其原因客观上是煤矿经济困难，安全设施不健全，劳动保护不到位。主观上还是思想不重视，重生产轻安全，安全教育工作不到位。煤矿企业困难的时候，也是安全事故多发的时候，困难的时候发生事故，那是雪上加霜。葫芦滩煤矿到了最困难的时候，怎么办？最重要的一条就是要把安全守住。没有钱，怎么守住安全？那就是要把安全教育抓好。张书记所讲的安全教育法，是煤矿安全的真经。从现在起，全面推广安全教育法，每个矿领导包抓一个单位。”

3

刘海洋负责炮采队安全教育法的推广落实，他要求全队 200 多名职工每人提供一张全家福，集中张贴在学习室橱窗里，每天班前带领全员对着全家福宣誓。遵守劳动纪律，遵守《三大规程》，狠反“三违”，切实做到安全生产，守卫家庭幸福。每个职工的学习桌上都贴有亲人写的安全寄语。从学习室到井口，一直到工作面都悬挂各种安全标语。在炮采队学习室有一幅醒目的标语，是一个孩子写给爸爸的：“老爸，老爸，咱爷儿俩都要听话，你不违章，我不淘气。”在井底车场，张贴着矿嫂的照片，照片下面有一行字：“老公，我和孩子等你平安归来。”职工一进工作面顺槽口，就可以看到大幅标语：“安全作业比天大，处处连着你我他”“今天安全不努力，明天努力找安全”“用鲜血换来的操作规程，不必再用鲜血去验证”……

在周五全矿职工的安全教育大会上，刘海洋请来了皮带队的一名工伤职工现身说法，这名职工在井下处理皮带事故时，不慎将手臂卷进皮带里，造成右肘骨折，左臂截肢。他在讲述中说，他家住在棚户区自建房，家里的灯泡坏了自己不能动手换，幼小的孩子鞋带开了自己不能帮忙系，当他讲到自己连这些小事都无法办到，追悔莫及时，听讲的职工无不深受教育，有的职工甚至偷偷抹了眼泪。

刘海洋又请来了岳父——退休老领导任自忠，让他到各区队巡回给职工上安全课。任自忠对葫芦滩煤矿有着特别深刻的感情，一直关心关注着葫芦滩的发展，非常愿意分享他的一些工作经验。

巡回课上，任自忠说，有一次由于电焊火源掉入罐底引起着火，现场浓烟滚滚往巷道乱窜，当时很多职工被困井下，不知道走哪条避灾路线，任自忠经过仔细判断与观察，立即让职工打开自救器，带领 26 名职工选择了二水平总回风成功避灾，事后，任老受到了矿上的通令嘉奖。任自忠说，还有一次，工程队人员在回风巷挑顶支棚，他发现顶板有异常响声，来不及打招呼，拉着工作人员急速跑离了危险区，几秒钟后，桌子大的矸石从顶板上掉下来，将临时支柱碾倒，矸石几乎堵塞了巷道，任自忠的行动避免了一起事故的发生。任老语重心长地讲着曾经发生在葫芦滩的各种事故，鲜活的事例让广大职工，尤其是青年职工更加了解了事故发生的原因及前兆，增强了面对突发事故的应变能力。

在刘海洋的推荐下，杨荔枝当上了炮采队的家属协管员，反正麻将馆生意冷清，一天打牌的也没几个，保本都是问题，杨荔枝闲着也是闲着，现在还可以发挥一下她的作用。杨荔枝当了协管员以后，从此便访东家进西家，不到半年，全队职工的家庭情况都掌握得一清二楚。大到“三违”帮教，小到柴米油盐，职工家里的事她都管。可让杨荔枝想不到的是，“三违”帮教帮到自己最熟悉的人惠铜川的头上了。在 8205 工作面生产时，因为任务紧，为了赶时间叫放炮员进工作面放炮，惠铜川便不顾章程，踩上正在运输的煤溜就往外走，到了机头往下跳时，因为油葫芦连接桶没上防护盖，一只脚掌被削去厚厚的一块肉，歇了两个多月，受了伤不说还少挣了不少钱。这下，惠铜川成了反面典型。家属协管会给他开了一个帮教会，惠铜川在会上做了一个检讨，表示自己为了赶时间，违章受伤，对不起区队，对不起家庭，对不起老婆，下次再也不敢了。

矿领导带头，全矿上下推广安全教育法，大大促进了煤矿的安全生产。这一年，葫芦滩矿出了150万吨煤，杜绝了重伤以上事故，在整个秦黄省算是破天荒了。

这天上午，刘海洋正在调试室指挥生产，他的传呼机响了，是任自忠打来的，说任玉静要临盆了，人已经送到矿医院，让他赶紧过来。刘海洋赶到矿医院时，任玉静已经生了，又是个男娃，6斤9两，母子平安，任玉静让刘海洋给孩子起个名字，刘海洋说，那就叫刘矿生吧！

第九章

1

葫芦滩煤矿的党委副书记刘宁结婚了，但是新娘并不是黄丽君，而是分到葫芦滩煤矿已经工作一年多的一位大学生，叫钱素娟。说来也巧，钱素娟跟任玉静是校友，两个人都毕业于省城的师范大学，只是所学专业不同。钱素娟还有一个很重要的身份是张海明的外甥女，因此，葫芦滩煤矿的人见了钱素娟就多了几分谦让和尊重。

当初，刘宁怀着满心的欢喜和期待将黄丽君接回了葫芦滩，无情的现实却给他浇了一盆冷水，让他没有还手之力。当刘宁带着黄丽君去见父亲时，遭到了父亲的严厉反对。父亲不允许儿子跟一个不知根底女人在一起，更何况这个女人还是刘海洋谈了很多年的初恋，老爷子甚至有点怒不可遏，觉得老脸都挂不住了。但最主要的原因是两家门不当户不对，他早已经为儿子设计好了将来的一切，儿子最起码得找一个大学生或者干部的子弟，这样不仅身份地位上对等，对儿子未来的发展也有帮助。

一天刘宁的父亲避开儿子，主动找到了黄丽君，谈了一些自己的想法，主要意思就是她和刘宁不可能在一起，她这个落魄凤凰攀不上他刘家的高枝。当然，这个退休老干部掌握说话的火候和分寸，点到不说破，既把意思表达出去，又不至于惹恼黄丽君。解决了黄丽君的事情，这个老头开始为儿子物色合适的对象，他首先从矿上未结婚的女青年入手，一看是否是大学生，二看家庭状况。在经过几个月的摸排后，刘父选中了钱素娟。钱素娟是刚来葫芦滩工作的大学生，舅舅是葫芦滩煤矿的一把手张海明，无论是自身素质还是家庭条件，都无可挑剔的。唯一有点美中不足的是，钱素娟长相一般，尤其那个塌鼻子和三角眼，将样貌整体拉低了不少。

当刘宁的父亲正式将钱素娟介绍给儿子刘宁时，遭到了儿子的强烈抵制。

“丽君哪点不好？那个钱素娟丑得吓死人。”刘宁没好脸地对父亲喊道。

“娃是长得一般，但是个大学生，人实诚，家境也好。”

“要找你找，我不找。”刘宁反驳道。

“你如果不找钱素娟，就不要认我这个爹！”刘宁父亲说完，剧烈地咳嗽了起来。

跟父亲理论了一番，也没有理出个所以然来，刘宁烦躁地来到江湖饭店，一个人喝了一场闷酒。两天后，刘宁的父亲病倒了，起初是咳嗽，吐着带血丝的痰水，晌午以后，浑身就疼得动不了了，刘宁急忙带父亲去矿医院检查。医院给出的诊断是由于生气导致急火攻心，引起支气管上的老毛病复发。刘宁跪倒在父亲的身边，忏悔地表示，他再也不惹父亲生气了，一切都听父亲的安排。

就这样，刘宁在父亲的撮合下，开始正式跟钱素娟交往。由于双方都是奔着结婚去的，钱素娟对刘宁又有好感，双方父母也都满意这门婚事，刘宁的父亲待病情好转后，第一时间向张海明挑明了两个娃娃的婚事。张海明自然高兴，还答应在结婚时代表矿上给两个新人送上祝福。一个月后，在家人和亲朋好友的见证下，刘宁与钱素娟举行了隆重的结婚仪式，两人正式结为了夫妻。刘宁的父亲高兴得合不拢嘴，一桩大事在他的安排下顺利完成了，他一直提着的心得以落地。

婚后的刘宁仿佛变了一个人似的，单位给两人分了一套 40 平方米的房子，刘宁很少回去，白天投入工作，晚上就在办公室将就睡一晚。刚开始，钱素娟对丈夫的做法不理解，刚结婚就把她一个人抛下，让她独自守着冷冰冰的一个家，这过得是什么样的日子。后来慢慢地，钱素娟也懂得了丈夫的心思，丈夫有自己的事业，有自己的规划和打算，作为妻子应该给予最大的支持和鼓励。

那段时间，刘宁在身体和精神上无时无刻不受着煎熬和折磨，他感觉自己是个罪人，无颜再面对黄丽君。生活生活啊，命运啊命运，真会开玩笑，真让人捉摸不透，真让人猝不及防。相爱的人无法在一起，不相爱的却莫名其妙地走在了一起。刘宁并不爱钱素娟，他的婚姻是被父母包办的，是自己妥协的一种结果。他现在仍然思念着黄丽君，仍然爱着她。那边，黄丽君的情况也好不到哪儿去，由于长时间请假，加上岗位竞争激烈，黄丽君已经被辞去民办教师岗位了，这个可怜的女人刚在感情路上吃了闭门羹，又在工作道路上遇到了断头路。

刘宁决定帮助黄丽君，以此弥补对黄丽君的亏欠。他找到黄丽君，谈起了给她找工作这件事情，主要是想听听她的想法。

“事情已经成了这样，你也不要多想了。很多事是不由人的想法来的。你如果想待在葫芦滩的话，我给你安排一个工作，那样，我还能照顾你。只是不知道你的想法。”刘宁说道。

“这是我的命，我只能认命，你的心思我懂，但我有脸在葫芦滩活人吗？”黄丽君面无表情地说。

“你也不要难过了，心劲一定要上来。我心里一直有你，我会尽全力帮助你的。”刘宁说。

刘宁没有在黄丽君那里得到一个确切的答案，但是他并没有停下给黄丽君找工作的计划。刘宁决定分两步走，先安排黄丽君以协议工身份进入葫芦滩，然后再想办法转正。经过刘宁的上下运作，黄丽君成为机电队的一名办事员。让刘宁没有料想到的是，黄丽君竟然愿意来矿上。后来，刘宁还向后勤协调了一个单人单间，让黄丽君可以没有后顾之忧安心地住下来。

生活仿佛就按照刘宁设计的那样进行着。他现在是葫芦滩的党委副书记、工会主席，领导班子成员之一，按照通俗的说法是，位高权重，从党委层面讲，他算是葫芦滩煤矿的二把手了。地位高了，权力大了，身边想结识刘宁的人自然就多了，应酬也多了，这些人靠近他的目的只有一个，就是从刘宁身上捞取到他们想要的东西。刘宁也深知这些人接近他的真实目的，不过他有自己的处事原则和底线：政策允许的情况下，可以帮一些权责范围内力所能及的事情，违反原则的事情绝对不碰。

一天，刘宁接到张海明的通知，告诉他省委组织部的领导要来矿上调研，葫芦滩要做好本次接待工作，并明确要求由刘宁牵头全程负责调研组的接待工作。刘宁一点也不敢怠慢。虽然在外人看来，由于妻子钱素娟的关系，他还得尊称张海明一声“舅舅”，但是工作是工作，亲戚是亲戚，张海明能把这么重要的任务交给他，这里面既有领导对他的信任，又包含对他工作能力的认可。

刘宁还在干团委书记时，由于在写材料上始终不开窍，闵红光就让刘宁负责组干科的对外协调和接待工作，没想到，闵红光的这一调整起到了奇效，刘宁干得风生水起。首先，刘宁有良好的沟通能力，由于从小受父亲的影响，刘宁养成了处事不惊的性格，面对任何事情，刘宁都不紧不慢、有条不紊地处理，很少露出慌张的神色。其次，由于从小跟着父亲见世面，在待人接物方面，刘宁的悟性也很高。最后，刘宁的心思很缜密，想问题很周全，考虑事情喜欢从正反两个方面入手。

刘宁在团委书记的任上干起了接待工作，他的优势和优点得到了充分的发挥，很快就引起了张海明的注意。张海明为了锻炼刘宁，有时候矿上有重要的接待任务，就指定让刘宁出面安排，每次刘宁都能出色地完成领导交办的任务。多次良好的印象叠加起来更加深了张海明对刘宁的好感。到后来，张海明去外面出差，就带上刘宁，刘宁总是想领导之所想，急领导之所急，周密安排，及早汇报，即便领导没有安排的事情，他也能提前想到。

按照张海明的指示，刘宁召集相关科室召开了接待工作安排会。在会上，他主要强调了三点：一是汇报材料必须出彩，尽量用数字和实例说话，要总结出几个工作模式来，组织公司所有的笔杆子联合写，包括惠铜川也参与进来。二是各个参观点要全方位展示工作亮点。三是按照事无巨细的原则，做好后勤保障和接待服务工作。前两项工作，刘宁并不担心，最后一项工作，他要全程参与其中。给张海明汇报征得同意后，各项工作有条不紊地落实下去了。

很快等来了省委调研组，张海明带领矿全体班子成员早已等候在办公楼门口，刘宁还提前安排矿上的职工和家属组成了啦啦队方阵，主要内容是敲锣打鼓，热情迎接上级领导的到来。车队稳稳地停在了办公楼门前的草坪上，刘宁抢先一步，拉开了中间一辆车的车门，张海明、刘海洋、闵红光、李强安等矿领导纷纷走上前，与调研组的领导握手寒暄。汇报会上，张海明代表葫芦滩煤矿做了总体的汇报，汇报材料用大量翔实的数据和案例分析对比，展示了企业近年来在安全生产、经营管理及党建工作方面取得的成绩，尤其重点汇报了实行同岗同酬、安全教育法等重点改革工作情况。

张海明、刘海洋等人又带领调研组一行人去参观矿区。刘宁已经坐车前往省城安排晚上吃饭的事宜了。到了省城的西京酒店后，刘宁就开始准备，从点菜的讲究，到酒水饮料的选择，再到人员的座次安排，每个环节他都认真把关。

一场饭局下来，把跑前跑后的刘宁累得头上后背都是汗。吃饭的中途，刘宁还安排了一些娱乐节目，组织矿上的朗诵爱好者现场朗诵了关于描写葫芦滩煤矿的诗歌作品，一名朗诵爱好者，还激情朗诵了本矿著名诗人惠铜川的作品。快结束时，调研组的领导表示，本次来葫芦滩调研收获很大。

最后，送走了调研组的人，安顿好了张海明，刘宁总算有了喘口气的时间，他拖着疲惫不堪的身体回到了刚才吃饭的包间内。他这才感觉饿坏了，眼前自己的碗筷干干净净的，基本就没有动过，刘宁定了定神，坐下后，开始狼吞虎咽地吃了起来……

2

一个重磅消息传到葫芦滩，张海明调任省煤炭局任局长，刘海洋接任葫芦滩煤矿矿长，刘宁任矿党委书记。刘海洋年纪轻轻就当了正处级矿长，也是秦黄省最年轻的矿长。正值葫芦滩煤矿的困难时期，刘海洋感受的不仅仅是喜悦，更多的是肩头沉甸甸的担子。

刘海洋担任矿长的第二天，办公室就冲进来十余个老头和老太太，他们不顾办公室人员的劝阻，毅然冲进了矿长刘海洋的办公室，他们说已经两年多没报医药费了，求矿长开恩给他们解决一点。面对突发情况，刘海洋让人叫来财务科长刘元明，让他想办法解决一部分职工的医疗费用。一提到钱，刘元明委屈得都快哭了。他说，这几年，葫芦滩煤矿的亏损高达3500万元，拖欠职工一年半的工资，拖欠职工两年半的医药费，煤场堆了30万吨煤卖不出去，即使卖出去也亏得更多。矿上财务科的现金流早就断了，上个月财务室被盗，小偷在深夜撬开了保险柜，里面却没有找到一分钱。小偷生气了，在财务室拉了一泡屎泄愤。刘海洋无奈地点点头，对在场的老职工说："各位大叔大妈，你们先回去，容我想想办法。一个月内给大家解决一部分医药费。"

刘海洋信步走出办公室，来到煤场边，一股狂风夹杂着黄土、煤尘袭来，刘海洋却浑然不觉。葫芦滩煤矿这么困难是他始料不及的，葫芦滩的困难不仅仅是因为煤炭市场不好，还有水灾的影响。杨荔枝的孩子壮壮吃客人的剩饭；矿工给农民打工，变卖自己的财产；矿工拿不到工资，还报不了医药费……这些事情都深深刺痛了刘海洋。

刘海洋想起了林河电厂的王志强，一想他那张胖脸和眯缝的细眼，就觉得恶心，但眼下还得求他。刘海洋拨通了王志强的电话，问他电厂还要不要煤，王志强说："别人的煤不要，你的煤还是要的，再买你10万吨煤。不过，你不要摆你那矿长的臭架子，你要亲自下来签合同。"刘海洋说："我明天就过去。"

想到还要喝酒，刘海洋便带上了酒量大的财务科长刘元明，到时候可以替自己分担一些。

在林河电厂的办公室，刘海洋见到了王志强，王志强开门见山地说："45元一吨，买你10万吨煤，怎么样？"刘海洋心头一震，45元一吨，10万吨煤要亏150万元。

"50块钱行不行？"刘海洋央求道。

"不行，就45，不卖拉倒。到我这送煤的都排着队呢！要不是看你们的煤炭质量好，根本就轮不上你们。"王志强没好气地说。

刘海洋想了想，就低声说："45就45吧！"

王志强说："算你识相！老规矩，晚上老地方西京酒店见。"

还是老规矩，晚上吃饭的时候，王志强又叫来了冷铁柱一帮人，席上，冷铁柱又开始讲笑话……冷铁柱讲完后，王志强也讲了一个。

轮到刘海洋了，刘海洋说，我给大家讲段评书《秦琼卖马》，这是《隋唐演义》中的一段，说的是秦琼出差生病，流落街头，被好友单雄信救助的过程。刘海洋讲得声情并茂，扣人心弦，讲完后众人报以热烈的掌声。

酒至半酣，王志强又让刘海洋用大杯喝酒，一杯酒付10万元煤款。刘元明说，我替刘矿长来喝。王志强说，你不行，你不够资格，就刘矿长喝。刘海洋看了看刘元明无奈地说，我来吧！端起酒杯一饮而尽，喝到第 15 杯的时候，刘海洋觉得天旋地转，腹内如洪水翻腾，有种身体快要爆炸的感觉，但是刘海洋强忍着又喝了 4 杯。喝完之后，他再也站不住了，倒在桌子底下昏厥了过去。刘元明立即叫救护车将刘海洋送到医院，10 多个小时以后人才清醒过来。刘海洋醒来后，就安排刘元明到林河电厂去拿钱。拿到钱后，刘海洋安排按 50% 的比例解决拖欠职工的医疗费，剩余的以后想办法解决。

一天，销售科长熊玉民汇报说，他从明光电厂要来 150 万元煤款，只花了 500 元。刘海洋问他用的是什么办法？熊玉民得意地说，我屡次去要钱，明光电厂厂长总是找借口推辞。我就找了一个怀孕的妇女，让她每天去电厂办公楼前，摸着肚子只问一句话，你们厂长在不在？一个星期后，明光电厂厂长给我打电话说：钱我可以一分不少地给你，但你要让那个怀孕的妇女给我老婆说，她只是葫芦滩煤矿来要煤款的职工。刘海洋听完哈哈大笑，就拍了拍熊玉民的肩膀说，这个办法只能在特殊情况下用，终究不是光明正道。熊玉民点头表示同意。

闵红光汇报说，自己一个同学在南京一家工贸公司任总经理，他登门拜访，同学答应购买 20 万吨煤炭。刘海洋连声说好，每多卖一吨煤，葫芦滩的压力就会减少一分。

3

天下大势，分久必合，合久必分，这句话放在煤炭市场也合适。一度跌到了冰点，沉寂了四年之久的煤炭市场随着经济形势的好转也逐渐复苏。煤炭市场变为卖方市场，煤价开始一路飙升。

煤炭市场突然好转，让刘海洋喜出望外，让困难已久的葫芦滩煤矿看到了希望。各大电厂存煤告急，来葫芦滩煤矿要煤的客户住满了矿区宾馆，还有无数的皮包公司也加入了炒煤行列。周围的一些小煤矿将矸石粉碎后掺入煤中售卖，客户却是敢怒不敢言。客户通过各种关系、各种渠道找到刘海洋要煤。职工又开始领到工资了，工作热情高涨，纷纷要求增加产量，把欠发的工资和医药费领到手。刘海洋召集矿领导班子成员开会，告诫大家在好的形势下一定要保持冷静的头脑，有了资金以后，要先完善矿井安全设施和劳保装备，同时要加强安全管理，大力推行安全教育法，安安全全地出煤，确保矿井不出事。要选择用煤量大、信誉好的客户建立长期合作关系，签订中长期合同，在煤炭市场好的时候保持合作，在煤炭市场不好的情况下也能保持合作。

这天上午，刘海洋正在办公室批阅文件，突然敲门进来一个红脸的汉子，年纪50岁左右，眼角已经有了很深的皱纹，自我介绍说是林河电厂的厂长，叫陈国庆。刘海洋把他让到沙发上，两人聊了起来。

陈国庆说：“刘矿长呀！对不起啊！我是来给您道歉的。您到我们电厂多次，我都没能接待您，还让您受了委屈，实在是对不起啊！林河电厂目前只有一天的存煤了，到各个煤矿求援，处处碰壁，只能从小户手里高价收购劣质煤，不但导致电量减少，还威胁发电机组的安全。我们了解了一下，都是王志强这个坏蛋，鱼肉客户，歧视客户，也得罪了客户。他被免职了，自己也离开了工作岗位，不知道去向。我今天来一是道歉，二是向您求援来了。现在葫芦滩煤矿拒绝向林河电厂发煤，当然也不仅仅是葫芦滩，省内各大煤矿都一样，我都出来三个月了，处处遭遇冷眼。我几次想来拜见您，办公室的人都说您不在。刘矿长，你可得帮帮我们啊！”

刘海洋见陈国庆言辞恳切，心中的气愤也就烟消云散了。刘海洋说：“过去的事就让它过去吧！电力是民生保障，一刻都不能停。林河电厂缺煤，我们理应支持。咱们两家就建立一个长期合作关系吧！煤炭紧张时咱们合作，煤炭市场疲软时咱们也合作，怎么样，陈厂长？”

陈国庆双手一拍高兴地说：“好呀！好呀！求之不得，求之不得。”刘海洋就叫来销售科长熊玉民，让他起草合作协议，和林河电厂签订长期合作关系，陈国庆千恩万谢地走了。

6 月的一天，国内各大媒体相继刊发了一条爆炸性新闻：山南省一煤矿发生了瓦斯爆炸，造成了重大人员伤亡事故，包括正在井下检查的矿长在内的多名干部也都不幸遇难。

这次事故在葫芦滩煤矿引起了很大的震动，刘海洋在《葫芦滩矿工报》发表了署名文章《× 矿难，我们应该吸取什么教训？》。文章发表后，又一次在葫芦滩煤矿引起不小的轰动。几天后，刘海洋组织了一次 × 煤矿瓦斯事故讨论会。

闵红光首先在会上发言，他说：“× 矿瓦斯爆炸的原因，我认为是矿上的人见领导来了，怕煤尘太大，就把风机功率关小了，然后导致瓦斯积聚，电视台记者摄像用的新闻灯点燃了瓦斯，发生了爆炸。”

李强安说：“是局扇停运引起的瓦斯积聚。”

闵红光问：“那火源呢？”

李强安答：“肯定是电器失爆，但也包括新闻灯失爆。”

刘元明说：“说到底还是重生产轻安全，煤矿的人穷怕了，有了点钱，先想着补工资、还欠款，把安全设施的改进放在了后边。”

刘宁说：“关键是我们要吸取什么样的教训？”

刘海洋说：“煤矿经过四年的困难时期，安全设施欠账太多了，盲目增产就会发生安全事故，血的事实告诉我们，越不重视安全，越容易发生安全事故，安全事故越多工作就会更被动。我们葫芦滩有了钱后，先更新设备，完善安全设施，抓好职工劳动保护。更重要的一条，加强干部管理，干部要带头下井，带头深入一线查找安全漏洞，全员严防死守，确保我们的矿井绝对安全。”

开完讨论会，天已经完全黑了，星星出来了，矿区的空气是那样的清新。刘海洋想起自己有一段时间没回家了，尽管家离矿上只有五公里，但是因为手上的事情太多了，总是没时间回去。刘海洋想儿子了，矿生已经四岁了，四年来他和孩子的交流很少。记得矿生刚学会说话时，他伸出一根手指头，孩子说是“1”，他伸出两根手指头，孩子说是“2”，他伸出五根手指头，孩子说可多可多了，惹得全家人哄堂大笑。

矿生开口说话时，不叫爸爸，直呼刘海洋的名字。刘海洋假装生气，举掌威胁，让矿生改口。矿生见爸爸动怒，异常委屈，大哭不止，刘海洋立即赔上笑脸，好言相慰，矿生却不依不饶，执意要爸爸道歉，直到刘海洋板着面孔大声说出“对不起”三个字时，矿生才作罢。

逢年过节，家人聚会，矿生十分兴奋，站在离爸爸三米远的地方直呼他的名字。刘海洋若答应，矿生便大笑，若是不应，矿生就叫个不停，如此反复，直到精疲力竭。

矿生看了电视剧《水浒》之后，高兴时会哼上几句“路见不平一声吼”，便生出几分豪气，在幼儿园遇上以大欺小的事，会主动报告老师。一日，刘海洋和妻子任玉静拌嘴，扬言要另娶一个老婆，矿生把爸爸拉到一边，贴着耳朵说：“你要是再娶一个老婆，我就砸了你的锅……”

刘海洋刚打开家门，矿生便迎了上来，扑到爸爸的怀里。任玉静说：“孩子再有两年就上小学了，我准备去省城应聘，找工作，将来让儿子在省城上学。”

刘海洋问：“那住的地方怎么解决？”

任玉静说：“先租房子，以后看到合适的房买一套。”

刘海洋说：“可以，你看着办吧！”

任玉静无奈道：“不看着办，还能咋样？你又靠不上！”

第十章

1

刘海洋想起了张怀古，就给他打了一个电话，张怀古说他最近要到秦黄省出差，如果方便的话，可以见一面。

在省城的西京酒店，刘海洋见到了张怀古。刘海洋说，他准备在葫芦滩加强干部管理，科级以上干部一天下一次井，每天开两次调度会，三顿饭都在矿食堂吃。周六和周日都守在矿上，主要目的是发挥干部的带头作用，确保矿井的安全。

张怀古说："干部管理是门科学，如何发挥好干部作用，我建议你们推行干部走动式管理。比如说，现在干部下井都集中在八点班，四点班和夜班就很少有干部下井。干部下井下多长时间？到哪里去？要解决什么问题？最后解决了没有？这些都需要明确和落实。要科学编制干部下井计划，确保全天 24 小时都有干部在井下，采煤面干部要去，掘进面也要去，进风巷有干部去，回风巷也应该有干部去，做到干部在井下全时空、全覆盖。干部下井要带着问题下，发现问题查，解决问题上，这样才能充分利用好干部资源，确保矿井安全。”

刘海洋说：“您能不能去我们矿上讲一讲干部走动式管理？”

张怀古欣然同意。

从省城到葫芦滩煤矿的路上，张怀古谈起了自己的经历。张怀古大学毕业后，在山南矿务局当了一名老师，后来又下到矿上搞宣传，历任矿宣传部部长、矿党委副书记、局宣传部部长、局党委副书记。张怀古讲起有人曾对他说，宣传工作不好搞，那是因为没有走对路子。要探寻将宣传思想工作与企业安全生产经营相结合的办法，围绕这个中心去搞，宣传工作的路子才能越走越宽。到了葫芦滩煤矿，张怀古就开始讲解干部走动式管理。

张怀古指出，推行干部走动式管理，就是要倡导干部带着责任、带着问题、带着任务下基层、下一线，对岗位和现场进行无漏洞、无缝隙、无盲点、无盲时的管控。接着，张怀古从开展干部走动式管理的次数、班次、时段及区域范围、日常考核进行了深入的阐述和讲解。

听完讲课，刘海洋说，干部走动式管理这个办法好，矿领导在井下带班，一天三班 24 小时，每班都有干部。科室和区队干部也要绘制干部走动式管理图，每个干部每月下几次井，每次到什么地方，发现了什么问题，怎么解决的，都要有详细的规定，确保白班有领导，夜班也有领导，重要的地方有领导，偏远的区域也要有领导。如果一个副科长当班没有下井，预警系统立即提醒到主管科长；如果第二天还没有下井，就会提示到分管副矿长；如果第三天仍然没有下，就会提示到矿长那里。刘海洋说，过去干部们扎堆下井，都在八点班下，夜班没人去，交接班时间没人去，去采煤面、掘进面的人多，去其他地方的人少，造成干部资源的极大浪费。通过推行干部走动式管理，可以把干部资源充分利用起来，管理也大大加强了。

刘海洋要求，从现在起，葫芦滩煤矿全面推行干部走动式管理，区队和科室都要行动起来。同时，科级以上干部每天一个井，二次会，三顿饭，五加二，白加黑，吃住都在矿上，有事可以请假。

2

刘海洋有个习惯，每天吃完晚饭，必到院子里散步，去调度室、井口和煤场等地转悠，看到一切正常，才回到办公室。

正散步时，刘海洋的手机响了，一看是调度室打来的，就赶忙接了。调度员汇报说销售科长熊玉民酒后在井口打人，刘海洋赶到井口时，熊玉民已被同事劝走，被打的是井口一名检身员。

那名检身员气愤地说："熊玉民和几个买煤的客户喝酒，喝完酒醉醺醺的还要入井，被我挡住了，他抬手就打了我两巴掌，还踢了我几脚，骂我是个看门狗。"

刘海洋说："你做得对！这件事，矿上会严肃处理的。"

党政联席会议上，就熊玉民酒后打人的问题进行讨论。

党委书记刘宁首先说："熊玉民酒后打人，严重违反了纪律，应该给予严惩，但考虑到熊玉民这几年跑销售吃了不少苦，让葫芦滩矿渡过了难关，是有贡献的人，建议给予记过处分。"

闵红光说："虽然刘书记说得有道理。熊玉民为矿上做出了一定的贡献，但是这种事影响不好，尤其是在职工中会造成非常恶劣的影响，这种事情我们不能包庇维护啊。”

李强安说：“熊玉民接受客户宴请，违纪在先，又酒后强行入井，还动手打人，属于一错再错，建议降为副科长。”

刘海洋说：“熊玉民在销售方面做了一定的工作，是职责范围内的事，不能算是功，即使是有功，也不能抵过。熊玉民接受客户宴请是非常错误的，过去我们有求于客户，宴请他们，现在客户求我们，再反过来宴请我们，长此下去，社会会变成什么样子？身为管理干部，知错犯错，违规入井，还动手打人，说明他不具备一个管理干部的基本素质。我提议：免去他的销售科长职务，降为普通人员。”班子其他成员，也纷纷发言，支持刘海洋的意见。最后，矿党政席会议决定，免去熊玉民销售科长职务。

熊玉民的问题刚处理完，家务事又来了。妻子任玉静打电话说，家里半夜来了小偷，把她都吓哭了。任玉静辞掉了在葫芦摊的工作，搬到了省城后，成功应聘到一所中学教初中语文，把儿子矿生送到附近的幼儿园上学，并在附近的桃花园小区租了一套60平方米的住房。任玉静说：“孩子上学你不管，租房子你不管，现在家里来了小偷，每天晚上睡觉都提心吊胆的，你要是再不下来，以后你就不用见我们娘俩了。”刚好，省煤炭局通知刘海洋去参加安全工作会，刘海洋就答应回省城看妻子和儿子。

全省煤矿安全工作会通报了全省一年来发生的安全事故，又着重通报了省内近期一个小煤矿发生的瓦斯爆炸事故。刘海洋等三位矿长在会上做了经验交流。刘海洋做了题为“推行干部走动式管理，促进矿井安全生产上台阶”的发言，他详细介绍了葫芦滩煤矿推进干部走动式管理的具体做法和取得的效果，受到了与会人员的高度肯定和热烈赞扬，葫芦滩煤矿实现了安全生产六年多，安全生产煤炭上千万吨，这在秦黄省乃至全国煤炭行业都是个奇迹。

省煤炭局局长张海明做了重要讲话。他说：“当前煤炭形势较好，先补安全欠账，把安全设施完善了，还要狠抓安全管理，就像葫芦滩煤矿那样抓安全，发挥干部的带头作用，我们的煤矿安全才能有保障。”

开完会后，刘海洋来到妻子租住的桃花园小区，整个小区看起来有些陈旧。妻子租住的房子位于小区的中央，两室一厅一厨，房间被妻子收拾得很干净。任玉静一见到丈夫刘海洋回来了，眼泪就下来了，哭诉说小区经常闹小偷，没想到小偷半夜跑到家里来了，胆子也太大了。当时，她蒙眬中发现有人闯进卧室，就大喊抓小偷，小偷便打开房门跑了，真是吓死人了！刘海洋问报警了没有，任玉静说报了。刘海洋仔细察看了现场，发现小偷是从楼道的窗户钻进来，又弄弯了厨房窗户的钢条钻进家里的。第二天，刘海洋就找人把楼道和家里的窗户用钢筋焊死，这才放下心来。刘海洋又和任玉静商量，让岳父任自忠也搬过来住，平常帮忙接送矿生，他们既能尽一份孝心，家里多个人，安全也能有个保障。任玉静同意了，打电话让父亲来。刘海洋还是不放心，就去了街道派出所，找到所长。所长是个三十出头的年轻人，姓许，长得白白净净的，模样很精干。许所长表示一定加大打击力度，确保小区居民的安全。

任玉静又问许所长：“我的大儿子六年前在省城汽车站丢了，有没有办法找到？”

许所长说：“可以在派出所进行 DNA 样本采集，将你们夫妇二人的DNA样本检验入库，有线索之后就通知你们，不过希望很渺茫。”

任玉静说：“无论找到找不到，都要谢谢您。”

把一切都安顿好之后，刘海洋就要回葫芦滩，任玉静不同意，说省城高新区现代都市新开的楼盘，三千块钱一平方米，是学区房，小区旁边就是高新小学和高新中学，孩子上学方便，小区的楼间距大，绿化好，房子的品质也好。刘海洋说：“房子你看着买就是了。”任玉静说：“不行，买房子夫妻双方都要到场，还要到银行办理按揭手续呢。”

现代都市小区位于省城的西南部，五十多栋住宅楼可容纳上万人居住，有三十多栋已经盖好了，绿化面积超过了百分之五十，小区中间还有一个人工湖，十分秀美。售楼部更是装修得豪华无比，售楼小姐温柔可亲，笑容可掬，给刘海洋和任玉静介绍了小区的基本情况，告诉他们买现代都市，就是买未来，因为是学区房；买现代都市就是一种投资，用不了几年，省城的房价就会翻番；买现代都市就是选择高品质的生活，推开窗户就可以看到大秦岭，楼下就是花园，生活在这样的小区就是住在人间天堂。最后售楼小姐推荐的是靠湖边的一套180平方米的房子，刘海洋觉得太贵，就选择了靠路边的一套135平方米的三室一厅，优惠价40万元，刘海洋交了20万元，又在兴业银行贷款了20万元。虽然还有一年的时间才能交房，但这个小区的品质让刘海洋和任玉静都很满意。

买房手续刚刚办完，刘海洋的手机就响了，一看是闵红光打来的。闵红光说，有人实名举报你违法乱纪，估计是熊玉民。省煤炭局纪检组的同志已到了矿上了，要找你谈话呢，你赶紧回来吧！刘海洋脸色一变，就叫了司机准备出发，任玉静说，你吃了饭再走嘛！刘海洋说矿上有急事就不吃了。

找他谈话的是省局纪检组一位副组长姓苗，叫苗建军，随行的还有一位纪检干事。苗建军和刘海洋互相认识，两人一起开过会。苗建军说："刘矿长，今天来，是向你了解几件事，希望你如实回答。"

苗建军问："你曾经在财务报销过上万元的招待费，可有此事？"

刘海洋说："有。那是前几年跑销售的时候花的。三年花了一万多块。但矿上有文件规定，煤款的 1% 可以用作招待费。"

苗建军问："这个文件还生效吗？"

"已经废止了！因为现在是卖方市场，不需要那么多的招待费用。"刘海洋答。

苗建军问："有人反映，你和客户王志强一起嫖过娼，还被公安部门处罚过，可有此事？"

"没有，我没有嫖过娼，更没有被公安部门处罚过。"刘海洋答。

苗建军问："有人反映，你在省城买了别墅，可有此事？"

"没有，我没有买过别墅！"刘海洋答。

苗建军问："但有人看见你妻子任玉静，经常出入高档小区现代都市。"

"那是省城高新区的现代都市小区，我们在那里买了一套住房，面积 135 平方米，总价 40 万，首付 20 万，贷款 20 万。"刘海洋答。

"那好吧。请你提供关于招待费用的文件，报销过的招待费清单，购房合同和贷款合同。同时请你仔细看一下谈话记录，如无异议，请在谈话记录上签字。”苗建军说。

调查组在和刘海洋谈完话后，又找了相关人员谈话，并带走相关资料和文件就回省城了。

3

调查组的人刚走，李强安就来汇报工作。他说，井下 4206 工作面左右都是采空区，已经形成了一座“孤岛”。孤岛工作面受矿压影响，活动剧烈，冲击地压、防治水、防灭火及瓦斯防治等灾害治理难度很大，所以孤岛工作面开采过程中安全管理难度很大，危险性高。但是如果放弃开采，会损失 200 万吨煤炭资源，价值约为 10 亿元。

刘海洋说：“叫上生产部、综采队的负责人，我们一起下井去看看，现场研究解决方案。”众人走进 4206 孤岛工作面，不时可以听到顶板发出“咔咔”的声响，让人有一种不寒而栗的感觉，部分地段已变形，鼓起严重的地方需要弓着腰前行，一不小心，安全帽就会碰到顶板上。孤岛工作面还积了一层水，上隅角的瓦斯已接近 1%。走了一趟工作面，刘海洋一行人的衣服全湿透了。

升井后，刘海洋马上组织召开了 4206 孤岛工作面开采技术讨论会，让参会人员畅所欲言，充分发表意见，提出建议。

在技术讨论会上，刘海洋首先发言：“孤岛内 200 万吨煤，如果放弃了，国家的经济损失将达 10 多亿元。作为领导干部在关键时刻就要勇于担当。现在讨论的是怎样开采的问题，而不是采不采的问题。虽然开采难度大、困难多，但只要我们齐心协力、同舟共济，一定能够攻克难关，打赢这场孤岛大会战的。”

李强安说：“地质复杂、条件差、埋藏深，这些因素让孤岛工作面开采成为一项艰巨任务，需要矿领导现场跟班、全面协调部署，专家和技术人员现场办公，采用强支、强卸、超前探放水等一系列举措迎战孤岛工作面。”

刘海洋说：“咱们不是正在推行干部走动式管理吗？围绕孤岛工作面，制定干部跟班方案，保证孤岛工作面 24 小时都有矿领导在现场指挥。”

闵红光说：“孤岛工作面作业涉及人员多，而技术专业都不同，必须协调推进，实现安全、培训、风险防控、现场管理全方位保障。”

刘海洋说：“开采过程中，我们要全面预判可能存在的各类安全风险，有效管控风险。要强化隐患排查治理，确保隐患可管可控。要加强设备维养，机电部派专人对孤岛工作面设备检修维护进行跟踪督导，检查验收。生产部根据作业现场发现的问题，及时制定方案，采取措施。安监部要抽调业务能力强、综合素质高的安检员现场死盯，确保安全作业。”

刘宁最后说：“针对孤岛大会战，党委计划专门下发一个通知，鼓励党支部充分发挥战斗堡垒作用和党员的先锋模范作用，对涌现出来的先进典型和个人，党委将来会进行奖励，工会和团委也要参与进来，通过各种形式形成党政工团齐抓共管的局面，确保啃下 4206 这块硬骨头。”

一场轰轰烈烈的孤岛大会战打响了。为了确保开采进度，刘海洋每天安排专人对巷道进行起底维护作业，确保巷道高度满足综采设备推移需求。为了安全完成回采工作，刘海洋几乎天天下井跟班。一天，他刚刚升井，调度室电话通知，说工作面回风顺槽发现大量淋水。刘海洋顾不得吃饭，赶忙穿上工作服，马不停蹄地返回工作面，来到现场。顶板的水不停地往下流，顺槽低洼处已经有很深的积水，他立即安排机电队下水泵排水。设备拉到现场后，他脱光了衣服第一个跳到水里，冰凉刺骨的水浸透了全身，那种刺痛感瞬间侵入骨髓里，他顾不得冰冷，带头运设备、拉管线，很快就忘记了时间，其他人见矿长都下水了，纷纷下到水里干活。排水设备运转后，还是不见积水减少，时间一久，顺槽就会被水破坏，工作面也无法进行回采。刘海洋经过仔细观察，判断一定是地面出了问题，他马不停蹄地来到了工作面对应的地面，原来地面是一个干涸的水塘，连续几天暴雨使水塘存满了水，水透过采空区流到了井下。刘海洋立即安排机电队在地面排水，机电队人手不够，就从机关抽调人员参与强排水，经过五天的强排，井下的积水逐渐消失了。

第十一章

1

因为下井带头在刺骨的水中拉运设备，刘海洋发了烧，鼻涕流个不停，他让人到矿医院买了点感冒药，吃了之后，症状有所减轻，可依然是昏昏沉沉的，头重脚轻，浑身乏力。他还是不放心井下，拖着虚弱的身体，依然来到了孤岛工作面。综采队队长高怀礼对他说，由于巷道底鼓、工作面出水等原因，导致设备列车无法正常拉移，孤岛工作面顺槽摆放了很长的设备列车，影响孤岛工作面的正常回采。

刘海洋升井后找到闵红光、李强安一起商量对策。两人建议，建立一个长期且能够服务多个工作面的长距离供电供液的机电硐室，减少设备列车的拆除、安装、维修等环节。这个方案的优点是将设备列车集中设置在工作面外的机电硐室里，可以不受顶底板等其他因素的限制，还能减少巷道空间的占用。该方案较以往“铺设轨道＋绞车拉移”设备列车的方式更加方便，检修维护量更小，能极大地提高作业效率。同时采用变频器控制乳化泵，可自动开启和关闭乳化泵以满足工作面液压支架操作实际所需乳化液流量，这样相比原来的集中控制方式节省很多的电耗量，设备运行也更加可靠，故障率更低。由于长距离供液供电硐室与工作面距离相对较远，因此可以适应各种条件复杂的工作面。刘海洋说，就这么办，简单高效，抓紧实施。

就在孤岛工作面会战的紧张时刻，刘海洋接到了张海明的电话，让他去一趟省煤炭局。这年的冬天，省城格外的冷，加上感冒，虽然穿着厚厚的皮夹克，刘海洋依然觉得冷。见到又黑又瘦的刘海洋，张海明许久没有说话，心疼得泪眼模糊，这个老领导紧紧握住刘海洋的手说了句："海洋，你不容易，辛苦了。"

刘海洋说："感谢老领导的关心。不辛苦，难得煤炭市场好转，这几年，葫芦滩还清了旧账，给职工补发了工资，报销了医药费，账上现在还有5000万元的结余利润。煤矿的春天来了，煤矿工人的好日子来了，我也就不觉得累了。"

张海明说："海洋，你干得好啊！虽然煤矿形势好了，但安全事故多发的势头还在持续。葫芦滩连续多年没有发生死亡事故，实在是难能可贵啊。我听说，你们正在回采孤岛工作面，一定要谨慎小心啊！"

刘海洋说："请领导放心，我们一定千方百计确保安全，一定把孤岛的煤安全顺利地采出来。"

张海明拍了拍刘海洋的肩膀，说："海洋，你干事我绝对放心。今天叫你过来，还有另外一件事。熊玉民反映你的问题，局里已经调查清楚了，纯粹是诬告。但是现在这个熊玉民还没有罢手，不停地向上级上访反映你的情况，造成的影响非常不好。我想，能不能采取一个折中的办法，让熊玉民当销售科副科长，一下子把他的职务全免了，他在感情上接受不了。你正在干事业，不能因为这点小事影响你的前途。”

刘海洋说：“熊玉民被免职，是因为违纪在先，现在他还没有认识到自己的错误，说明他已经不再适合当干部了。被免职后还在告黑状，说明这个人品质有问题，更加不能用在管理岗位上了。”

张海明无奈地点了点头，说：“好吧！海洋，我尊重你的意见。”

见过张海明，走出煤炭局，刘海洋想回家去看看，这时候，电话又响了。李强安汇报说，孤岛工作面底鼓严重，刮板运输机都被顶起来了，他正组织人员在工作面起底处理。听到此，刘海洋决定不回家了，直接返回葫芦滩。到了矿上，刘海洋顾不得吃饭，就匆匆忙忙下井了。当他来到孤岛工作面后，见工作面挤满了人，有男人也有女人，他在其中发现了杨荔枝。杨荔枝主动上前跟他打了个招呼。刘海洋问杨荔枝下来干什么，杨荔枝说是矿上动员家属协管会来工作面送饭，也是给大家鼓舞士气。刘海洋就问哪个领导安排的，站在一旁的闵红光笑着说，是我安排的。刘海洋说，对所有送饭的家属表示感谢，但工作面太危险，立即让人撤走。刘海洋又对闵红光说，以后组织家属开展活动，一定是在绝对安全的地方。闵红光和在现场的家属们听了矿长的话，就在安监员的带领下，撤出了工作面。刘海洋仔细察看了现场，发现工作面底鼓很严重，运输机都快接近顶板了，部分支架也都变了形，就和大家一块儿干了起来。

孤岛工作面底鼓问题刚刚处理完，党委书记刘宁匆匆地找到了刘海洋，给他拿了一张当天的《秦黄都市报》，该报在三版刊登了一篇署名为《冒险开采为哪般》的文章，说的是葫芦滩煤矿领导班子为获得政绩，强令工人冒险作业，开采孤岛工作面，并强迫矿工家属到极度危险的工作面送饭。刘海洋让刘宁负责起草一份情况说明，去报社说明情况，防止舆情扩散。

在省城的《秦黄都市报》社里，刘宁见到了报社负责人，在听完解释后，报社表达了歉意，并说是有人到报社反映情况，报社也没有详细调查，就发了文章，同时表示为了弥补损失，在孤岛工作面成功回采结束后，派记者去现场做一期正面的报道。

在葫芦滩煤矿生活区，刘海洋有一套矿上分的住房，自从妻子和儿子去了省城后，这个房子就空下来了，平时他很少回去。这天，刘海洋忙完了工作，决定回房子看看。打开房门后，发现地上和家具上都落满了灰尘，刘海洋就认真打扫了起来。不一会儿，他听到有人敲门，打开门，见是一身酒气的熊玉民，感到很意外，就让他进来了。

熊玉民说："刘矿长，我知道我错了，请您给我一个改正的机会，不能恢复我的科长职务，让我当个副科长也行啊！"

刘海洋说："不行，你一错再错，不知悔改，已经失去了当科长的资格。"

熊玉民从怀中掏出一把刀子，刀子闪烁着让人不寒而栗的锋芒。熊玉明恶狠狠地说："刘海洋，今天你要是不答应我的事，我就让你白刀子进去，红刀子出来！"

刘海洋坚决道："你要干啥，不要胡闹！你严重违反了矿规矿纪，纵容你就是对全矿职工的不负责任。"

熊玉民拿着刀子说："那好吧！既然你不同意，我就走了。"熊玉民走了几步，猛地回过头来，用刀子猛刺了过来，刘海洋猝不及防，被刺中腹部。几乎是在同时，刘海洋的大拳也落在了熊玉民的太阳穴上，熊玉民当场昏倒在地。血从刘海洋的腹部流了出来，刘海洋忍着剧痛，打电话给葫芦滩镇派出所。几分钟后，警察赶到现场，立即将刘海洋送到矿医院。经检查，刘海洋被扎破了小腹，伤及了肠子，需要住院治疗。熊玉民醒来后被带到派出所关押了起来。闵红光、李强安第一时间赶到矿医院看望刘海洋的伤情，又问刘海洋要不要通知任玉静来陪床。刘海洋说没有必要，一点小伤不算什么，还嘱咐他们不要惊动矿上的干部，眼下正是孤岛采煤的关键时刻，一定不能让大家分散精力。

没过几天，张海明听说刘海洋受伤的事情，专门从省城赶到了葫芦滩。他在矿医院的病房里见到了刘海洋，看着躺在病床上虚弱的刘海洋，张海明的眼泪在眼眶里直打转。

张海明握住刘海洋的手说："海洋，让你受苦了！"

刘海洋说："感谢领导的关心，一点小伤不算什么。"

张海明对站在一旁的刘宁、李强安、闵红光说："你们开个党政联席会，立马将熊玉民开除党籍，解除劳动合同，移交司法机关处理。"三个人齐声说："好，按领导的指示办。"

随后，张海明在刘宁等三人的陪同下，去了孤岛工作面，看到工人们在危险的环境下，热火朝天地干着，很受感动。张海明对大家说："沧海横流，方显英雄本色，你们是好样的，你们是葫芦滩的英雄，我向你们致以敬意。同志们在一线很辛苦，后勤保障一定要做好，让大家一定吃饱吃好。同时，我们的各级党组织在关键时刻，一定要发挥好战斗堡垒作用，党员要发挥好先锋模范作用，要站得出来，豁得出去，吃苦在前，冲锋在前。还有就是现场支护要到位，顶板破碎的地方，可以多打木垛，端头支护一定要足够长，以保证安全为根本。”张海明说完，工作面响起了热烈的掌声。

2

自从父亲任自忠来到省城后，任玉静感觉轻松多了，自己不用接孩子，有时候甚至都不用做饭。里外窗户也都用钢筋焊死了，小偷再也钻不进来了。这样任玉静便可以全身心地投入教学工作中去。有的同事在家里办起了小课堂，学生交点钱就可以来补课，任玉静却把成绩差的学生往家里带。班里有个叫沈大山的孩子，因为打架进过管教所，成绩差，脾气大，老师和同学都不待见他，任玉静却常常帮助沈大山，还把他带到家里来补课，给他仔细讲解作业，沈大山非常感激任老师，父母的话都不一定听，但任老师的话就是圣旨。

任玉静当语文老师很辛苦，除了日常的上课、备课，还要改周记和作文，两个班一百多人，一篇一篇地改，还要写评语，忙完还要辅导儿子矿生的作业，每天都要忙到深夜。这天晚上，任玉静正在备讲《岳阳楼记》，这篇文章看着不难，但要讲好很难，她就打电话请教丈夫刘海洋。刘海洋正躺在矿医院的病床上看书，他告诉妻子，《岳阳楼记》这篇文章是范仲淹被贬河南邓州时写下的，但他本人并没有去过岳阳楼，是运用想象将它写得那么精彩的。总的来说，这篇文章将记叙、写景、抒情、议论融为一体，动静相生，明暗相衬，文辞简约，音节和谐，用排偶章法作景物对比，成为杂记中的创新，就艺术价值而论，《岳阳楼记》是一篇非常优秀的文章。

说完《岳阳楼记》，任玉静又说起了儿子矿生。她说，儿子很听话，学习很认真。任玉静又说，她近期还去了趟派出所，希望能看到楠楠的消息，但许所长说，目前还没有任何消息，看来楠楠是真的找不到了。刘海洋安慰她说奇迹也有可能会出现。

孤岛工作面的回采工作终于完成，200 万吨煤被安全地采出来了，全矿干部职工都松了一口气，葫芦滩煤矿专门召开了一场庆功表彰会，会上对综采队、机电队、生产部等部室和闵红光、李强安、高怀礼等十名劳动模范进行了表彰。刘海洋在会上做了总结讲话。本次表彰会还特别邀请了张海明前来指导工作。

刘海洋在会上说："今天，我们在这里欢聚一堂，隆重表彰在 4206 孤岛工作面开采中涌现出来的先进集体和劳动模范，弘扬他们能吃苦、能战斗、能打硬仗的担当精神，弘扬他们以大局为重、勇挑重担、甘于奉献的表率精神。今天的表彰会，既是一次彰显和弘扬葫芦滩'创卓越团队、建一流企业'的宣扬会，又是一次体现葫芦滩人鞠躬尽瘁、不辱使命的宣示会。

"沧海横流显砥柱，万山磅礴看主峰。4206 孤岛工作面，曾经是葫芦滩人的喉中刺、心头病，如今成了我们的里程碑、新名片。

"在我们战胜 4206 孤岛工作面的过程中，各级领导给予了我们充分的支持指导，省煤炭局张海明局长亲临现场指导，在此我代表葫芦滩对老领导的关心、支持、帮助表示衷心感谢！在完胜 4206 孤岛工作面的过程中，矿领导集体决策，科学施策，坚守带班，带领职工最大限度地降低了风险，保证了孤岛工作面顺利回采。中层干部克服厌战情绪，始终胸怀全局，坚守孤岛，全力出战。综采队、机电队、生产部等一线勇士，干在井下、吃在井下，披衣为甲、臂膀为梁，与液压支柱一起抵御矿压，以守面即守矿的担当，以护面即护矿的忠诚，在大地深处镌刻了履职尽责，让人热泪盈眶、肃然起敬。

“这段历史将永远彪炳于葫芦滩矿史，激励和鼓舞一代代葫芦滩人持续自强不息，取得一次又一次的胜利。”

张海明最后做了重要讲话。他说：“今天，我们怀着喜悦的心情和深切的感恩在这里聚会，回首孤岛工作面回采的艰辛历程，总结交流这个过程中积累的诸多有益经验。过去的一年时间，秦黄省首个孤岛工作面在大家的努力下顺利实现了安全回采，这是葫芦滩近两年保证矿井接续、稳定煤炭产量的一件大事，也是安全回采技术要求高、多方关切关注的一件难事。回望来时路，‘孤岛’攻坚的每一步，都离不开葫芦滩干部职工的努力，在奋战的12个月里，你们风雨兼程、协作同行，汇聚智慧力量，共克艰险，圆满完成了攻坚任务，实现了发展目标。在这里，我代表省煤炭局向不畏艰险的葫芦滩干部职工表示诚挚的敬意！孤岛的胜利是葫芦滩领导班子敢于担当的胜利，是葫芦滩干部职工团结奋进的胜利，是科技、智慧、坚持的胜利。希望同志们用心、用力绘制好企业发展新的蓝图，努力为秦黄煤炭事业做出更大的贡献！”

会议结束后，干部职工们激动了，他们涌上前台，将刘海洋一次又一次地抛向了空中，此刻，刘海洋成了他们心中真正的英雄。几天后，《秦黄都市报》以整版的篇幅报道了葫芦滩孤岛回采的过程，一时间，在社会上引起了不小的积极反响，无形中提升了葫芦滩的社会形象和美誉度。

3

被电缆炸伤的惠铜川一度消失在了人们的视野和关注范围内，半张脸破了相让他人不像人，鬼不像鬼。这样的折磨是从肉体开始的，虽然脸上的皮肉看起来是完完整整的，但是没过多久，里面的肉就开始溃烂，尽管贴了药做了护理，但是那种钻心的疼使惠铜川寝食难安。肉体上的痛苦是暂时的，精神上留下的长久伤疤才是最致命的，是伴随一辈子的。惠铜川就是在这样的一种状态下度过了一年多的时光。现在的他身体明显瘦了一大圈，都有些皮包骨头了，眼窝子也陷进去了，额头上的皱纹明显多了起来，给人一种岁月的纵横感和历史的沧桑感。

身体上的伤痛让惠铜川看起来苍老了很多，以前那个爱说说笑笑，爱舞文弄墨的诗人变得沉默寡言了，脾气还越来越大，甚至有点自暴自弃。一天，诗人对着镜子照了照自己，简直没把自己吓死，镜子中的自己有点陌生，有些出乎意料，让他产生了恍若隔世的错觉，那还是他自己吗？这样有何脸面再见人？他拿起身边的汤药碗径直砸向了镜子，心也就像眼前的镜片一样碎了一地，惠铜川坐在椅子上痛苦地哭了起来。哭着哭着，他产生了一种一死百了的感觉，这种感觉像是从地缝中钻出来的，又好像是闪电一般击中天灵盖而产生的。大脑中产生这样的想法时，眼神就不自觉地看向了窗外，窗外似乎有一个巨大的黑洞在向他招手和微笑，脚也不受控制地向窗口走去，可转念一想，自己住在棚户区里，准确地说是住在杨荔枝的房子里——自从他被炸伤以后，他一直住在这里——这样的高度跳下去摔不倒也跌不死，反而有点丢人现眼。黑暗中，惠铜川痛苦得狠狠得抽了自己几记耳光。这个时候，杨荔枝推门走了进来，给他端来了饭食，他很快把眼泪偷偷擦干净，绝对不能让眼前这个女人看出任何破绽，更不允许自己再有轻生的念头。自从他受伤以后，这个女人把他照顾得无微不至，体贴和用心体现在一饭一粥、一针一线上，就是当年的大头，也没有享受过这般待遇。看着端上来的热气腾腾的饭菜，想着刚才自己那冲动且愚蠢的想法，惠铜川有一些无地自容了。这一年多来，就是杨荔枝的贴心、暖心和安慰陪他度过了一个个难熬的日子，外界普遍认为他们现在已经一起搭伙过日子了，实际情况只有他们自己知道，他们没有肌肤之亲，更没有过越轨之事。

在身体好转之后，惠铜川回去煤矿上工作了，没想到因违章操作左脚受伤，又歇了两个多月。百无聊赖的日子里，惠铜川萌生了创作长篇小说的念头。他读过很多历史人物的传记，古今中外，他拜读了很多。惠铜川读书速度很快，可以说是一目三行，一本书在他手里，三五天时间就读完了，而且绝大多数内容和情节可以做到过目不忘。惠铜川从这些书里找到了坚强生活下去的毅力和勇气，每一个人，无论是英雄人物还是平民百姓，一生之中，都会经历很多磨难和不幸，任何时候都要怀有一颗积极的心态去面对。就这样，惠铜川开始了他长篇小说的创作计划，小说的主要内容就是以他的家乡和葫芦滩煤矿为两个大背景，写一群人奋斗的故事，当然也有他自己一部分难忘的经历在里面。尽管之前惠铜川的写作体裁很少涉及小说，但是他有扎实的文字功底和丰富的知识储备，不到半年的时间，他就完成了小说的初稿。惠铜川每天把自己关在房子里，拉上窗帘，将自己置身在一个昏暗密闭的空间里，这样才能使他的身体和心灵全都放松了下来，全神贯注在写作这一件事情上。当整部小说画上最后一个句号时，扑面而来的不是喜悦和兴奋，更多的是一种煎熬后的释放。那天，惠铜川把自己喝醉了，喝得稀里糊涂，泪流满面，拉开窗帘，久违的太阳光灼烧般地刺入眼睛，他看到了新的希望就在眼前。他把初稿打印出来，第一时间拿到麻将馆让杨荔枝先睹为快，杨荔枝便成了这部作品的第一个读者。杨荔枝喜出望外，这个不大识字的女人也读不出个所以然来，拿着厚厚的一沓稿纸捧在怀里，只是一个劲儿地高兴。

两个月后，惠铜川将这部作品修改整理完成，拿到了省城的一家出版社。惠铜川并不清楚出版书籍的相关流程和事项，就试着敲开了出版社总编辑办公室的门。这位总编辑正伏案写着什么。

“有啥事？请讲！”女总编辑并没有抬头，只是沉闷地问了一句。

“我……我写了个小说，想要出版，不知道怎么个出版法？”惠铜川压低声音，不敢惊扰到正在工作的总编辑。

“关于出版书的事宜，你去隔壁的编辑室找小刘了解一下。”女总编辑自始至终埋着头，一直写着，但是话里话外充斥着下逐客令的味道。

惠铜川退出总编辑的办公室，揣着忐忑的心来到了隔壁编辑室，找到了那位姓刘的女编辑，向她说明了来意，并传达了总编辑的意思。刘编辑是一位参加工作不到一年的大学生，专业学的就是汉语言文学，她热情地接待了惠铜川。刘编辑说，如果书稿质量好，出版社愿意帮他出，让他回去等消息，并把出版书的整个过程做了详细的介绍。惠铜川是带着满意的结果离开出版社的。

走的时候，他在出版社门口的公示栏上看到刚才那位女总编辑的名字和照片，才知道她是秦黄省著名的诗人，他在本省的文学刊物上经常能拜读到她写的诗歌，有时候甚至在《人民文学》《诗刊》上也能看到她的作品。这会儿他有点后悔，刚才没有跟那位著名的诗人来一张合影，或者搭个腔，露个脸，说句话也成。

办完了事情，了却了一桩心愿，惠铜川打算坐最后一趟车回葫芦滩。惠铜川慢悠悠地来到省城汽车站买了票，看了看还没到发车的时间，索性就在附近转悠了起来。满眼都是川流不息的人群，嘈杂声不绝于耳，再有一个月就到年关了，惠铜川想着应该给壮壮和荔枝买个礼物。壮壮今年已经上初二了，学习很上进，成绩一直很稳定。他不知道给壮壮送什么礼物比较贴切，在转到一处书摊前，就买下了一套《平凡的世界》。这本书他在矿上的图书室读过，主人公不屈不挠的奋斗故事令人感动，他希望壮壮也能像主人公那样去打拼自己的人生。

最后给杨荔枝买礼物时，让惠铜川犯了难，他这辈子还没给女人送过礼物，他转来转去，下不了手。这时候，他看到一个男人高兴地从一家内衣店走了出来，他想能否送一套内衣给杨荔枝。怀着这样大胆又羞怯的想法，惠铜川毅然走进了那家内衣店。

出版书籍的事情刚有了眉目，另外一个麻烦事又来了。惠铜川得知老母亲病重，已经住院了，马上需要一笔三万元的手术费。他难受地咽了口唾沫，母亲在他 12 岁的时候，跟着一个来村里照相的外地人跑了，一走 20 年全无音信，直到去年母亲才跟他取得了联系。说实话，虽然是自己的亲生母亲，但他对这个女人没有什么好感。可现在老母亲需要做手术，老人已是黄泉将近之人，自己作为子女，哪怕是人道主义援助也应该表达一份心意。

可他现在根本拿不出这笔钱啊，自己手头紧巴巴的，矿上发的工资只能勉强维持家里的开支……只能等回去以后再想办法吧！

当杨荔枝看到惠铜川给她买的内衣时，一下子害羞得脸红到了脖子，这个平时大大咧咧，有点男人性格的女人见到这般惹眼的东西也是显示出了一种不知所措的局促感，还咒骂惠铜川老不正经，可心里却是吃了蜜的一样甜。当天晚上，杨荔枝就穿上了，尺码有点小，勒得胸脯生疼，她穿了一会儿就脱下了，心心念念舍不得穿。以前大头还在的时候，除了结婚的首饰以外没有给她送过一件像样的东西，杨荔枝漫无边际地回想起了以前的一些事情，想着想着就睡着了。第二天，她就把这件内衣包好存放起来了。

从省城回来以后，惠铜川一直为母亲的手术费而犯愁，那头电话已经打了好几次，催促着他，他向炮采队的同事朋友借钱，可借来借去都是杯水车薪、冰山一角，解决不了大问题，正当他焦躁不安的时候，杨荔枝拿来了三万元。

当杨荔枝说出这三万元的来历时，惠铜川罕见地向她发了脾气。杨荔枝知道惠铜川这段时间为老母亲的手术费而焦头烂额，眼下，她手里也是紧巴巴的，想要一下子拿出这么多钱，只有把麻将馆转出去才行。前几年，煤炭市场不景气，葫芦滩的煤堆成山卖不出去，麻将馆的生意一落千丈、举步维艰，一度到了倒闭关门的地步，即便形势那样严峻，她还是咬紧牙关挺过来了，这个破破烂烂的麻将馆是她养家糊口的行当啊，当初要不是惠铜川资助她，她连一张麻将桌子的钱都凑不够，所以说这个麻将馆在一定程度上是惠铜川的，而不是她杨荔枝的，现在，她为了惠铜川毅然决然地卖了麻将馆以解他的燃眉之急。

“你卖了它以后生活怎么过？没收入吃的喝的从哪来？”惠

铜川难受地蹲在地上。

“老惠，你放心，咱没少胳膊没少腿，在哪不能找点活？”杨荔枝见他不开心，故意表现出一副很轻松的样子。

“再说，我现在还是矿上的家属协管员，一个月还有一千元的补助，再干点其他的，应该是不愁吃不愁穿的。”杨荔枝补充道。

“可我不能拿你的钱啊。”惠铜川站起来，不知道下一句说什么，但是目前的状况是他急需要这笔钱。

“你啰里啰唆干啥，又不是给你了，你有了到时候还我就行了嘛。”杨荔枝将三万块钱塞进惠铜川的怀里便转身离去。

解决了老母亲的手术费，几个月后，惠铜川的长篇大作也顺利问世了。第一本书，他给杨荔枝拿来了，杨荔枝虽然看不懂，但是捧在手里非常喜爱，左看看，又摸摸，不停地夸赞他有本事，还在左邻右舍，亲戚朋友面前奔走相告。杨荔枝没文化，不太识字，但是打小对肚子里有文化有学识的人有种自然而然的尊崇之意。

几天后，惠铜川找到了刘海洋，一来是给他送书，二来是想让矿上买上些书支持一下他。两个条件，刘海洋全部答应了。刘海洋还说，他去找一下刘宁书记，组织一个新书发布仪式，让惠铜川在会上分享一下创作经历，引导带动更多干部职工参与到葫芦滩的企业文化建设中来。

一个礼拜后，新书发布仪式举办，这一下子就让惠铜川成了全矿无人不知无人不晓的大人物，甚至，他的名声还传到了镇上、县上。出版社的女总编辑和具体负责此书的年轻大学生刘编辑也被邀请到了葫芦滩煤矿出席发布仪式，这回，惠铜川圆了与总编辑合影的梦想。在谈创作经历的时候，惠铜川无意间看见杨荔枝坐在了会议室的角落，他不知道她什么时候来的，他看见她在冲他笑，这让他眼窝瞬间热烘烘的……

第十二章

1

对黄丽君而言，煤矿是陌生而粗粝的，她每天都要跟黑了脸黑了身的矿工打交道。不过，她现在已经适应了葫芦滩的生活。在机电队，最忙的时候就是月初开工资了，全队一百多人，黄丽君要一分不少地发到矿工手上，是个十足的细心活，有个别请假的职工，她还得暂时替保管着。等月初忙完以后，黄丽君就闲下来了，跟别的办事员闲聊，同事们说的都是一些家长里短的事情，孩子成绩怎么样，公婆对自己怎么样，自己的男人怎么样……当同事们谈论这些话题的时候，黄丽君是插不上嘴的，更是没什么可说的。这时，一幕幕的往事又在心头回荡，敏感的神经让她想起了刘海洋，过了一会，又想起了刘宁。有时候，她对以前的生活有一丝留恋，回想以前在镇上教书的日子，带着一大帮孩子念书识字，那生活是充实而快乐的，在自己擅长的领域干着得心应手的事情，多么难能可贵。想着想着，看着眼前的处境，黄丽君心上就冒出了一些无名的火气。这火气有时会冲得她站起来，把门狠狠摔上，夺命似的逃出了值班室，跑进了卫生间，一下子哭了起来……

女人之间的事情往往是复杂而敏感的，对于刚踏入葫芦滩，还未站稳脚跟的黄丽君来说，这样经常性地在同事们面前耍性子耍脾气是一个严重的事件。没多久，她就受到了队长的严厉批评，甚至一些难听的话都见缝插针地说了出来，书记更是在会上直接点名道姓批评了黄丽君，还给她戴上了无组织无纪律、不团结同事的大帽子。黄丽君委屈地找到刘宁，把事情的原委说了，刘宁当即就把机电队的队长和书记叫到办公室，狠狠地批评了一顿。最后，刘宁以借调的名义将黄丽君安排到了工会办公室工作。

黄丽君到了工会以后，像是换了一个人，用她自己的话说，她要彻底跟以前的生活说再见，以前的种种记忆她会在脑海里彻底删除，她要拼命工作，努力挣钱，重新活出个样子。黄丽君每天把自己打扮得精精神神，穿着搭配也很讲究，天生丽质的她经过一番打扮后更加凸显优雅的气质。黄丽君自从进了工会以后，自信陡然增加了不少，无论是参加会议还是日常组织活动，她都敢于表现自己，表达自我。

由于工作和业务上的关系，黄丽君与刘宁多了很多碰面的机会。现在，他们保持着一种说不清理还乱的男女关系。有时候，她被刘宁单独叫到办公室，有事没事地聊一些话题，看得出，刘宁仍然保持着对她的那份热爱和迷恋，说实话她心里也装着刘宁，但是现在一切的情况都不一样了，刘宁是有家室、有身份地位的人了，他们这样有事没事在一起是一种危险的信号，更何况，刘宁的妻子钱素娟还跟她在一栋楼里办公，经常是抬头不见低头见的，葫芦滩已经传出了一些关于他俩的风言风语，有些更是说得离奇荒诞，说她都怀上了刘宁的孩子，最后又偷偷打掉了。刚开始，黄丽君还刻意与刘宁保持距离，她认为二人之间应该画一条不可逾越的红线，是不能轻易碰触的，但是耐不住刘宁的软磨硬泡，这种暧昧的男女关系只能延续下去。

现在最让刘宁堵心的一件事就是他与刘海洋的关系越走越远了，原来他们是亲密无间的同事和朋友，尤其是刚参加工作的那几年，他俩是无话不谈的战友和亲密伙伴，这种紧密关系体现在日常的工作中和生活中，他们都是大学生，学识上和见识上有很多相通的地方。可两个人搭班子以后，尤其是各自成为党政主要负责人以后，分歧和矛盾越来越大，消极抵触的情绪一直盘踞在两人之间，两个人都不愿意配合彼此的工作，这种矛盾愈演愈烈。一次，在研究人事任用的会议上，刘宁提议的两人都让刘海洋否掉了，会议结束后，刘宁找到了刘海洋，质问他为什么要否决掉他推荐的两个人，刘海洋直言不讳地说那两名干部群众基础差，作风不扎实，不具备提拔任用的条件。刘宁有不同的意见，认为刘海洋这是鸡蛋里面挑骨头，纯属挑人家身上的毛病，或者是挑他刘宁身上的毛病。

这些火一直窝在刘宁的胸膛里难以扑灭，直到有一天，被撤职的熊玉民敲开了他办公室的门，二话没说，扑通一声跪倒在了地上，大声哭了起来，央求刘宁救救他，不要给他免职。严格来说，熊玉明是张海明的部下，他犯下了严重的错误，矿上已经将他降为了普通工作人员，刘宁不想掺和到里面去，况且在研究熊玉明问题的会上，他已经表明了立场和态度，建议给予熊玉明记过处分，他的初衷就是不能把干部一棍子打死，不然搞得人人自危，谁还敢为公司办事，何况他不想为了熊玉明的事情看刘海洋的脸色。看着熊玉明跪在地上可怜巴巴的样子，刘宁脑袋里突然有了主意，他何不利用熊玉明报复一下刘海洋，出出这口积郁在胸中的闷气。刘宁把熊玉明扶起来坐下，给他倒了茶，好言安抚了半天，就给熊玉明出主意，怂恿他为了自己的前程和下半辈子向省煤炭局告刘海洋独断专行、专横跋扈、搞一言堂，还有贪污腐败，什么都行，甚至可以用一些见不得人的手段拿到他一些违法乱纪的证据，到那时候，刘海洋迫于上面和舆论的压力，说不定就会让他熊玉明官复原职了。熊玉明满脸得意扬扬地走了，开始实施他的告状计划。没几天，熊玉明就把刘海洋告到了省煤炭局，结果，煤炭局下来调查了半天没有实质性进展。眼看着计划没有成功，熊玉明找到刘宁商量对策，刘宁继续给熊玉明出主意，让他向省纪委反映刘海洋的情况，并继续搜集证据。熊玉明按照刘宁的安排，天天尾随跟踪刘海洋搜集所谓的证据，可一个多月下来，还是一无所获。烦躁苦闷的熊玉明喝醉酒以后，借着酒胆做出了一个疯狂的举动，熊玉明原本是想拿刀威胁刘海洋，结果刘海洋根本不吃他那一套，气急败坏之下，熊玉明做出了错误的决定，拿刀子刺向了刘海洋。

2

杨村煤矿调度室频繁响起急促的电话铃声。

“三盘区方向传来剧烈的爆炸声！”

“三号风井井口有黑色烟雾喷出！”

“300 工作面联系不上……”

调度员频繁接到井下的报警电话，立即向矿领导汇报了这一紧急情况。杨村煤矿党委书记、矿长薛明亮第一时间赶到调度室，凭他多年的煤矿工作经验，感觉井下出事故了，应该是瓦斯爆炸。随即发出一道道指令：井下所有作业人员迅速撤离；立刻通知救护队火速下井救人；通知医护人员火速赶到井口抢救伤员……

两个小时后，井下人员全部撤离到地面，各单位开始清点人数，掘进一队少了 14 人，掘进二队少了 6 人，皮带队少了 1 人，总共少了 21 人。又过了两个小时，掘进二队的 6 人被抬出，已无生命体征，这 6 个人是在撤离过程中误入三盘区回风巷，爆炸产生了大量的一氧化碳，6 个人系一氧化碳中毒而亡。皮带队 1 人被爆炸的冲击波气浪吹到空中，撞到皮带架上，身体已四分五裂。救护队员进入 300 工作面回风巷道救人时，一名队员因呼吸桶内氧气耗尽，另外一人氧气面罩脱落，导致双双中毒身亡。救护队队长报告，300 工作面回风巷道有 700 米已被积水封死，救护人员无法进入。薛明亮命令停止搜救，先向巷道通风，调集大功率水泵排水。

第二天，省煤炭局组成的事故调查组进驻杨村煤矿，省煤炭局局长张海明亲自兼任事故调查组组长。死亡职工的家属也陆续来到杨村煤矿，薛明亮指示，成立由党委副书记、工会主席、纪委书记王标为组长的善后处理小组，全权处理死亡职工的善后工作。王标选择杨村煤矿所在的原平县一家宾馆作为办公地点，从矿上各单位抽调精干力量，每三人为一小组，一个小组负责安抚一户死亡职工家属。

掘进一队14名失踪职工家属的心情焦急万分，他们不顾工作人员的劝阻，集体来到杨村煤矿，强烈要求见矿长薛明亮。薛明亮不到四十岁，头发却有些花白，加上几天几夜的连续工作，显得异常疲惫。他向家属们解释，这14名矿工只有在巷道积水抽完后才能救出。目前积水区以里有害气体严重超标，矿工生还可能性不大。“作为一矿之长，我负主要责任，我向大家检讨。”说完话他向家属们鞠了三躬。有几个情绪激动的家属要打薛明亮，被工作人员拦住了。匆匆忙忙赶过来的工会主席王标向家属们解释说，省上已成立事故调查组，会追究相关人员的责任，请大家放心！

“我们的亲人是死是活，你能不能给个明确的答复？”有家属问道。

“这只有积水排完之后，才能确定矿工的生死。”王标回答。

“那积水什么时候才能排完？”

“估计要半个月左右。”

“为什么会发生瓦斯爆炸？是不是你们这些当官的玩忽职守？”

“调查组正在组织调查，调查完毕后一定会对责任人进行处理。”

“听说发生事故前，井下瓦斯多次超限，为什么明知会发生事故，还要让矿工冒险作业？”

“这个调查组会调查清楚的！”

“为什么死的人当中没有一名干部，你为什么不死在井下？”一名家属指着王标的鼻子说。

“打呀！打死这个丧尽天良的狗东西！”

愤怒的家属一拥而上将王标打倒在地，开始拳打脚踢。工作人员拼命将打人的家属拉开，王标躺在地上，已经鼻青脸肿。工作人员赶紧将王标送往医院，经检查，王标除了皮外伤之外，还折了两根肋骨。半个月后，300 工作面回风巷道积水和一氧化碳被清除，14 名矿工的遗体也被找到。

此次瓦斯爆炸事故，共导致 23 名矿工死亡，包含 2 名救护队员，杨村煤矿善后处理工作正在紧张有序地进行，已经有 5 户家属拿到赔偿后相继离开了。

杨村煤矿还在停产整顿中，薛明亮的辞职报告已经放在了张海明的办公桌上。怎么办？杨村煤矿不能就这么垮了，得找一个人把杨村煤矿的大梁挑起来，派谁去合适呢？张海明陷入深深的思索之中。忽然灵机一动，张海明想起一个人来，他就是葫芦滩煤矿矿长刘海洋，葫芦滩矿已经连续八年无事故，是全国煤炭行业的安全示范煤矿。张海明在葫芦滩煤矿当过矿长，继任矿长刘海洋非常优秀，将葫芦滩矿管理得井井有条，葫芦滩的安全管得好，重要的经验就是干部走动式管理和安全教育法，特别是对干部要求严，要求全矿科级以上管理干部，一井两会三顿饭，每天下一次井，每天参加两次调度会，三顿饭都在矿食堂吃。还有就是五加二，白加黑，除了家里有重要的事情请假外，矿领导班子成员以身作则，带头每天都坚守在矿上。张海明让组织部部长肖让打电话叫来刘海洋。

第二天早上刘海洋就赶到了省城，来到了张海明的办公室。张海明语重心长地说：“准备让你去杨村煤矿任党委书记兼矿长，现在征求你的意见。葫芦滩煤矿已经摆脱困境，发展势头良好，但是杨村煤矿更需要你。”

刘海洋思索了一下说："行，我听从老领导的安排。"

"那葫芦滩矿谁来接你的班？"张海明问。

"让李强安接任我当矿长，让闵红光到杨村来当我的副手。"刘海洋说。

"红光同志跟你去杨村这个没问题，但是为了葫芦滩的发展，你觉得让刘宁任矿长怎样？"张海明并没有接刘海洋的话，而是把一个没有想到的话题抛给了他。

刘海洋一时语塞，竟不知道怎么回答。提起刘宁，刘海洋实际有满肚子的话想对这位上级说，但是感觉这个时候说不合适，又把想好的话咽了回去。

"全听领导的安排。"刘海洋笑了笑说。

"好吧！你的意见组织会认真考虑的。下午煤炭局就开党组会，你的任命很快就会通过的，你赶紧准备一下，明天就和我一起去上任。"张海明说。

刘海洋说："好！我服从组织的安排。"

离开煤炭局，刘海洋心绪很乱，省城正值盛夏酷暑，走在大街上，一股股热浪迎面而来，刘海洋感到空气都是烫的，走了没多远，汗水就顺着脸颊流淌了下来，上衣也湿了一半。到杨村去，必将面临更大的挑战，但组织的需要是第一位的。即使是刀山火海，也要闯一闯。回想在葫芦滩煤矿的14年，一幕一幕，涌上心头。刘海洋顺便回了一趟家，看见儿子矿生正在楼下和几个小朋友踢足球，矿生见爸爸回来了，从老远就扑了过来。刘海洋抱住儿子亲了一口。

"爸爸，我要吃QQ糖！"矿生说。

"好，爸这就给你买！"

“爸爸，我还要吃辣条！”

“这个不行，辣条吃多了，对身体不好。”

“不行，不行，我就要吃！”

“好、好、好，爸爸给你买！”

经常不在儿子身边，刘海洋怀有深深的歉意，因此对儿子的要求是有求必应。

回家后，岳父任自忠和妻子任玉静都在，任玉静见丈夫回来了，就发起了牢骚。

“现代都市的房子装修可麻烦了，每一样材料都要去买，还要和形形色色的建材老板砍价。最麻烦的是改天然气的管子，改一截三米多的管子，往天然气公司跑了十几趟，写申请、跑设计、看现场、请施工，每个环节都要跑几趟，电话打了几十个，花费了半年才改成。邻居要我给天然气公司经理塞个红包，我就是不给，改个管子还要红包，真是太不像话了。邻居给了两千元的红包，不到一个月就改完了。我不给红包，就拖了半年，你说这叫什么事……你回来得正好，明天陪我去看家具，我相中了一套明清风韵的家具，古色古香，全是用榆木板打制成的，你看了肯定喜欢。”

“我没有时间，我明天还要赶回葫芦滩，顺便告诉你，我改任杨村煤矿矿长了，刚谈完话，下周就去上任，我得赶回去交接工作。”

“杨村煤矿？就是那个刚发生瓦斯爆炸的煤矿？”

“是的。”

“哎呀！那可够你喝一壶的！葫芦滩煤矿刚刚摆顺，又要去杨村煤矿收拾烂摊子，那可是个五毒俱全的矿井，又刚刚发生事故，你身上的担子可不轻呀！”

“没事的，我相信我有能力把杨村煤矿管好。”

看到丈夫如此忙，任玉静上前抱住丈夫，安慰他，眼泪也从眼眶里流了出来。

刘海洋捧着任玉静的脸，亲吻了一下说：“亲爱的，你把父亲和孩子管好，是对我最大的支持，房子装修的事就全靠你了，你要是忙不过来，就委托一家装修公司，让他们全包了，你就不用那么辛苦了！”

“不行，我宁愿辛苦一点。全包给装修公司多花钱不说，装修质量也不能保证……”任玉静委屈地说。

杨村煤矿的干部大会在矿办公楼二楼会议室召开，组织部部长肖让在会上宣读了省煤炭局党组的文件，任命刘海洋同志为杨村煤矿党委书记兼矿长，免去薛明亮同志杨村矿党委书记、矿长职务，同时任命闵红光同志为杨村煤矿副矿长。

薛明亮在表态发言时说：“我坚决服从煤炭局党组的决定，杨村煤矿‘6·11’瓦斯爆炸事故我负有不可推卸的责任，刘海洋同志是我的矿大同学，他很优秀，我相信，杨村煤矿在他的领导下，一定能走出事故的阴影，成为一个优秀的煤矿企业。”

刘海洋在表态发言时说：“我决不辜负组织的信任，全心全意为杨村广大干部职工服务，为建设一个安全美丽富裕的杨村煤矿而努力奋斗。”

最后张海明做了重要讲话，他说：“虽然杨村煤矿遭遇了安全事故，但困难都是暂时的，我们的信心绝对不能丢。杨村煤炭储量丰富，煤质好，发热量高。要认真汲取事故教训，认真加以整改，杨村煤矿是大有可为的。刘海洋同志懂管理，懂技术，是个不可多得的人才，全矿的干部职工要努力配合他的工作，同心合力，众志成城，杨村的明天一定会更好。”

会议结束后，薛明亮和刘海洋在办公室进行了一次促膝长谈。薛明亮说：“老同学，担子落到你的肩上了，今后的杨村就看你的了。”

薛明亮接着说，杨村煤矿是个新矿井，历时十年的建设，中间因为资金等各方面原因建建停停，建好了刚刚投产不到两年，目前的年产量是 400 万吨。杨村煤矿原来的规划是成为年产千万吨的高产高效煤矿，原计划用美国进口的连续采煤机进行房柱式开采，但是洋机器来了以后水土不服，杨村煤矿底板松软，渗水较多，履带式机器陷入泥坑，移动困难，后来又改为国产综合机械化采煤。长期以来的煤炭市场疲软，导致杨村经营十分困难，加之要归还国家贷款，职工工资很低，煤矿安全欠账很多。这两年，煤炭价格高了，我想着，多出一点煤，多挣一点钱，提高职工的收入，对安全工作有所疏忽，现在后悔已经晚了。杨村矿初步设计是个低瓦斯、低涌水量的矿井，实际上随着开采深度的增加，杨村矿成了高瓦斯、高涌水量的矿井，加之煤尘大、发火期短、顶底板松软等特点，杨村矿是一个不折不扣的五毒俱全的煤矿。还有一个难题就是干部职工素质低，缺乏经验，工作效率很低。现在看来，这些难题只有靠你处理了。

刘海洋点了点头，对薛明亮说道：“老同学，感谢你，这些年杨村取得的发展离不开你的付出和贡献，我代表组织向你表示感谢。你不当矿长，今后有什么打算？”

“还能怎么办？听候事故调查组的处理呗。”薛明亮苦笑着说道。

两人一直谈论到深夜，才握手含泪相别。

3

刘海洋上任的第一天就想下井看一看。刚走出三楼的办公室，就听见楼下人声嘈杂。

办公室主任李明气喘吁吁地跑过来，声音急促地说：“刘矿长，死亡职工的家属来了，你到我办公室躲一躲吧！”

刘海洋立刻沉下脸来：“躲什么躲？出了事情要想办法解决，不是靠躲能解决问题的，让家属都进会议室，家属有意见，我要听一听。”

“楼下有一百多人，会议室坐不下。”李明解释说。

刘海洋说：“那这样，你让每户家属派一个代表参加会议，通知闵红光、吕向阳、易正秋三位副矿长，总工宋如亮和王标主席，都到会议室开会。”

半个小时后，会议室已坐满了人，闵红光、吕向阳、易正秋、宋如亮和受伤的王标分别坐在刘海洋的左右侧。刘海洋仔细瞅了瞅，对面坐着18名家属代表，其中有白发老者，也有年轻的女人，便问李明：“李主任，人来齐了吗？”

李明解释说5户已经处理完了，家属都回去了，其余18户的代表都来了。刘海洋点了点头，首先发言道：“我是杨村矿党委书记、矿长刘海洋，杨村矿发生瓦斯事故，有23名矿工兄弟遇难，是我们的工作没有做好，给死难职工的家属造成了难以弥补的损失和无尽的伤痛，我代表矿党政班子向大家道歉。大家有什么困难和要求，尽管说出来，我们尽量想办法给大家解决。”

“我先说！”一个中年男人站了起来，刘海洋摆了摆手，示意他坐下说。中年男人并没有坐下，说道："我是幕云利（死亡矿工）的哥哥，我们的父亲一直由我弟弟抚养，矿上的人却说由我家兄弟姐妹五人共同承担抚养责任，按这样计算，我的父亲只能拿到 20% 的抚恤金，这样做很不合理，所以我坚决不同意矿上的处理办法！"

一个花白头发的老者接着说："我是王二虎的父亲，我儿子死了，矿上说我儿子是协议工，只给两万块就算了事，正式工的家属可以拿到两万六，每月还有抚恤金。同样的工种，同时遇难，协议工怎么就另眼相看？我们农民就低人一等吗？"

有一位青年妇女站了起来，激动地说："我是李天霸的妻子，家住在南部山区，家里很困难，公婆有病，全家四口人就靠丈夫一个人的工资生活，现在丈夫死了，公婆的抚恤金太低，而我不符合供养条件，我还年轻，想到杨村矿上来做工。"

有一个知识分子模样的中年男人说："我是李铜的表兄，在县劳动局工作，矿上给的抚恤金和工亡补助金、丧葬补助金都很低，低的原因是没有按照国家政策执行。相关政策我了解，你们也骗不了我们，根据秦黄省下发的《企业职工工伤保险试行办法》规定，一次性工亡补助金按上年度社会平均工资的 48 个月至 60 个月的金额发放，丧葬补助金按 6 个月的标准发放。供养亲属抚恤金按上年度职工平均工资的不同比例发放，现在是计算标准出了问题，矿上给出的标准是按死者本人的基本工资计算，职工工资收入包括基本工资、各种补贴和奖金，补贴和奖金远远大于基本工资。现在还有 18 名职工的尸骨尚未入殓，矿上还为一些小事和家属纠缠，比如火化费、家属的车费、食宿费、医药费等等，不是家属不讲道理，实在是矿上太不像话了。"其余家属也相继发了言，与上述说法大致相同。

最后，刘海洋说道："各位父老兄弟姐妹们，大家说的都有道理，是我们的工作没有做好，没有做细致，我再一次向大家道歉。你们的亲人已经失去了生命，我们很难过，你们放心，矿上会按照有关规定给大家一个满意的答复的。你们知道，杨村矿是个穷矿，但是再穷也要对得起死去的矿工兄弟们。我给大家表个态，没有按政策执行的，一定要按政策执行，正式工和协议工同等对待，家属的火化费、路费、食宿费、医药费全部由矿上承担，职工亲属经济有困难的再给予一定的困难补助，不一定人人满意，但我们会做出最大的努力。已经到了午饭时间，你们先回去吃饭。我们现在就开会，研究解决你们提出的问题，下午就给你们一个明确的答复。好不好啊？"

家属们一听这话，都不言语了，脸上的表情也都缓和了下来，然后纷纷站起身，走出了会议室。

随后，刘海洋叫来了办公室主任李明，让通知全体领导班子成员开会，不到十分钟，与会人员都到齐了。王标开始汇报"6·11"特大瓦斯爆炸事故工亡职工善后处理情况。他说："在事故中死亡的矿工共计 23 名，其中农民协议工 18 名，正式工 5 名，根据以往杨村矿对工亡职工善后处理的惯例，每名农民协议工给 2 万元，其中工亡补助金 1.5 万元，丧葬补助金 5000 元；每名正式工给 2.6 万元，其中工亡补助金 2 万元，丧葬补助金 6 千元，对符合供养条件的正式工亲属按月支付抚恤金，其标准为：配偶按本人基本工资 40% 发给，其他亲属每人每月按 30% 发给，有孤寡老人或者孤儿每人每月在上述标准的基础上加发 10%，抚恤金总额不超过死者本人工资。现有 5 户已处理完毕，其余 18 户对处理办法意见很大，不停地上访，要求提高标准，已经持续两个月了，除了我之外，负责善后处理的工会副主席和多名工作人员先后被亲属打骂，有少数亲属闹到矿上，还砸坏了调度室的桌子。亲属们提出的主要问题有：一是认为矿上对协议工和正式工不能一视同仁，多年来，协议工工亡善后一直都采取一次性了结的办法，这次当然也不能例外，如果矿上将协议工和正式工同等对待，不但要多增加几百万的支出，前几年工亡的协议工亲属也会找上门来。目前已有3户协议工照此处理，再拖一段时间，剩余几户也很可能得到处理。二是正式工的供养亲属抚恤金标准，按死者本人的基本工资确定，亲属不同意，认为标准太低。杨村矿工工亡亲属抚恤金标准历来都是按照死者本人的基本工资来定，如果按照职工上年度平均工资计算，需多支出100多万元。三是部分工亡职工的配偶提出要招工。因为根据规定配偶要年满55周岁，才能享受到抚恤金，死亡的井下职工都是青壮年，配偶的年龄也不是很大，根据这一规定，工亡职工配偶，没有一人符合供养条件，所以她们提出要求矿上给安排工作。但这不符合政策规定。四是部分家属提出要报销火化费、路费、食宿费、医药费等，但这些费用都包含在丧葬补助金里面，不能再重复报销。”

副矿长吕向阳说：“按理说，矿上出了这么大的事，多花些钱也应该，但关键是现在没有钱，账上只有30多万元的流动资金，还有两千万元专用基金，那是用来购买综采设备的，那可是全矿的救命钱。”

副矿长易正秋和总工程师宋如亮等领导班子成员先后发言，支持按既定办法进行处理。

闵红光并没有明确给出自己的观点和态度。刘海洋问财务科长李辉除了30万元流动资金之外，还有没有可动用的钱。

李辉说："只有两千万元专用基金，不过是用来购买综采设备的，但专款必须专用。"

听了班子成员的发言后，刘海洋说："协议工和正式工应一视同仁，因为企业已经实行了全员劳动合同制，已经处理过的，要重新处理；家属抚恤金发放标准，按照死者本人生前12个月的全部收入计算，只算基本工资是不符合政策的。死亡职工生前供养的对象要按比例发放抚恤金；死亡职工配偶要招工，这个要求合理但不符合政策，不能办理，但每户可给予困难补助一万元；死亡职工亲属的路费、食宿费、医药费，还有职工的火化费全部报销。处理工亡职工善后所需的资金从两千万综采专用基金里支出，有什么责任我来承担。"

刘海洋说完之后，会议室静悄悄的。过了好一会儿，副矿长吕向阳发问道："综采设备已经订了货，到时钱不够怎么办？"

"到时候再说。"刘海洋坚定地说。接着会议室又安静了下来，就这样过了几分钟后，刘海洋说："大家如果没有什么意见的话，就这么定了，下午由王标主席牵头，善后处理组的同志分头落实。散会！"

之后，刘海洋在会议室整整开了两天会，会议从每天早上八点一直开到晚上十二点，20多名科队长逐一汇报工作，两天里他不停地抽烟，表情严肃，很少说话。从大家的汇报里，他了解到由于杨村是新建煤矿，加上前几年煤炭市场不景气，引进的进口设备由于管理不善、配件昂贵，都停放在库房里……配套的建设项目机修厂、发电厂等因为投资中断了，就成了半拉子工程，这让全矿干部职工情绪低落。

听了两天的汇报，刘海洋想到基层走走。这时，工会主席王标敲门进来，乌青的脸上带着兴奋的表情，说工亡职工善后问题大部分处理完了，有几个家属代表一定要见你，说要当面感谢你。正说话间，几个家属就拥了进来，一起给刘海洋鞠躬致谢，刘海洋走上前和他们一一握手。

领头的一个上了年纪的老汉，是死亡矿工王二虎的父亲，老人流着泪说："感谢刘矿长啊！把我们农民当人看呀！矿上这么困难，还给我们真心办实事，我那死去的儿子在九泉之下也能瞑目了。"

刘海洋感动地说："各位父老兄弟，快别这么说，我也是农民的儿子，我只是做了分内的工作。其实是我们对不住你们呀！你们失去了亲人，还这么大度理解我们的工作，真的让我无颜以对呀……"

几名家属得到宽慰后含着泪走了。

第十三章

1

刘海洋每天天不亮就醒了，这是长期在煤矿工作的习惯所致。第一次在杨村煤矿参加调度会，综采一队队长王亮和运输队队长李刚吵起来了，原因是207工作面局部冒顶，支护材料运不上去，王亮就埋怨李刚配合不力。李刚说："你说的是球话，就四辆旧机车，要保证全矿的材料运输，哪能面面俱到！"王亮回应道："你个锤子，你得分个轻重缓急呀！冒顶可是安全大事呀……"

两人说着说着还动起了手，李刚给了王亮一拳，王亮回了李刚一脚。刘海洋大声喝止了他俩，说调度会是非常严肃的安全生产会议，怎么就变成了菜市场？从今天开始，调度会要立规矩，先由调度室主任通报全矿安全生产情况，汇报产量和进尺。然后是各区队负责人发言，提出需要解决的问题。各科室随后发言，按照分工回复区队需要解决的问题。再后就是矿领导按照排序依次发言，最后是我做指示。调度会严禁大声喧哗，更不许吵架、打架，违者给予组织处理，绝不手软。

刘海洋吃罢早饭，刚走到三楼，就见工会主席王标站在办公室门口，他打开办公室，示意王标进来坐到沙发上。王标汇报说：23户死亡职工善后已处理了18户，还剩下5户没有处理完，问题的焦点是家属要求将供养亲属抚恤金一次性发放，这与规定不相符，如果一次性给了，其他18户会有连锁反应。为此，家属和工作人员发生了冲突，咱们女工主任的脖子还被家属抓伤了，眼镜也被打碎了。

刘海洋说这个原则要坚持，让我们的工作人员再耐心一点，供养亲属的抚恤金一次性发放，弊端很多，问题也很多。比如死亡职工的配偶改嫁了，把钱也带走了，公婆的生活来源就是个大问题，那样的话，我们就对不起死去的职工。

王标还说，这次善后处理有一户特别配合，当事人叫苟老汉，死亡的掘进一队的职工苟长青是他的儿子。6·11事故当天，苟长青上班迟到了，有工友劝他不要去了，他坚持要下井，结果就发生事故了。苟老汉是原平县铁路运输公司的一名退休职工，他的大儿子原在本县的一个小煤矿打工，10年前也是死于井下的冒顶事故，两个儿子都死了，老伴还有精神病，非常可怜，但他是退休职工，有退休费，老两口都不符合供养条件，是本次事故中得到抚恤金最少的，却是最早签订协议的一户。刘海洋说，老人走没？王标说还没有，刘海洋说让我见一见。一见面，苟老汉就拉着刘海洋的手不放，老人已经61岁了，头发全白。

刘海洋说：“老叔，谢谢您呀！”

苟老汉眼含泪花说：“大儿子死的时候，小煤矿只给一万元，这次矿上给的不少了，我是退休职工，懂国家政策，不给领导添麻烦。”

刘海洋苦笑了一下说：“你两个儿子都走了，谁来照顾你们老两口啊？”

苟老汉说：“七年前我收养了一个儿子，今年十岁了，很懂事，学习成绩也好，今后就靠他了。”

看着老人着实可怜，也明事理，刘海洋给老人拿了一万元，对老人说：“老叔，这是我的一点心意，无论如何都要收下。”

苟老汉坚决推辞说：“钱我不要，我还有退休金，虽然不多，但还能维持生活。不过，你是矿长，得下决心加强管理，煤矿不能再死人了，每个矿工背后都是一个完整的家庭。”苟老汉说完后已泣不成声。

送走苟老汉，刘海洋回到办公室思索良久，他下决心绝不让煤矿再发生事故，死亡一人就等于毁了一家人的幸福。这时，办公室主任李明敲门进来，手里拿着省煤炭局发下来的文件，李明汇报说“6·11”事故处理决定下来了。刘海洋打开文件，文件明确了“6·11”事故是一起重大瓦斯责任事故，掘进一队当班300回风巷道瓦斯严重超限，排水时水泵电闸开关失爆，引起了瓦斯爆炸事故，23名矿工，包括2名救护队员全部遇难。党委书记兼矿长薛明亮撤职，解除劳动合同，生产副矿长、总工程师记大过处分，通风队队长和掘进一队队长撤职，追究刑事责任，当班瓦检员解除劳动合同，追究刑事责任，当班电工已在事故中死亡，不再追究。

刘海洋对李明说，通知下午三点在大礼堂召开班组长以上人员参加的大会，宣布省煤炭局党组的处理决定。

当日下午三点，大礼堂会议室已坐得满满当当，会上宣读了省煤炭局关于“6·11”瓦斯爆炸事故的处理决定，刘海洋做了总结讲话。他说：“‘6·11’事故是一起责任事故，首先是瓦斯超限，其次是电器失爆，这两条都是安全管理的大忌，根本原因还是重生产轻安全。安全发生事故了，23人遇难了，那我们还要产量和效益有什么意义？今后全矿工作的重点是安全，把瓦斯浓度降下来，把水患解除了，矿井才能安全生产。我们要始终把安全当成头等大事来抓，绝不要带血的煤！”

2

杨村煤矿终于恢复生产了，刘海洋不放心，他要下井去看看，下井时他叫上了副矿长闵红光和总工程师宋如亮。在浴池换好工作服以后，在矿灯房取了矿灯和自救器，到井口坐上防爆汽车，车子开到二盘区口后，三个人便下车了。跨过风门，走进207回风巷，一进巷道刘海洋随身携带的瓦检仪就“嘀嘀”地响个不停，巷道很长，有3000米，底板积水多，三人在泥水中艰难行走，走到工作面时已经是满头大汗。有两名矿工在用草袋封堵上隅角，刘海洋示意他们停下来，他用瓦检仪往上隅角一放，显示瓦斯浓度已达到上限，他不放心，又让现场的瓦检员去测了一下，也显示是上限。综采一队队长王亮听说矿长来了，满头大汗地跑过来。

刘海洋说：“上隅角瓦斯这么高还生产？”

王亮说：“没办法呀矿长，只要一开机瓦斯浓度就超限。再者工作面水大，煤一上皮带就打滑。还有就是综采一队缺员现象严重，职工没法轮休，只能连轴转，疲劳上岗，这也是个危险隐患啊。”

刘海洋说：“把生产暂时停了，把瓦斯浓度降下来再生产，工作面积水也要抓紧处理，人员不够的问题矿上会马上解决。”

刘海洋问宋如亮，瓦斯问题怎么解决。宋如亮说要上瓦斯抽放系统，先抽后采才是安全的。杨村矿原设计是低瓦斯矿，现在随着采区的延伸，瓦斯浓度越来越高，上瓦斯抽放系统是当务之急。薛明亮在的时候，他也提过此类建议，但是没有被采纳，主要原因是上抽放系统要花费上千万。

刘海洋问工作面水的问题有没有解决办法？宋如亮说：“有！多打一条排水巷，将煤层里的水引开，这样工作面就没水了。”

“那为什么不早这样做？”刘海洋问。

“还是因为钱的问题，杨村矿前几年经济困难，经常发不出工资，遇到花钱的事，矿上就犯难。”宋如亮说。

“该投入的一定要投入，安全投入是对矿工生命的保护，否则，出了安全事故，损失更大。马上开党政联席会，研究增加一线工人的问题，研究上瓦斯抽放系统和增加排水巷的问题。”刘海洋说。

由于刘海洋和总工程师宋如亮的坚持，杨村矿很快通过了增加一线人员、上瓦斯抽放系统和增加排水巷的决议。会议决定由总工程师宋如亮负责建立瓦斯抽放系统和增加排水巷工程，由工会主席王标负责再招收 300 名一线协议工。

财务科长李辉说：“处理工亡职工的善后问题已经花了 500 万元，都是从两千万元的综采专用基金支出的，如果再上瓦斯抽放系统和增加排水巷工程，还得 1000 万元，资金缺口至少 1500

万元。”

刘海洋说：“钱的问题我来想办法。”

开完会，刘海洋给张海明打了个电话。刘海洋说：“老领导，杨村煤矿现在遇到了困难，希望局里协调一下，能否向葫芦滩煤矿借款 2000 万元，半年之后，一定奉还。”

张海明笑着说：“没问题，我给刘宁打电话，你明天就让人去葫芦滩煤矿办借款手续。还告诉你一件事，熊玉民故意伤害一案已经判决，熊玉民被判处有期徒刑 5 年。”

刘海洋说：“我知道了。”

刘海洋随即安排财务科长李辉去葫芦滩煤矿办理借款手续。没想到张海明这么爽快，刘海洋心里异常兴奋。

刘海洋对李明说：“咱俩出去走走。”走出办公楼，车子已经停在面前，刘海洋说：“不用了，走走吧！”走出办公楼不远，刘海洋看到一排建筑，只建了一半，李明解释说：“这是机修厂，由于缺少资金，只干了一半就停了下来。”走过机修厂，又看到一大片荒草地，李明解释说：“这是规划要建设的发电厂，只是征了地，预订了设备，好几年了。因为投资中断了，工程没有实施。”他们来到物资供应公司，走进了库房，看见几个工人坐在地上打牌，见到刘海洋和李明走了过来，就散了摊子。库房摆放了一排设备，设备很脏，残缺不全，生满了锈。李明解释说：“这就是进口的美国连续采煤机组，购买时花了好几千万，现在成了一堆废铁。”走出库房，刘海洋看到对面不远处是一片棚户区，李明说：“这是杨村的工人村，新房子因为资金缺口还没建起来，杨村煤矿的职工现在只能住在工人村。”走到棚户区的一家门口，看到一个中年妇女正在门口洗衣服，李明主动和那个妇女打招呼，那个妇女好像认识李明，李明对那个妇女说是机关里新来了一个同事，他们一块儿出来转转。中年妇女将两人迎进屋，房子里的摆设非常简单，一张土坑上坐着三个孩子正在玩扑克，三个孩子都是衣衫破旧，蓬头垢面，床上的被子已多处露出棉絮，屋子正中安设一个铁炉，炉上放着一只盛满水的铝壶，壶嘴里吐着蒸气，炉子旁边是一张小桌子，桌子上放着尚未收拾的碗筷，碗盘里还有吃剩的玉米糊和浆水菜，坑边上还有一只旧木箱，这就是一个职工家庭的全部家当。

中年妇女一边给他们让座，一边倒水，一边嘟囔："你们坐机关的好，雨不打头，风不吹脸，哪像我男人没本事，是个下井工人，挣不下钱，还爱管闲事，老捅娄子。唉，去年看见矿长带着一群人在食堂喝酒，男人不问青红皂白就把饭桌掀了，被矿上罚了一百块钱。他回来我就骂，我说矿长喝酒，关你屁事，这世上贪官污吏多了，你管得过来吗？家里的光景过成这般样子，都没脸活下去了，我要是再年轻几岁，也和隔壁的小媳妇一样，出去陪舞，一个月能挣上千块钱，比在家里吃苦受穷要强得多。如今这下井工人是没法活了，当官的花天酒地的，良心都让狗给吃了。"刘海洋听了，脸上一阵阵发烧。李明借口说还有事，就和刘海洋走出了门。中年妇女把他们送出了门，又回身洗衣服了。

回到办公室，刘海洋陷入沉思之中，职工的贫穷超出他的想象，矿上的困难也超过了他的想象，他暗下决心，一定要把杨村管好，让职工摆脱贫穷，让企业摆脱困境。

3

时令已转至秋天，刘海洋每天都坚守在矿上，觉得有些沉闷，就对李明说，听说附近秦黄岭的景色不错，咱们开车去转转，李明说，好。

车子出了杨村煤矿大门，没一会儿的工夫就上到了秦黄岭的高处，放眼望去，杨村尽收眼底。杨村煤矿临山而建，两山夹一川，中间是一条河，顺着河流是一条省道。此时正值深秋，秦黄岭山上大部分树叶都变得金黄，与绿色的松树交相辉映，仿佛一幅五彩斑斓的图画，越往山里走，景色越美。

秦黄岭的秋天甚是精彩，黄的、红的、绿的，把连绵起伏的群山装扮得如诗如画，移步换景，美不胜收。站在高处看秦黄岭，万山红遍，层林尽染。李明说，傍晚可看到红日坠入群山，晚霞映满了天际。夜里有皎洁的明月悬在半空，满天的星斗对你眨眼，很能唤回儿时的美好记忆。秋天是收获的季节，山里的动物争相到川道里觅食。有山鸟、狍鹿、獾等，还有三五成群的野猪到河边喝水。

车子在一处水库边停了下来，刘海洋从小见惯了山山水水，眼前这个水库只能算是一个水坝，但水坝水质清澈，两边的山色映照在湖中，显得格外秀丽。继续往上走，就是一个大山岗，山岗的顶上修了一个亭，走进亭子，一眼可饱览山色，满眼都是深红色，像火一样通红，连绵起伏，无边无际。刘海洋被这火一样的景色感动了，久久不愿离开。还是李明提醒他该吃午饭了，刘海洋要求在附近的村子吃农家乐。他们找到一户人家，要了一份红烧土鸡，一份辣椒炒鸡蛋，一份锅盔，一碗苞谷子稀饭，都是农家产的，比矿食堂的味道要好很多，刘海洋吃得很香。

老板是个青年农民，叫刘骑兵，20岁出头，长得很结实。刘海洋问他生意好吗？他说生意不好，秦黄岭景色虽好，却很少有人来。刘海洋问他为什么不出去打工？刘骑兵说父母亲身体不好，不能长时间出去。

李明向刘骑兵介绍说："这是我们杨村煤矿的矿长。"

刘骑兵说："杨村煤矿我知道，是国有大矿，我们村有三个人都在杨村矿上班。"

刘海洋问："有没有兴趣到杨村煤矿工作？"

刘骑兵说："求之不得，离家里近，既能照顾父母，又能挣钱，可惜去不了啊。"

刘海洋说："那就等机会吧。"

最后，刘骑兵饶有兴趣地给刘海洋和李明介绍了秦黄岭的风光。秦黄岭一年四季都有不同的风韵，春花、夏凉、秋色、冬雪最是特色。秦黄岭像山里的姑娘，朴素、清秀；像娇嫩的孩童，清纯、可爱。每年四月便是秦黄岭的春天，漫山遍野的桃花，一团团、一簇簇、一片片，煞是精彩。走入大山，随处可见不知名的野花竞相绽放，姹紫嫣红，各研其态，美得让人心动。夏天到了，满眼都是连绵起伏的绿色，山上林木葱茏，深谷流水潺潺，碧水青山，交相辉映。当盛夏酷暑难耐时，来到这里，总会流连忘返。倘是早晚，还要披上一件厚衣，晚上睡觉也一定要盖上棉被。这里天气凉爽的原因除了有森林调节的因素外，就是这里的海拔在千米以上。冬天的风景最是别致，漫天的大雪，秦黄岭银装素裹，人们仿佛进入一个白色的世界，那山、那树、那房……都披上一层炫目的白衣。严寒袭来，万籁俱寂，秦黄岭更像是个世外桃源。

吃完饭，告别了刘骑兵，他们驱车返回了杨村煤矿。

第十四章

1

闵红光向刘海洋建议，趁着矿井安全改造期间，派干部轮流出去学习。刘海洋说我也正有此意，便安排矿领导轮流带队到葫芦滩煤矿学习安全管理。葫芦滩煤矿接到通知后复函，热烈欢迎杨村煤矿的领导到葫芦滩煤矿检查指导工作。

第一批带队的领导是刘海洋，他带了 30 多人来到葫芦滩，并在现场给大家讲解安全教育法和干部走动式管理，许多人第一次接触这种新奇的管理办法，表示回去后一定认真效仿，抓好杨村的安全生产。

结束参观并参加完葫芦滩煤矿的招待宴后，惠铜川又把刘海洋拉到江湖饭店，把两张桌子拼起来，叫来了李强安、高怀礼、杨荔枝等人，说是今天高兴，一起热闹热闹。高怀礼现在已经是葫芦滩煤矿的矿长助理了。杨荔枝转让了麻将馆后，就在江湖饭店当起了服务员，杨荔枝跟老板两口子处得很好，忙完以后，杨荔枝也坐了下来。

刘海洋对李强安说："李矿长，我们这次来葫芦滩，一是来学习的，二是来还钱的，葫芦滩在杨村最困难的时候借给了我们2000万元，这份大恩大德，我们永远不会忘记。"

李强安说："刘矿长，向我们学习可不敢当，我们的这点经验都是您当矿长时积累的。借的钱也不必着急还。"

刘海洋笑着说："钱是一定要还的，支票我都让人带来了，欠人钱睡觉都不安宁啊。"

酒过三巡，高怀礼提议让杨荔枝表演一段快板助助兴。杨荔枝说，那她就献丑了，并表示今天看到海洋矿长回到葫芦滩，她心里非常高兴。杨荔枝边打快板边说：

说安全，道安全，安全生产大如天。
抓安全，管安全，党政工团齐上前。
学规程，莫违章，事故就在一瞬间。
上有老，下有小，出了事故不得了。
工友想，亲人盼，安安全全把家还。
你安全，我安全，幸福生活紧相连！

刘海洋提议让惠铜川朗诵一首自己写的诗。惠铜川就即兴朗诵了一首，在场的人都拍手叫好。刘海洋对李强安和高怀礼说："铜川是个人才，我想把他调到杨村工作，不知二位领导意下如何？"

李强安首先说："没问题。老领导看上谁，我们就给谁。"

高怀礼说："老领导要的人，不敢不给，但是需要跟刘宁矿长沟通。"

刘海洋说：“那是自然，我会去跟刘宁矿长沟通的。”

最后，大家都微微有点醉意，在大伙儿的一致强烈要求下，刘海洋朗诵了李白的《将进酒》，朗诵完毕，大伙报以热烈的掌声。

刘海洋一行离开葫芦滩矿时，葫芦滩的同事们自发地排成两队为这位前领导送行，把刘海洋感动得热泪盈眶。

2

当惠铜川听到刘海洋要调他到杨村煤矿工作时，他起先是一愣，后才逐渐反应了过来，可能是幸福来得太突然，让惠铜川有点猝不及防，在李强安的提醒下，他才慌忙地起身给刘海洋敬了三杯酒，以表达自己的感激之情。这是惠铜川万万没有想到的，这是关乎他前途命运的事情，他必须在思想上引起足够的重视。在葫芦滩，他只是炮采队的一名普通职工，虽然前几年从协议工转正了，但是目前来看继续在炮采队干下去没有多大发展和实际意义，也到了该离开的时候。聚餐完毕，走出江湖饭店，在送刘海洋回去的路上，惠铜川就说愿意跟着他干，刘海洋也表示，只要他来，以后他的个人发展前景是非常好的。惠铜川明白，千里马常有，伯乐却难觅，现在他是不是千里马还未知，但刘海洋确实是他实实在在的伯乐。

把刘海洋安顿好以后，惠铜川径直来到江湖饭店。虽然已经过了晚上 12 点钟，但江湖饭店里面还是人声鼎沸，划拳吆喝声音不绝于耳。杨荔枝端盘上菜，端水倒茶，穿梭于其间。惠铜川来江湖饭店，是想把自己内心的想法告诉杨荔枝的，尽管刚才吃饭的时候杨荔枝也在场，但是惠铜川觉得自己亲口告诉她是最好的，而且他心里还有一个更大胆的计划，就是带着杨荔枝和壮壮一块儿去杨村煤矿。惠铜川觉得，他的生活中不能没有杨荔枝和壮壮，他们虽然不是夫妻，但经过几年相处已经是相濡以沫的一家人了，无论他去哪，走多远，都不能割舍下杨荔枝和壮壮。夜里的葫芦滩镇异常凉爽，惠铜川点了一根烟在江湖饭店门前的石阶上坐下来，烟头一明一暗，像萤火虫一样，在夜幕下格外显眼。等了约两个小时，天气渐渐转凉，江湖饭店里的客人也逐渐散去，可是还没有到杨荔枝下班的时间，她在收拾桌子上的剩菜残羹，惠铜川扔了烟头，拍了拍屁股，走进饭店，帮忙着一块儿收拾了起来。

快走到棚户区家里的时候，惠铜川拦住杨荔枝说："我就不进去了，我的意思是你能跟我一块儿去原平县，去杨村煤矿。"惠铜川看到家里的灯已经亮起来了，壮壮肯定已经下课回到家里了，他就不方便进去了。

"老惠，我一个人啥时候都可以跟你走，问题是孩子怎么办？他还正在上学，我不能丢下孩子一个人不管啊。"杨荔枝担心地问道。

"这也是个问题。"提起壮壮上学的问题，惠铜川一时间也陷入两难境地。

"你也不要着急，你先过去，在那边稳定下来后，如果壮壮有合适的地方上学，到时候你回来把我们接过去。"杨荔枝看到惠铜川一脸愁容，替他想了一个好办法。

惠铜川划着一根烟，抽了起来，过了一会儿，嘴里冒出一句话:

“那你等我消息。”

第二天，天还没有完全放亮，惠铜川就起床了，他首先跑到炮采队值班室请了两天假，然后，马不停蹄地坐上去省城的车，他要赶上中午 11 点从省城北上前往原平县的火车。晚上 7 点钟，火车稳稳地停靠在了原平县火车站。原平县是秦黄省的产煤大县，惠铜川小时候跟着父亲来过这里，这个地方以前特别贫穷，现在因为地下挖出了黑色的宝藏而举世闻名。惠铜川看着眼前的原平县城，强行把记忆拉回小时候，无奈变化太大，根本对不上号。他暂时还没有时间欣赏原平县的风光，他搭了辆车直奔杨村煤矿。到了杨村后，他给刘海洋发了个短信，说自己已经到了杨村煤矿，没一会刘儿海洋给他回过来电话，说自己在外面出差，已经给他安排了饭菜和住宿。一股暖流瞬间从惠铜川的脚底下升腾了起来，心里顿时热乎乎地……

第二天中午吃饭的时候，惠铜川终于见到了刘海洋，刘海洋看见惠铜川也很高兴。

“矿长啊，以前在报纸和新闻上看到过杨村煤矿，我是第一次来，看见矿区干干净净，井井有条，每个人见了我非常有礼貌，还向我微笑问好，您水平太高了，把这个煤矿管理得这么好。”惠铜川笑着说完后，向刘海洋竖起了大拇指。

刘海洋摊摊手问道：“你个人的事情考虑得怎么样了？”

“我个人没问题，特别好，非常愿意来。但是……”惠铜川吞吞吐吐地说。

“怎么了， 不满意吗？我这儿正好缺一个宣传科长，我们搞公开竞聘，我打算让你去参加，我相信你没问题的。”刘海洋轻拍了一下惠铜川的肩膀说。

“我肯定愿意跟着您干，只是您知道，荔枝和壮壮也想过来，目前娃上学是个大问题。”惠铜川的脸上闪过几许难色。

“我以为什么难事，杨村煤矿的镇上有学校，小学到高中都有，教学质量挺不错的。壮壮完全可以在那儿上学。”刘海洋说。

“那真是太好了，这回我就放心了。”惠铜川脸上露出了开心的笑容。

“还有，荔枝过来以后，杨村还是继续聘她为家属协管员，而且每月的补助比在葫芦滩都高。”刘海洋说。

“那真是太好了，我下午就回去，把这个消息告诉荔枝，我也尽快把那边的手续办完，就过来向您报到。”惠铜川高兴地差一点就把刘海洋抱住了。

“那你吃完饭就动身，抓紧办你的事情。”刘海洋说。

三天后，惠铜川带着杨荔枝和壮壮出发了，这对惠铜川来说是全新的开始，是他人生道路上的一件大事，意义非同寻常，他从此就要踏上新的征途。

就要告别工作生活十几年的葫芦滩煤矿了，惠铜川真是有点舍不得，心头像是掉了一块肉般疼痛难受，三天三夜，惠铜川不停地抽着烟，所有的心思都凝结在了那一根根纸烟上。头一天，炮采队组织人员欢送他，矿领导李强安、高怀礼都来为惠铜川送行，还是在老地方江湖饭店，大家都从方方面面简单谈了自己与惠铜川在一起工作和生活的点点滴滴，对他的为人处世、工作能力和品学才华给予了高度的肯定，并流露出了难舍难分的情谊。谈完后，工友们围着惠铜川不停劝酒，惠铜川也是敞开心扉地喝，来者不拒。惠铜川本身是有一定的酒量基础的，一般情况下别人是很难将他喝倒的，但是惠铜川这两天的心情是复杂的，一方面他对过去的生活有一点依依不舍，另一方面他对将来在杨村的日子充满了憧憬和期待，这两种情愫左右着他，影响着他，他想痛痛快快地醉一场，跟过去告别。

惠铜川把自己灌得烂醉如泥，但是他不想打退堂鼓，继续跟大伙儿碰杯，杨荔枝过来劝也无济于事。趁着大脑还算有意识的时候，他借着上厕所就跑到饭店的水房里一阵呕吐，吐不出来，就把手伸进去往出抠，直到把刚才肚子里吃进去喝进去的全吐完，又回到桌子上继续喝。李强安、高怀礼中途先后都走了，最后一大桌子人就剩下惠铜川和几个跟他原来一个班、交情最好的几个人了。其中一人借着酒劲问惠铜川："文人你到底跟杨荔枝睡了吗？杨荔枝那身材馋人得很。"惠铜川听后，眯起眼睛，露出那排字整齐的黄牙回答道："放屁，我们是清清白白的关系。"那人还想继续追问，结果话还没说出口，天灵盖就挨了一巴掌，杨荔枝不知道啥时候已经站在了跟前，那个人硬把话又咽了回去。杨荔枝转而笑着说："你是不是酒喝多了，这杯酒是嫂子敬你的。"说完后，倒了满满一口杯酒递给那个人，那人刚开始不想喝，哪知道杨荔枝泼劲儿上来了，抓住那人下巴，硬是把那一口杯酒灌了进去，一滴都没剩下，结果，酒还没有吞入肚子里，那人一口气没上来，把酒给杨荔枝喷了一脸，杨荔枝哇地叫了一声，抱住脸面，朝着水房跑去了，几个人一阵哄堂大笑……

惠铜川是怎么回去的，连他自己也不知道。第二天醒来的时候，已经是中午时分了，毒辣的太阳穿过窗帘的缝隙射进来，照到明晃晃的地板上，他看了一下，自己一丝不挂地躺在床上，地下都是呕吐物，房间里面弥漫着一股刺鼻的味道。惠铜川刚想爬起来，就感觉脑袋一阵阵撕裂疼，胃里也是一阵阵翻江倒海，想吐又吐不出来，惠铜川敲了敲脑袋，后悔自己昨晚放飞自我，喝了那么多酒。今天还有很重要的事情需要办，他来不及多想，穿好衣服，洗漱完，端直来到炮采队，告诉值班人员，他要下井，去他曾经工作和战斗过的地方看看，看看巷道、看看设备、看看沉睡的煤层……

值班人员看惠铜川满身酒气还未散去，就委婉地拒绝了他的请求。既然不让下井，就去矿区转转吧，惠铜川来到选煤楼、办公楼、宿舍楼、矿区学校、医院、家属楼、棚户区等地方驻足观看了良久，最后他又朝着棚户区后面的月牙山走去……

3

一天，工会主席王标汇报说：“‘6·11’事故最后一户工亡职工家属已经离矿，善后工作全部结束。只是招工方面遇到了些麻烦，去了几个地方，一听说是杨村煤矿，都摇头，说那里刚发生过瓦斯爆炸，没人愿意来。”

刘海洋说：“就在当地招吧！和附近几个县劳动局取得联系，杨村煤矿在当地有群众基础，这样招工的压力要小很多。”

王标说：“在当地招工有很多弊端：一是有人会把矿上的公物往家拿。二是矿上一旦发生安全事故，七大姑八大姨的都来了，后患无穷。三是当地关系错综复杂，镇上的、县上的、市上的干部都会打电话，有要求调工作的，有要求提拔的……”

刘海洋说：“公物私藏是管理问题，管理做好了，就不会发生这种事。安全问题说到底也是个管理问题，杨村煤矿务必杜绝安全事故再发生。等矿上效益好了，我们要减轻劳动强度，提高一线职工的收入，让一线的职工富起来，让他们安居乐业。关于干部选用问题，以后都是公开选聘，能者上，平者让，庸者下。不存在人情面子、打招呼说情的问题。”

王标说："这样我就明白了，我马上联系附近三个县的劳动局，立即着手招工工作。"

处理完王标的事情，这时候办公室主任李明走进来汇报说："去葫芦滩煤矿学习的三批次的同志们都回来了！要不要开个汇报交流会？"

刘海洋说："马上召开，为期一个礼拜，一百多个干部人人发言，谈体会，谈打算。"

杨村煤矿外出学习汇报交流会如期召开，会议桌摆成了回字形，会议由矿长兼书记刘海洋主持。

副矿长吕向阳首先发言，他说："葫芦滩煤矿生产现场管理好，井下实行工厂化管理，巷道和工作面整齐划一，管线吊挂整齐排列，所有的设备材料都实行编码定置管理。"

总工程师宋如亮说："葫芦滩煤矿安全管理做得好，关键是干部作风好，科级以上干部以矿为家，一井两会三顿饭，五加二，白加黑。井下每班都有矿领导带班，该矿多年不出事故，主要原因还是干部作风好。"

副矿长易正秋说："葫芦滩矿推行的安全教育法，管住了职工的思想，守牢了安全红线。职工从思想上重视安全，安全工作就好抓了。干部走动式管理办法很科学，全方位、无盲时、无盲点，要求干部下基层发现问题，解决问题，这个办法对安全管理是一个极大的促进。”

副矿长闵红光说：“我原在葫芦滩工作，情况比较了解。安全教育法和干部走动式管理办法好，但要长期坚持，三天打鱼，两天晒网肯定是不行的。”

工会主席王标说：“葫芦滩煤矿安全教育抓得好，发动矿工家属管安全，每个队选两名家属为协管员，小到喝酒打牌、夫妻吵架，大到违章帮教、违法违纪，她们都管。每名协管员对本队的职工家庭情况十分清楚，对职工思想动态了如指掌。这样的做法也要在杨村矿推广。”

办公室主任李明说：“葫芦滩煤矿的安全宣传已经到工作面了，井下的安全标识到处都是，如果我们早做到这一点，6·11事故就不会死那么多人了。这次6·11事故，掘进二队的6个人就是在回撤的途中，没有走安全通道，习惯性地抄近道进入回风巷中毒身亡。为什么没走安全通道？是因为他们压根就不知道，因为井下就没有安全标识。”

综采一队队长王亮说：“葫芦滩煤矿能做到安全生产多年无事故，还是因为安全工作管得细，抓早抓小，抓在经常。海恩法则指出：每一起严重事故的背后，必然有29次轻微事故和300起未遂先兆以及1000起事故隐患。海恩法则强调两点：一是事故的发生是量的积累的结果。二是再好的技术，再完美的规章，在实际操作层面，也无法取代人的素质和责任心。6·11事故的发生也不是偶然，此前有多次多地瓦斯超限现象。瓦斯浓度达到5%才能达到爆炸条件，按照规程规定，瓦斯浓度达到1%就要断电撤人，可是我们都没有做到，根子还是重生产轻安全的坏思想……”

会议就这样开了七天，大家都做了诚恳的发言，一吐为快，会议解放了思想，激发了斗志。刘海洋也觉得轻松了许多，大家思想解放了，今后的工作就会全面铺开。从今天开始，杨村煤矿正式推行安全教育法和干部走动式管理，并且要长期不懈地坚持下去。同时，他安排闵红光负责把停建的机修厂和发电厂尽快建成。

汇报交流会开完后，工会主席王标汇报说："招收的 300 名一线协议工已全部到位，目前正在进行上岗前的培训。报名的人很多，但好多都被刷下来了，因为文化素质太低了……"

刘海洋说："不要紧，招协议工只是个过渡，将来我们要招大学生当矿工。"

瓦斯抽放系统投运后，采煤工作面的排水巷道也建成了，矿上举行了盛大的庆祝仪式。矿食堂为职工免费供应三天的伙食。科级以上干部一起聚餐，席间全体起立给总工程师宋如亮敬酒，宋如亮受宠若惊，忙说这都是刘矿长的英明决策、指导有方。刘海洋说井下瓦斯降下来了，工作面的积水提前排放了，大的安全隐患就消除了，宋总居功甚伟。下一杯酒，我们要敬吕向阳矿长，因为我们要进行运输系统改造，职工下井干活每天要步行十多公里，太辛苦了，要将轨道机车改为胶轮运输车，把矿工拉运到工作面。矿井的年产量要从目前的 400 万吨提高到 1200 万吨，运煤系统也要改造，用大皮带运煤。这两项任务半年之内要完工，下面就要看吕矿长的了。吕向阳连干了三杯说："坚决完成任务。"

第十五章

1

惠铜川调到杨村煤矿后，通过竞聘，成了宣传科科长。宣传科业务不多，就三个人，一个科长，两个干事，每周出一期简报《杨村快讯》。惠铜川觉得目前杨村煤矿的宣传工作还远远不能适应杨村安全生产的需要，就向刘海洋提出了加强宣传的建议。惠铜川说想要搞好杨村的宣传，一是要办报，升级《杨村快讯》，再办一张《杨村矿工报》，每月四期，一期四个版，头版是杨村的大事要闻，二版是安全生产，三版是党群工作，四版是矿工文艺，专门发表矿工的文艺作品，丰富职工的文化生活。二是建杨村煤矿电视台，每天播放矿区新闻，主要播放安全生产、经营管理、企业文化、文娱活动的视频新闻，让职工能看到身边人和身边事。三是开通杨村煤矿网站，开办矿区新闻、党群动态、安全生产、企业文化、职工文艺等栏目。四是在矿区生产和生活区域，设置宣传栏，大力宣传矿区的安全生产工作，让职工随时随地都能受到教育。这样下来的话，宣传科需要增加人员和设备。

刘海洋说："抓好宣传工作是杨村的当务之急，我同意办矿工报、杨村电视台和矿区网站，设置矿区宣传栏，你起草一个议案，上矿党政联席会议研究。要钱给钱，要人给人。"

有了刘海洋的支持，惠铜川的工作开展得非常顺利，没多久，杨村电视台、网站和矿区宣传栏相继建立，《杨村矿工报》也正式发行，惠铜川拿着印好的第一期报纸给刘海洋过目，刘海洋看着看着就皱起了眉头。他对惠铜川说："报纸一版有六条新闻，五条是写我的，什么刘海洋的管理三字经，刘海洋深入综采工作面检查指导工作，满篇都是刘海洋说，刘海洋讲，刘海洋强调，刘海洋指出……这样很不好，不能老宣传领导。我们搞管理就是要做好服务，要面向基层，把工作重点和焦点放在我们的一线，报道我们的职工，报道好人好事和好的管理经验。"

惠铜川惭愧地低下了头，他说："我明白了，马上改，不但报纸的文风要改，电视台的镜头、网站的报道和宣传栏的日常宣传也要把工作重点转向基层和职工。"

刘海洋说："现在有些单位的宣传套话空话比较多，要么有理说不出，要么说了传不开，或者自说自话，效果非常有限。要学会叙事，善于讲故事，通过引语、数字、细节将主观意图巧妙融于客观叙事之中。要讲好矿区故事，经常深入基层一线井下进行采访报道，挖掘一些矿工的感人故事，从他们身上体现敬业精神和奉献品格。要发动文学爱好者，写身边人、身边事，用事实教育广大职工。联合工会还可以开展一些寓教于乐的文体活动，把煤矿的管理理念融入各项活动中，使职工潜移默化受到教育。"就如何写出接地气的文章，刘海洋还举了著名作家柳青的事例。

当年柳青为创作《创业史》，为写出老百姓的真情实感，扎根关中农村，一住就是14年。柳青用“作家”的头脑思考这个世界，用“庄稼汉”的身体体验这个世界，正是有着这种双重身份，他的《创业史》才会成为“经典性的史诗之作”。

惠铜川说：“好的，我明白刘矿长的意思了，我们在以后的宣传工作中认真落实，多写带露珠、冒热气的文章，讲好杨村故事，做好做实杨村宣传工作。”

转眼就要到这年的春节了，运输系统和运煤系统改造也到了收尾阶段，刘海洋打算携妻子、儿子回老家看看父母。父母年纪大，身体也不好，平时都是哥哥、姐姐在照看，刘海洋只是给了赡养费。

刘海洋觉得亏欠家人的太多了，他正在办公室想得出神，易正秋敲门进来，他说401掘进面发生一起事故，死者是当地人，叫刘骑兵，是个新工人。

刘海洋立刻前往现场。来到工作面时，现场一片狼藉，巷道成形不好，材料摆放混乱。掘进二队队长汇报说，当时刘骑兵正在检查炮眼，放炮员就拧动了放炮器，当然放炮员不是故意的，因为现场比较昏暗，他看不到刘骑兵。

刘海洋想起在刘骑兵家吃饭的情景，悲从中来，眼中含着泪水，他强忍着没让眼泪掉下来。瞬间，他转悲为怒，当即决定撤销掘进一队队长职务，解除放炮员的劳动合同。

升井后，刘海洋坐在办公室的椅子上，双手托着脑袋，心情久久不能平复。竟然能犯这么低级的错误，而且竟然发生在自己管理的杨村煤矿的井下。

站在一旁的办公室主任李明说：“杨村煤矿经常发生死亡事故，是因为阴气太重。杨村的地势是两山夹一川，两座山蜿蜒起伏，好似两条龙，两条龙都往川道注水，水属阴，阴盛阳衰，所以会发生事故。应该在杨村煤矿门前建一个巨大的照壁，挡一挡阴气。再请一些和尚和道士来做法场，念咒驱邪。”

刘海洋站起来说：“简直胡说八道，我们共产党人信马列，不信鬼神。安全管理没抓好，烧香拜佛是不起作用的！”

刘海洋又叫来惠铜川，他问：“矿上发生了安全事故，电视台、报纸、网站等媒体集体沉默，是怎么回事？”

惠铜川说：“这些是负面信息，报道出去会影响职工情绪。”

刘海洋说：“你说的不对，媒体还有一个重要的职能是批评和监督，矿上发生了安全事故，是矿上的大事，本身就是新闻，要把事故原因、事故经过、处理结果和整改措施及时报道出去，让更多的人从事故中吸取教训，而不能遮遮掩掩。有了错误，怎么改正很重要，就这样遮遮掩掩的，下次可能还会发生类似的错误。”

惠铜川说：“我明白了，马上改正。”

2

如何加强管理，让煤矿不再死人，刘海洋想到了张怀古。他决定过年不回老家了，他要去北京请张怀古出山。刘海洋找到张怀古的时候，已经是大年初三了，他俩约在离张怀古家附近的春风茶馆见面。

谈起煤矿的安全管理，张怀古说，煤矿完全可以做到不死人，但管理要精要细要实，全面提高职工的素质是根本。他到过全国200多个煤矿，对煤矿的精细化管理做过一定的研究。同时，煤矿企业要发展，不能盯着原煤不放，要朝煤炭的下游产品发展，增加煤炭的附加值，只有这样才能将企业做大做强做优，才能很好地抵御市场的风险。杨村的煤是上好的化工用煤，当作电煤燃烧太可惜了，价值也不高，如果将杨村的煤全面入洗，煤矸石可以发电，灰渣可以制水泥，优质煤可以炼焦炭，焦炉煤气可以制甲醇、合成氨，这样可以实现低碳、绿色发展，还可以增加煤炭的附加值。一吨原煤能卖500元，1200万吨就是60个亿，产业链延伸之后，一吨煤可实现价值2000元，1200万吨就240亿元，到时候你就是一个集团公司的董事长了。适当时候，在北京成立一个研究院，利用北京高校和科研机构的人才优势，专门研究煤化工技术，将煤炭下游产品继续延伸，制作汽车、纺织和建筑材料，实现煤炭企业的转型发展。当企业家要有长远的眼光，走一步，看三步，只有快人一步，才能赢得发展的机会。张怀古同意过了正月十五，到杨村矿住一段时间，了解了解情况，做一些培训，帮助矿上把管理工作往细里做、实里做。

刘海洋听后，如醍醐灌顶，千恩万谢地出了门。在秦黄省城下飞机的时候，李明要安排矿上的车接他返回杨村煤矿，刘海洋说不用送了，过年了，司机师傅的家也在省城，就让司机师傅在家待几天，他们坐出租车返回。

刚坐上出租车，李明觉得司机有些面熟，仔细一瞧，原来是上任杨村煤矿的矿长薛明亮。刘海洋也很奇怪，大学同学薛明亮怎么就开上出租车了。薛明亮很尴尬，说自己离开杨村矿以后，出任了原平县一家小煤矿的总经理，年薪是100万元。私人小煤矿安全基础设施不全，井下风量不够，瓦斯经常超限。巷道支护用的是原木，顶板吱吱嘎嘎地响，每次下井都心惊胆战。他不止一次地给老板建议，加大安全投入，可老板要的是煤，不想在安全上投入过多。没办法他就离开了那家小煤矿，他说：“杨村煤矿瓦斯爆炸我欠下了良心债，每当想起那么多鲜活的生命逝去，我的心就像刀割一样。如果小煤矿再出事，我的精神就彻底崩溃了。所以我选择了开出租车，每天能吃得饱睡得香，这才是我想要的生活。”

刘海洋听完后说：“老同学，你开出租车不是大材小用么，如果你愿意的话，到我们杨村来做个顾问吧！一来可以发挥你的专业特长，二来收入也有保障。”

薛明亮说：“谢谢老同学了，说实话，我现在提起煤矿就害怕，就睡不着觉，有时候脑袋都会疼。好马不吃回头草，还是开出租车好，每天自由自在地生活，没人逼你，也没人催你，不用操那么多的心了。”

车子开到杨村门口停下了，刘海洋拿出一万块钱，递给薛明亮，薛明亮从中抽出五百元的车费，剩下的又还给了刘海洋。他说：“我现在自食其力挺好的。大有大的难处，小有小的自由。欢迎你们继续乘坐我的出租车。”说完方向盘一打，油门一踩，鸣了一声响笛就走了。刘海洋望着远去的出租车，感叹良久。

正月十五刚过，张怀古就如约来到了杨村煤矿。简单地了解完情况后，张怀古就下井考察，刘海洋陪了他整整一天，每个采煤工作面，每个掘进头，张怀古都进行了仔细地查看。张怀古说，集中一天的时间，他要给干部们上课，就如何提高职工素质和加强现场管理进行讲解，杨村煤矿的短板就是职工素质不高，现场管理水平低，把这两项工作抓好了，安全基础就有保障了。

张怀古是老师出身，讲起课来深入浅出，又能联系矿井的实际，因此，大家都爱听他讲课。张怀古就精细化管理的内容进行了细致的讲解。同时，围绕其重要内容“双述”也进行了阐述。

围绕“双述”工作，张怀古说，我们传统提高职工素质的方法基本是填鸭式培训、强制性灌输，职工难以接受，效果非常不好。推行“双述”，即岗位描述、手指口述，可以很好解决这个问题。所谓岗位描述就是让职工用自己的语言来讲自己的工作内容，从而实现岗位自主培训，达到提高工作效能和业务素质的目的。手指口述就是让职工通过心想、眼看、口述、手指的集中联动，强调一次性做对，从而保证操作无差错、安全无隐患。针对如何加强生产现场管理，张怀古还详细讲解了编码、定置、标识和看板四项技术和整理、清洁、准时、标准化、安全、素养等6S现场管理的方法。

一天的讲座，杨村的干部们听得很认真，也很受用，刘海洋在主持讲座时强调，精细化管理是提升职工素质和现场管理的秘籍，每个单位选择一个项目在本单位试点开展，办公室负责督导检查，每月检查一次，半年后召开一次现场会。

经过半年的准备，杨村煤矿的精细化管理现场会开得隆重而热烈。刘海洋带领全矿科级以上干部，到各单位观摩。

巡查的第一站是综采一队。采煤机司机在采煤工作面给大家现场表演了岗位描述，从采煤机的性能、特点到操作要领，从综采队的基本情况到工作面各项指标，描述得头头是道。岗位描述表演持续了近一小时，一万多字的内容，采煤机司机整齐流利地脱口而出，赢得了在场所有人的阵阵掌声。之后他又现场表演了采煤机开啤酒瓶盖，几十吨的采煤机截割部飞速运转起来，地上放了三个啤酒瓶，但见飞轮齿尖将三个啤酒瓶盖依次开启，瓶内啤酒气泡直冒，而啤酒瓶完好无损，又是一阵阵雷鸣般的掌声。

第二站是机电队。机电队的编码做得非常仔细，井下的数百台设备，只要报出编码，岗位工就能知道该设备的准确位置、性能特点和各种参数，包括该设备何时购买，何时安装，维修时间以及运转效果。

第三站是运输队。运输队所有车辆在出发时都要进行手指口述，进行车辆、人员、司机以及行车注意事项的安全确认，确保安全行车。

第四站是机修车间。几千平方米的车间，设备分类摆放，整齐划一，人行路线都标识得清清楚楚。有一个女司机现场表演用吊车吊啤酒瓶、螺丝帽，吊钩上面焊接一个手指大小的铁片，铁片挂住啤酒瓶盖的下沿就可以移动啤酒瓶。吊钩上的铁片从螺丝帽的孔中穿过去，就可以移动螺丝帽，司机坐在驾驶室里就可以完成全部操作。

维修车间主任介绍说，精细化管理在车间推广后，消灭了脏乱差，提升了我们的现场管理水平。我们每天抽出半个小时开展工作，周一做整理，把不同的物品分门别类地放置好，把不用的东西清理掉。周二做清洁，对全车间进行大扫除，对机电设备、桌椅板凳进行深入的清洁。周三做准时教育，迟到的、没有准时完成任务的，罚 300 元，班长负连带责任也罚 300 元。周四做标准化，一切按标准、规章、制度办事。周五讲安全，开展安全警示教育，让违章责任人现身说法，达到教育全员的目的。周六搞素养教育。结合本职工作，进行专业知识的学习，针对业务短板，缺啥补啥。周日休息。每周一个循环，如此反复，仅仅半年时间，车间面貌就焕然一新了。

刘海洋参观完，深有感触地说：“精细化管理的试点都已经搞起来了，各单位都各有特色，下一步就是总结经验，相互学习借鉴，然后在全矿全部铺开、深入推广，那样职工的素质和现场管理的水平就上去了，安全生产和经营工作自然而然就好了。”

3

精细化管理现场会后，刘海洋继续加大企业的改革，接连出台了三个文件，对杨村矿有不小的震动。

一是用车制度改革。办公室主任李明汇报说：“小车班费用过高。小车班一共有 20 多台车，每台车每年的运行费高达 20 万元，加上司机的工资、差旅费等，每年的车辆使用费高达 600 万元。有些干部不自觉，公事用车、私事也用车。领导用车，领导家属也用车，司机有点私事也用车。有些事情是公事夹带私事，也分不清是公是私。关键是车不够，每逢节假日，领导们都用车，僧多粥少，不好处理。群众对此有看法，公车私用，职工家属议论纷纷，对班子形象影响大。不如实行车改，鼓励领导干部购买私家车，发车补，这样既可以解决用车的问题，又能节省费用。”

刘海洋说：“你去拿方案，下决心改。”

几天后，李明就拿出一个车改方案，具体内容就是给科级以上干部发车补，副科长每月 1600 元，正科长每月 2000 元，副矿长 2400 元，矿长 3000 元。给每名干部借款 10 万元，用于购买私家车，分三年还清。小车班除留几台接待用车外，其余车辆全部拍卖。刘海洋算了一笔账，实行车改后，全矿车辆使用费降到每年 100 万元左右，比车改前的 600 万元，可节约费用 500 万元左右。车改办法就这么确定了下来。

二是区队自用资金管理办法。一天，刘海洋接到一封举报信，反映运输队长李刚长期克扣工人工资，就是在职工名下代资，发工资时由办事员扣回，然后交给队长李刚，由李刚支配。刘海洋批给王标查处，一个月后，王标在班子会上汇报。两年来，李刚指使办事员在职工名下代资，克扣工人工资近 9 万元，用于运输队工伤费用处理、聚餐吃饭和办公费用。会上有人说区队没有办公费用，在职工名下代资情有可原。也有人说，克扣工人工资违纪违法，应当予以严惩，杀一儆百。王标说，区队长也有自己的苦衷，有碰腿伤胳膊的小工伤，区队不愿往上报，上报之后安全部会有处罚措施。不上报，工伤职工的医药费、护理费没法处理，只能从其他人名下代扣工资。有时候，区队遇到急难险重的活儿，全员一块儿聚个餐，但是吃饭的费用无法报销。

刘海洋听完后说："区队发生工伤，一定要上报，按工伤管理办法处理。否则积少成多，会影响职工的利益。我看是不是这样，出台一个区队自用资金管理办法，每年按照区队职工工资总额的 1% 核定自用资金数量，由区队支配，按照财务管理办法在财务科报销，自用资金不包括工伤费用。关于运输队克扣工人工资一事，影响非常不好，建议免去李刚的运输队长职务。"会议最后一致通过了刘海洋的提议。

三是制定出台干部公开选拔任用管理办法。刘海洋说，矿上用干部，找关系走门路的特别多，矿上任命一个干部，就有人托关系，有县上的，有市上的，还有省煤炭局的，让人很是为难。今后杨村用干部，实行公开竞聘，先笔试，后面试演讲，矿领导班子成员都是评委，按照分数高低录用。大家一致拥护刘海洋的提议，决定出台杨村矿干部竞聘管理办法。

张怀古在杨村煤矿调研后，向刘海洋建议，建立杨村煤矿循环经济产业园区。在年产 1200 万吨原煤的基础上，加大洗煤厂的改造力度，将原煤全部入洗，优质煤用来炼焦炭，焦炉煤气制甲醇、合成氨。建一个年产 520 万吨焦炭、40 万吨甲醇、20 万吨合成氨的焦化厂，再建一座 60 万千瓦的煤矸石发电厂，年消化煤矸石 280 万吨，可将洗煤厂生产的矸石全部消化完毕。再建一座年产 100 万吨的水泥公司，将煤矸石电厂排出的固体废弃物全部消化完。在杨村煤矿风井建一座瓦斯发电厂，可以将矿井抽出来的瓦斯用来发电。

方案报到省煤炭局，得到局长张海明的高度赞扬，张海明拉着刘海洋的手激动地说："这个方案好啊，提高了煤炭的价值，实现了固体废弃物和有害气体的零排放，实在是绿色低碳循环发展啊！等新项目开工以后，立即成立杨村矿业集团，你就是矿业集团的党委书记兼董事长了！"

方案报到市里，黄土市发改委主任郝思晨担心焦化厂建好后会给当地造成污染，迟迟没有审批。刘海洋亲自陪同市、县领导到外省的现代化煤化工园区考察，当看到现代化的焦化厂区天蓝水绿、鸟语花香的情景时，郝思晨一颗悬着的心终于放下了。

郝思晨握着刘海洋的大手感慨地说："海洋啊，你真是用心了，我们地方全力支持你的想法，全力支持杨村的发展。"

第十六章

1

刘海洋调走后，刘宁感觉自己终于能放开手脚干一些事情了。刘宁想把办公室主任换成自己熟悉的人，苦于找不到一个合适的理由，然而不经意间他就找到了机会。一天，办公室负责组织一次工作会议，已经到了开会的时间，还有一大半人没有来，刘宁当场就在主席台上发飙了，质问办公室主任怎么通知的会议，怎么组织的会议，办公室主任不停地解释，越解释，刘宁越生气，当即就宣布让他回去停职反省。没过多久，这个办公室主任就去了杨村，刘宁知道，他肯定是投靠刘海洋去了。

刘宁深谙新官上任三把火的道理，他也在葫芦滩推行了三项改革。一是大胆培养年轻干部，选用招聘来的大学生。为了实现这个目标，葫芦滩煤矿也开始搞全体干部竞聘上岗，并从年龄、学历等方面提出具体要求，这样一来，没有了年龄和学历优势的老职工就没有竞争上相应的管理岗位，让一大批年轻人走上了管理岗位。可是这样做有利也有害，被淘汰下来的老干部们不愿意了，他们抱怨、抗议，自己辛辛苦苦几十年，好不容易熬到现在这个位置上，一下子就被撸下来了，他们甚至愤愤不平，找到刘宁讨要说法，刘宁便搪塞他们说，这是按照公司的相关制度执行的，他也没有办法。这群老干部就去省城上访，他们来到省煤炭局端直找到张海明，把葫芦滩发生的事情告诉了这位曾经的掌门人，老干部们比较激动，你一言，我一语，七嘴八舌地开始了，他们想把满肚子的不满和委屈都表达出来，有些人说着说着就提高了嗓门，有些人则是说着说着哭出了声，仿佛张海明就是他们的救世主，这里面有张海明的一些老部下、老同事，有些更是张海明一手提拔起来的。张海明对葫芦滩发生的事情不甚了解，现在只是听了这些老干部的说法，也不敢轻易下结论，更不敢做出什么重大决定，他首先是安抚老干部们的情绪，让他们不要着急上火，这件事到了他这里就是最后一站，谁也不能再越级上访。张海明这样的做法是替他这个外甥女婿挡雷，这件事情无论是好是坏，到了他这儿就结束了，绝对不能让事态发展下去。老干部们把该说的话说了，该吐露的委屈也吐露了，张海明安慰他们说，他把情况了解后，一定给他们一个满意的答复。吃下这颗定心丸，老干部们才离开了。

在省煤炭局的办公室里，张海明把刘宁狠狠教训了一顿，批评他干什么事都不能操之过急，要稳扎稳打，矿区团结稳定是第一位的，还让他向刘海洋同志学习。刘宁虽然认错态度很好，但压根儿没把张海明的话听进耳朵里、记在脑子里。最后，张海明给刘宁想出了一个两全之策，这些没有竞选上的老干部级别保留、待遇不变，按照专业特长，分配到机关相应科室，条件允许的话，让他们发挥一下老干部的余热，没条件的权当养老了，等待下岗退休。这件事，在张海明的及时出面干预下，得到了比较稳妥的解决，算是给刘宁解决了一个比较棘手的麻烦事。

刘宁推行的第二项改革就是严抓井下的违章。他积极推行全员抓违章，重奖重罚，管理干部每人每月两个指标，抓住奖励，抓住一般性违章奖励 1000 元，抓住重大违章的奖励 2000 元，抓不住就罚款通报。到了每年的年底评出“十大金牌安全卫士”，再奖励 3 万元。这个制度下发以后，干部们为了完成每月的指标，也是为了得到丰厚的奖励，绞尽脑汁、想尽办法下井抓违章。矿领导也要抓，每人头上都有指标，李强安和高怀礼一下子也犯了愁，每个月两个指标，对他们来讲任务虽然不是很重，但完不成自己的老脸肯定挂不住。全员开始抓违章后，有些干部一个也抓不住，交了罚款不说，还被在调度会上通报，有些干部一个月能抓十来个违章，他们就是冲着那丰厚的奖金去的，奖金累积下来比当月的工资都要高。其中一位生产科的干部，为了抓违章拿到奖励，大半夜不睡觉跑到井下，在一处皮带机头，看到皮带机司机正坐在一旁打瞌睡，这位干部为了不打草惊蛇，故意把矿灯按灭，蹑手蹑脚绕到司机的背后。突然，黑夜中，一个黑色的身影如幽灵般出现在了这位司机的跟前，碗口大的灯光从黑暗中射进来，那位司机唰地跳起来，以为在深不见底的巷道里遇到了鬼，吓得“妈妈老子”直叫，那位干部一把抓住他，说他睡岗，是严重违章。那个司机反应过来以后，辩解自己没有睡岗，只是坐下来休息。干部说，你不要狡辩，我观察你很长一段时间了，你瞌睡打得头都快碰到地上了。司机说，他小时候得过小儿麻痹症，坐下想问题的时候，头就会不由自主地往下掉。干部不想听他解释，拿出来违章确认单，让司机签名确认，司机说他没有睡岗，拒绝签字。两人就这样，你一言我一语，你来我往，说不下个结果。因为干部必须拿到违章人员的签字，指标才有效，司机想自己绝对不能签字，签字就意味着自己违章了，不仅要罚款，还要停工学习，那样损失就大了。最后，干部恼火了，抓住司机的领口强逼他签字。司机也不是个好惹的主，无论是好言相抚还是强硬威逼，他都不签字，嘴里还骂骂咧咧，干部气得没有了办法，抡起铁一般的拳头就朝司机的脸上来了几拳，司机也不甘示弱，马上还以颜色，两人就这样，你一拳我一脚，在皮带巷道打了起来，幸好巡检的安检员看到后将他们两个拉开才避免了事态进一步扩大。刘宁知道后说，井下打架影响恶劣，甚至会给安全生产带来隐患，要求严肃处理这件事情。李强安和高怀礼向刘宁建议，全员抓违章固然能减少违章的次数，给安全生产带来一定的保障，但是很多人是奔着奖励去的，出发点就不正确，还有一些人，为了完成任务指标，想方设法，绞尽脑汁，以至于发生了很多的冤假错案，工人被抓了违章以后，害怕报复不敢申诉，只能自认倒霉，长此以往，会给工人增加很多的工作压力和心理负担，在一定程度上会影响矿井的安全生产工作。刘宁并没有听从李强安和高怀礼的建议，表示这个制度要继续推行下去，以后抓违章遇到争议的事情，由安监科联合相关科室进行仲裁。

刘宁放的第三把火就是推行全员创新。这应该是葫芦滩最成功、最有效果的一次改革。全员创新鼓励职工立足岗位，围绕自己所熟悉擅长的领域进行小改革，矿上每月组织相关部室人员对创新项目进行现场评定验收，验收通过以后进行奖励。对重大的创新项目还进行挂牌命名，全矿推广，年末评选出年度创新状元，奖励省城市值50万元的住房一套。这项制度推行后，给葫芦滩煤矿带来了很大的变化，极大地调动了全员参与创新的积极性，每年有一千多项创新项目问世，直接或间接地为葫芦滩产生效益5000多万元。张海明知道后，对葫芦滩这项工作给予了很高的评价。张海明提议，在葫芦滩召开一次全省煤炭企业创新工作现场推进会，号召所属各单位学习葫芦滩煤矿创新工作的好经验、好做法。

刘宁提出要把这次现场会办成葫芦滩历史上最有影响力、最为成功的一次盛会，并且从接待、吃饭、住宿、讲解、展演等方面做了非常详细的安排。葫芦滩专门成立了筹备工作领导小组和负责具体工作的业务专班，每周逢单数召开工作协调会，刘宁亲自主持召开，听取筹备工作进展，安排部署下一步工作，并且要求一定要把现场会的经验介绍材料写出彩、写出特色，最好是把葫芦滩的创新工作经验总结为一个模式。现场会召开那天，刘海洋带着闵红光、宋如亮、吕向阳、易正秋等也来葫芦滩煤矿学习，刘海洋觉得刘宁把这个创新工作搞得确实很出色，很有成效，创新是企业发展的不竭动力，这话一点也不假，就应该这样搞。他让闵红光、宋如亮、吕向阳、易正秋几个人好好总结一下葫芦滩的好经验，把好经验带到杨村去，把杨村的创新工作也搞得风风火火、热热闹闹。

一个现场会，让刘宁一下子成了行业内的名人，相继有报纸和电视台来采访刘宁，还有一些省外的企业陆陆续续前来葫芦滩参观学习。刘宁深知，自己这回终于可以胜刘海洋一把，高过他一头了。

2

当得知自己成功竞选上了工会副主席后，黄丽君难以掩饰心中的兴奋和激动，她把自己关在宿舍里，美美地哭了一场，按理说她应该高兴才对，但是一高兴就把泪点拉低了，眼泪不由自主地出来了。黄丽君觉得自己一路走来很不容易，尤其是从老家到了这个陌生的葫芦滩，不得不让她重新审视生活，思考自己的未来。黄丽君现已经在葫芦滩站稳了脚跟，而且事业上也是突飞猛进。一年前，她成了葫芦滩的正式工，并且留在了工会办公室。现在她经过公开竞聘成为工会副主席，真是祖宗坟头上冒青烟，还能成为公家的干部，现在看来，来到葫芦滩煤矿或许是正确的。黄丽君明白自己能取得这些成绩，能有这么一个好的发展平台，归根结底是刘宁的帮助，没有他，自己可能连葫芦滩煤矿的门都踏不进来。当初在审定竞聘资格的时候，会上就有领导提出不同的意见，直接指出黄丽君刚参加工作，不具备竞选工会副主席的资格条件，关键时候，还是刘宁力排众议，以平时表现优异可以破格参加，将黄丽君推上了工会副主席的位置。

刚开始，黄丽君的内心是诚惶诚恐的，她担心自己干不好，无法胜任这一职位，当黄丽君把自己的担心和忧虑告诉了刘宁后，刘宁笑着对亲爱的丽君说，工会是联系职工群众的桥梁和纽带，不是安全工作，也不是生产经营工作，没有什么大的风险，让她放开手脚在岗位上干。没想到黄丽君很快适应了新岗位，她是教师出身，有着良好的职业习惯和工作素养，加上不错的口头表达能力，也正是干好工会工作的需要。

葫芦滩的大小干部都对黄丽君另眼相看，黄丽君每天上班把自己打扮得很精致，她皮肤白，因此穿什么样的衣服都好看。在矿上，女人是稀罕物，尤其是对那些常年在井下工作的矿工们来说，阳光和女人一样稀罕和亲切。每次黄丽君从办公楼上走出来的时候，都会引起一阵骚动，大家争先观赏着这位女干部，直到她逐渐消失在了视野中……

黄丽君把母亲也接到了矿上，原打算把父亲也接过来，可是跑运输的父亲不肯来，说自己身子骨还硬朗，不想现在就养老，拗不过父亲，黄丽君只能让父亲按照自己的想法来。现在收入多了，远远超过了她当年在镇上教书的收入，黄丽君给母亲买穿的用的、吃的喝的来弥补作为一个女儿对父母的亏欠。母亲时不时问她谈对象了吗？每当回答这个问题时，黄丽君总是以工作忙，没时间来搪塞母亲。这个时候，黄丽君便想起了刘宁，在这方面，刘宁是没办法给她一个满意的结果的，想到这里，黄丽君紧咬着嘴唇，怅然若失地看着远方……眼下，还有一件事情让黄丽君心神不宁：她发现刘宁背着她还跟别的女人在鬼混。

刘宁自从成了葫芦滩的矿长，围绕在他身边的人更多了。现在的刘宁喜欢交朋友，无论是政府的还是社会上的，只要有利可图的，他都以一种江湖义气的方式纳入自己的社交圈子里。几乎每天，刘宁都会被各种朋友邀请出去，吃吃喝喝，推杯换盏。刘宁也享受这种众星捧月、灯红酒绿的生活。有时候酒足饭饱后，会叫来各色美女陪刘宁开心，刘宁也全部笑纳，吃完喝完后，享受一夜的雨云和缠绵。一次，黄丽君下班后怎么都找不到刘宁，打电话关机，问办公室的人也不知其踪，最后司机告诉了地方。黄丽君端直就去了，推开门就看见刘宁的腿上坐着一个性感的年轻女子，在大家的鼓掌声中，刘宁与那名女子喝下了交杯酒。看到黄丽君进来，刘宁并未收敛，那名女子仍然不为所动地坐着。旁边的一个人大概知道黄丽君的身份，慌忙拉出一把椅子让黄丽君坐下。黄丽君并没有坐下，而是端直来到那位女子面前，上去就是一记耳光，然后恶狠狠地瞪了刘宁一眼，现场的人都被这一记响亮的耳光镇住了，那女子更是捂着脸蛋，羞愧地站在一旁不知道怎么办，刘宁也是被这记响亮的耳光吓出了一身冷汗。但他冷静下来以后细想，不对啊，黄丽君作为下属，怎么能这般无理，于是，转身质问黄丽君："为什么打人？"

黄丽君仍然恶狠狠地瞪着他说："跑出来跟野女人鬼混，你还是人吗？"

刘宁大声说道："你不要过分，更不要胡闹，你认清你的位置。"

黄丽君被这句话问得无言以对，是，她应该认清自己的位置，她是什么？她在刘宁心目中算什么？

"刘宁，我希望你记住今天的话。"黄丽君说着眼泪就流出来了，她用袖口擦了擦，转身头也不回地走出了饭店。

满桌子人愣在原地不知所措，刘宁拿起酒杯就砸了下去。

3

这年农历新年，刘海洋决定回老家看一看。刘海洋开着新买的帕萨特轿车，带着妻子任玉静和儿子刘矿生，行驶在回老家的高速路上。这一刻的刘海洋，心情和精神是一年当中最放松和惬意的，好几年因为工作上的事没有回老家了，现在急盼回家的心情满溢，车子也不由得开快了。车后备厢装满了年货，有烟酒、有牛肉，还有整只宰好的原平山羊，原平县的羊肉是一绝，肉质鲜嫩还不膻，味道香气十足，沁人心脾。刘海洋专门托人在当地农村采购了一个整只羊，回去让家人也尝尝。

车子一直开到家门口才停了下来，刘海洋的父母亲和哥哥嫂子早已经等候在门口迎接了，父亲的头发都白了，在阳光的照射下特别刺眼，母亲的腰已经明显地弯下来了，似乎能跟土地连在一起，右手还不停地颤抖，拿东西都显得吃力。

一家人寒暄着进了屋子，母亲拖着抖动的手给刘海洋找吃的喝的，一刻也没闲着，那种自豪和高兴全表现在脸蛋和行动上了。任玉静从包里拿出一万元现金，交给婆婆，说是给的生活费，婆婆说太多了，任玉静就说，海洋一年 50 万年薪，这点钱不算啥。母亲就笑着把钱收了，还不停夸儿子、儿媳孝顺。刘海洋的父亲站在边上说：“有钱不等于就是孝顺，能舍得拿出来给父母，才是孝子。”

第二天，刘海洋向任玉静提出到老家的田间走走，散散步，呼吸呼吸清新空气。两人走在乡间的小路上，刘海洋给任玉静介绍，这是咱家的鱼塘、稻田和旱地。这时候天下起了小雨，任玉静说回家吧！刘海洋说，我就喜欢这下雨天，冰凉的雨滴落在脸上，清新、湿润，和着泥土的芳香，这是他记忆中的味道。

刘海洋说，很多人都不喜欢下雨，宋朝的贺铸有名句：“试问闲愁都几许？一川烟草，满城风絮，梅子黄时雨。”秋瑾有言：“秋风秋雨愁煞人，寒宵独坐心如捣。”而我却喜欢雨，只要不是暴雨，无论春夏秋冬，都要在雨中走走，感受一下被雨水滋润的感觉。有人不理解，也有人说我怪，我只是付之一笑。其实不独我喜欢雨，杜甫就有诗云《春夜喜雨》：“好雨知时节，当春乃发生，随风潜入夜，润物细无声。”雨是自然的造化，人间的财富。你看，许多深宅大院，院子中间留有天井，将雨水聚在院中，说是聚财，意即肥水不流外人田。许多地方还建有龙王庙，定时祭祀，盼望上天降雨。

为什么喜欢雨？我想与我的放牛经历有关。我小时候生活在农村，家乡的雨水多，雨说来就来，特别是在梅雨季节，绵绵密密，淅淅沥沥，可以持续一个月左右。那时候我经常在山上放牛，别的牛郎都带有雨具，而我总是毫无遮挡，一任风吹雨打。有时被雨水浇透，湿衣紧紧地裹住身体，雨水顺着衣角往下流，心情却无比畅快。大雨过后，空气清新，溪流淙淙，天蓝云白，草地像水洗后一样干净，牛儿撒欢着跑，孩子们追逐着嬉戏。那情景，仿佛一幅天然的画卷。

那年，我参加高考，作文题目是《树木、森林、气候》，正在我搜肠刮肚，百思不得其解之时，突然窗外狂风大作，下起了大雨，我心情为之一振，顿时文思泉涌，自然而成。由树木、森林、气候，联想到雨滴、小溪、河流，再联想到社会文明从小事做起，积少成多，由量变到质变，形成社会主义新风尚……要求六百字，我洋洋洒洒写了一千多字。那次高考我的语文成绩接近百分，使我顺利地考上了大学，我的人生也就此改写。

尽管刘海洋喜欢下雨，长大以后却一直往干旱少雨的西北走，大学时到了徐州，参加工作到了秦黄省葫芦滩，那里的雨水少，雨量不及他家乡的一半，空气里水分少，身上的皮肤都是干的。刚到葫芦滩时，极不适应，有时候几个月等不到一场雨，沙尘来袭时，空气里满是灰土。好不容易等到一场雨，也来去匆匆，于是更加思念家乡的梅雨。正因为雨水少，雨也显得更加珍贵，爱雨的心情也更加迫切。有一天，刘海洋在矿上值班，在办公室睡至深夜，忽闻沙沙的雨声，惊起、披衣、开门，跑到户外，一任雨水打湿了全身，久违的雨让他无比振奋。第二天儿子矿生就降生了，真是天降喜雨啊！

刘海洋说："现在随着年龄的增长，爱雨的心思丝毫未改。幻想着能有一套带露台的房子，下雨的时候能足不出户，看雨、淋雨、感受雨。"

提起房子，任玉静说："现代都市的房子就不错，还要什么带露台的房子，下雨的时候，你下楼感受就是了。"

听完妻子的话，刘海洋笑而不语。

几天后，听说刘海洋回家了，他的几个同学打电话邀请刘海洋和任玉静一块儿聚个餐。刘海洋和任玉静到了酒店的时候，十几个同学都到了，比之高中时期，同学们都胖了，有两个头发都有些花白了。同学中有个叫代培东的，在县城开了一家种子公司，他说，今天同学聚会，我买单，尽管海洋是大矿长，但在外地工作，就给我个机会，让我做东，尽一下地主之谊。今天喝家乡酒，品尝家乡菜肴。大家一致表示同意，宴席开始后，男同学喝酒，女同学喝饮料，同学见面，都有说不尽的话题，到最后，代培东喝多了，趴在桌子上睡着了。刘海洋说那就散了吧！改天到秦黄，到杨村，他请客，大家都说好。

一周的假期很快就过完了，大年初六，刘海洋和任玉静带着儿子矿生开车返回了。

第十七章

1

经过两年多的筹备，杨村循环经济产业园6个项目集中开工，分别是年产520万吨焦炭、40万吨甲醇、20万吨合成氨的焦化厂，装机容量为60万千瓦的煤矸石发电厂，年产100万吨水泥的水泥公司，装机容量为3万千瓦的瓦斯发电厂，可容纳2000名观众的文体中心和40栋职工住宅楼。这天，整个川道彩旗飘舞，鼓声阵阵，千人方阵格外壮观，秦黄岭也显得格外挺拔俊俏。国家煤炭学会的领导、秦黄省政府主要领导，省煤炭局、发改委以及黄土市政府、原平县政府领导都来了。刘海洋致欢迎辞，省长下达开工令，30台绑着红绸的挖掘机一齐开动，随后是震天的礼炮和漫天的彩带飞絮。开工仪式结束后，省长和国家煤炭学会的领导在办公楼前一起为杨村矿业集团揭牌。

揭牌仪式后，杨村矿业集团召开干部大会，省煤炭局组织部部长肖让宣读了煤炭局党组的任命文件，刘海洋任杨村矿业集团党委书记、董事长，闵红光任党委副书记、总经理，吕向阳、易正秋任副总经理，宋如亮任副总经理兼总工程师，王标任党委副书记、纪委书记、工会主席。

省煤炭局局长张海明做了重要讲话。他说，杨村煤矿从一个矿发展成一个矿业集团，是一个质的飞跃，是一个里程碑。希望杨村矿业集团在新班子的带领下，做到“五个示范”引领。一是做智能化开采的示范。杨村矿业集团要发展智能采煤，全面提高矿井的智能化水平，边开采边治理，发展矸石充填技术，加强沉陷区治理，不给当地环境造成破坏。二是做循环经济的示范。杨村矿业集团所产煤炭全部入洗，优质煤炼焦，煤矸石发电，灰渣制水泥。煤矿污水经加工作为发电用水，煤矿排出瓦斯全部用来发电，做到固体废弃物、废水和有害气体的零排放，保护我们的碧水蓝天。三是做服务职工的示范。长期以来，煤矿工人在脏苦累险的环境下工作，收入有限，我们要提高经济效益，改善职工的生活环境，让他们行有车、住有房、病有医，过上真正的小康生活。四是做精细化管理的示范。通过精细化管理，让职工做到自主学习、自主安全、自主经营、自主管理，达到企业管理的新境界。五是做企地共建的示范。我们在当地采煤建厂，要兼顾地方利益，在企业建设的同时兼顾地方建设，比如我们建学校、建污水处理厂、建生态果蔬厂都要兼顾地方的利益，不搞重复建设，做企地和谐的示范。

刘海洋在表态发言时说，绝不辜负省煤炭局党组的期望，按照“五个示范”引领的要求，打造一个和谐富裕幸福的新杨村。就这样，杨村矿业集团在锣鼓声中正式成立了。

一天，刘海洋正在办公室批阅文件，办公室主任李明领着杨荔枝和一个小伙子进来了。小伙子中等个子，面孔黝黑，孔武有力，自我介绍说是叫苗郭壮，妈妈是杨荔枝，自己是学采矿专业的，爱好唱歌，省能源职业技术学院大专毕业，想到杨村工作。刘海洋仔细一看，原来是自己看着长大的壮壮，几年没见了，看上去确实和多年前死去的大头长得有些像，当即给李明安排，让苗郭壮到杨村煤矿综采一队上班。并对李明说，请张怀古举办精细化管理讲座，讲五精管理和岗位价值管理，让全集团干部全部参加。

第二天，杨村矿业精细化管理讲座如期举办。张怀古讲道：五精管理，是由企业文化引领，从精细管理起步，逐步实现精准管理、精确管理、精益管理和精美管理，是把管理科学、管理文化、管理艺术融为一体的人本卓越管理的系统修炼。在企业管理中，可能就是因为对细节的管理不到位导致了事故，或者说，影响了企业的发展。五精管理，就是通过对管理对象、管理流程、管理机制进行精致细化的编码分解管控、系统整合协调，实现管理要素有效整分闭合、管理过程严密闭环，以人为轴心，把标准化管理落实到每个人、每件事、每一物、每一处、每一时，实现管理系统功能的最优化和管理效率效益的最大化。

张怀古接着说：岗位价值管理是以全面预算管理为基础，以订单合同连接各生产经营环节为主线，以岗位员工个体为核算单元，以岗位绩效为考核重点，依托信息化平台，按照岗位自主经营和人单合一的内部市场运作原则，以“岗位增值、员工增收、企业增效、保证安全”为目的，全面实现企业与员工绩效持续改进。推行岗位价值管理，就是要解决给谁干的问题，怎么考核兑现的问题。可以把每个岗位当作一个经营公司，每个员工就是经营他们岗位的老板。然后，根据他们和上下游岗位的产品供应关系，形成内部市场，进行上下游岗位结算，按照成本、安全、质量、行为进行考核，计算工资。

岗位价值管理的内涵可以概括为“一个机制、两个体系、五项管理、一个平台”。其中“一个机制”是指内部市场机制，就是将企业内部各单位和各岗位按市场化要求形成市场经济的关系，借助于市场杠杆的自动调控能力，实现企业优化生产要素配置、降低生产成本、提高生产效率和经济效益的目的。“两个体系”是岗位价值核算体系和绩效考评体系。“五项管理”是全面预算管理、全员岗位成本管理、全员岗位安全管理、全员岗位质量管理和全员现场管理。“一个平台”是岗位精细化管理信息平台。张怀古讲完后，全场响起雷鸣般的掌声。

刘海洋总结说：“五精管理是精细化管理的重要一环，要求企业管理更细、更准、更优、更美、更实。岗位价值管理是企业管理的一次革命。1978 年凤阳县小岗村实行联产承包责任制，是农业农村领域的一场革命，小岗村的改革在全国推广之后，解决了全国人民的吃饭问题。岗位价值管理是将企业的成本、安全、质量和工作表现考核到人，职工可以通过技术革新、修旧利废、保证安全质量等方式节约成本，节约部分和企业分红，多劳多得。下来以后，各单位都要认真推广实践，半年后继续召开现场会，连同五精管理一并考核，对表现优异的单位给予重奖。”

办公室主任李明找到刘海洋，说他想去煤矸石发电厂当经理。他本来是学发电的，干办公室专业不对口，刘海洋想了想说：“可以，你参加竞聘吧！”

通过笔试和面试，杨村矿业集团成功选出焦化厂、煤矸石发电厂、水泥公司、瓦斯发电厂以及铁路运输公司、杨村煤矿的负责人。其中杨村煤矿综采一队队长王亮被聘任为杨村煤矿矿长，李明被聘任为煤矸石发电厂的经理，杨村煤矿财务科长李辉被聘为铁路运输公司经理。

半年后，杨村矿业集团精细化管理现场会举行。杨村矿业集团全体领导班子成员、中层干部还有张怀古到各单位进行观摩验收。

杨村煤矿建立了岗位价值管理核算中心，在矿井的广场位置竖起了一块非常大的电子显示屏，上面依次显示全矿职工的姓名、岗位、绩效、考核得分、当天收入、月累计收入，职工下班后就能从大屏上看到自己当天的收入。

杨村煤矿矿长王亮自豪地说："岗位价值精细管理，矿考核到区队，考核的是安全、质量、煤质和党建。区队考核到岗位，考核的是安全、煤质和质量标准化。岗位考核到职工，对职工是三卡考核，A 卡是工作量指标，B 卡是岗位表现和绩效，A 卡得分乘 B 卡得分就是 C 卡得分，也就是职工岗位价值得分，将所得分数与分值相乘就是当天的工资。"

综采一队采煤机司机苗郭壮高兴地说自己通过技术革新，将采煤效率提高了 20%，原来每班只割 10 刀煤，改进工艺后，每班可以割 12 刀还多，自己每月的收入可以达到 2 万元。

机修车间主任汇报说："机修车间通过修旧利废，全车间的职工平均每月增收 30%。"

王亮又说："我们现在的物资仓库设备、配件按照编码和定置管理，物资摆放整齐划一，领料员只要说出设备、配件和材料的名称，仓库管理员就能说出该物资在几号库几层几号以及该物资的型号、性能和生产厂家。"

煤矸石发电厂经理李明介绍说：“电厂各岗位都是市场买卖关系，电厂接到矿业集团的发电任务后，就向两个发电车间要电量，发电车间就向燃运车间买煤，向化水车间买水，发电车间内部的电气、汽机和锅炉专业都是买卖关系，浪费了资源就超支，节约了成本就有奖励，自己给自己干，干部职工都非常敬业。”

铁路运输公司经理李辉介绍说，他们将装车时间精确到秒，一车煤59秒即可完成装车，每车煤的重量可以精确到斤，轨枕之间的距离可以精确到毫米。

根据张怀古的提议，杨村矿业集团又先后举办了职工岗位描述大赛、职工技能功夫大赛、职工精优作业法大赛、干部卓越管理法大赛、职工创新成果大赛，各取前10名进行了表彰奖励。全集团精细化管理现场会的成功举办使得杨村矿业集团上下的面貌焕然一新，干部作风得到了明显改善，职工素质得到了很大提高，企业实现了跨越式发展，职工群众从中得到了实实在在的好处。

2

转眼又到了新年元旦，这一年杨村矿业集团生产煤炭1250万吨，实现利润29亿元，连续三年零死亡。各项工程建设也在有序推进，刘海洋的心情格外高兴，提议召开庆功大会，同时邀请远在北京的张怀古前来参加，并让他围绕进一步提升企业管理水平，做精细化管理的专题讲座。

正月初六这天，杨村矿业集团举办隆重的庆功大会。会上表彰了 20 名劳动模范，50 名精细化管理大赛的优胜者，给劳动模范每人奖励液晶电视一台，给精细化管理各项大赛的优胜者奖励手机一部。之后，又举办了酒会，招待劳动模范和精细化管理大赛优胜者。酒会开始后，刘海洋带领领导班子成员给大家敬酒，刘海洋说："感谢大家的辛勤劳动，你们都是杨村矿业集团的功臣，集团的发展和取得的成就离不开你们的辛苦付出。"张怀古也起身敬酒，他对大家说："杨村矿业集团的事业尚未成功，还需要大家的共同努力。"那天刘海洋心情特别好，一直喝到酩酊大醉，被两个人扶回了房子。

第二天，张怀古又应邀做了全集团精细化管理的专题讲座。张怀古讲完，大家报以长时间热烈的掌声……

这天，刘海洋开完调度会准备回办公室，一个妇女在办公室门前立着，刘海洋仔细一看，是李明的妻子。李明的妻子他认识，有一次在家属区遇见李明和妻子手拉手在散步，李明给他做过介绍。李明的妻子不到 40 岁，面容还算清秀，伶牙俐齿，能说会道。她一见到刘海洋就哭了。

"刘总，你可要为我做主呀！"刘海洋给她倒了杯水，让她不要急，慢慢说。

李明的妻子边哭边说："刘总，李明他在外面有人了，孩子都生下了。这个没有良心的东西，他原来就是个穷光蛋，我不顾家人的反对嫁给他，给他生孩子，帮他赡养老人，他还要和我离婚。我要检举揭发他收受贿赂，为包工头谋取利益。刘总，你可不能放过这个坏东西呀……"

李明自从当了发电厂的经理后，身边围了好几个包工头，其中一个出手阔绰、财大气粗的包工头，经常请李明吃饭喝酒，一到周五下午就把他拉到省城，叫一帮朋友陪李明吃饭唱歌打牌。这位包工头的朋友中有一个气质出众的姑娘小红立马引起了李明的注意，她有着一对乌黑发亮的大眼睛，光滑白皙的皮肤，凸凹有致的身材，李明觉得小红是他这辈子见过最漂亮的女人，也是让他最有感觉的一个。李明开始大胆追求小红，刚开始小红不愿意，虽然李明对她非常好，但是他是有家室的人，他们两个在一起是没有未来和希望的，可时间久了，小红就经不住李明的软磨硬泡了。有一次，李明和小红都喝醉了，醉眼蒙眬中，李明情不自禁抱住了小红……第二天，李明酒醒后，看着背对着他躺着的小红，修长的双腿，微微上翘的臀部，李明开始情不自禁地吻着小红，双手从她雪白的脖颈后滑过，游走在她光滑的身体之上，心神在荡漾，灵魂在出窍……李明感觉到身体是如此的畅快，每一个毛孔都是舒坦的。此后，李明一发不可收，经常借口给发电厂办理建设手续，频繁地去省城和小红约会。李明也曾自责过，自己结婚时一无所有，是妻子租房子、买家具，一手操劳家里的事情，结婚的费用都是妻子家出的，现在女儿也上初中了，一家人挺和美的。李明更害怕刘海洋知道这件事，他当过办公室主任，知道刘海洋的脾气，这是个眼里不揉沙子的人。但小红太漂亮了，她的肉体太诱人了，能得到这么个女人，就连死都值了。直到有一天，小红告诉李明，说她怀孕了，李明就在省城给小红租了一套房，两人正式同居了。女人的感觉是很灵敏的，李明的反常举动引起了妻子的怀疑，她质问李明是不是在外面有人了，李明矢口否认。有一次，妻子在李明的手机里看见一条短信："老公，你啥时候回家？"妻子就质问李明，李明解释说是朋友之间开玩笑的。直到有一天，李明回家急火火地收拾东西，说要到省城出差。李明的妻子拦了一辆出租车在后面尾随，车子在一个小区的单元楼下面停了下来，她眼看着李明进了单元楼。当她敲开门的时候，彻底震惊了，里面除了李明之外，还有一个抱着孩子的美女，正是小红。李明的妻子破口大骂，像疯子一样地扑向了小红，李明抢先一步，一把抱住了妻子。

李明说："我对不起你，咱俩离婚吧！"

妻子说："离就离，但我绝不会放过你这个忘恩负义的东西。"李明无助地跪倒在妻子的脚下……

李明的妻子边哭边说，眼泪像断线的珠子不停地从脸蛋上掉下来。刘海洋劝李明的妻子别哭了，这件事交纪委查办，如果属实，一定严肃处理。说着叫办公室秘书党从文把王标请过来，并对王标说，让李明停职接受调查。

3

刚安排完李明的事，就听到院子里吵吵嚷嚷，党从文汇报说是附近山寨村的村民，因为杨村煤矿开采导致山寨村地面塌陷，地下水变少，影响到村民的正常生活。刘海洋说让他们选几个代表到会议室谈。会议室里几个村民代表很激动。一个村民说，杨村矿开采导致农田开裂，裂开的缝大得吓人，连耕地的牛都能掉进去。另一个村民说，村子里饮用水快断了，连做饭都是问题，村民无法生活了。刘海洋说，我下午就去县政府商谈，尽快解决你们反映的问题。几位村民代表说，请矿方尽快解决这一问题，不然的话，全村 300 多口人都来，就吃在矿上、住在矿上。刘海洋说：“请大家放心，我们一定把塌陷的问题处理好。”

刘海洋来到原平县政府，见到县长王同民。王同民个子不高，文质彬彬，说话慢声细语，很有修养，在当地威望很高。王同民很热情地接待了他。

刘海洋说:“杨村煤矿采煤塌陷影响了村民的生活,非常抱歉,想找县长帮忙解决。”

王同民说：“山寨村下面压覆了杨村矿业集团一千万吨煤炭，不如把山寨村彻底从大山深处搬迁出来，建设一个现代化的山寨新村，估计要花费上亿元，不知刘总有没有这个气魄？”

刘海洋说:“可以,我们在当地办企业,就要给当地办些事情,为当地的老百姓谋幸福。”

王同民说：“好！原平县盛产苹果，急需建一个苹果库，但又没有资金来源，矿上能不能帮忙建一个苹果库，收获季节从果农手里收苹果，其他季节卖出去，矿上也可以增加一些收入。”

刘海洋说:“可以呀！我们还想建医院和学校,矿方出资建设,县上负责运营，当地人可以就医和上学，矿业集团的职工和家属也可以就医和上学，这样就避免了重复建设。”

王同民说：“你们的自来水厂和污水处理厂也建大一些，地方和企业共同分享。”

刘海洋说：“企地共建是个大工程，我还要向省煤炭局的领导汇报，征得领导的同意后才能实施。”

王同民说：“好的，静候佳音。”

关于企地共建的想法，刘海洋向张海明做了详细的汇报，张海明非常支持，他说：“国有企业离不开地方政府的支持，地方政府也需要国有企业的帮助，二者需要和谐共处、共同发展，才能实现互利共惠，造福百姓。我觉得企地共建是一个好办法，避免了重复建设，实现了优势互补，节约了大量的资源。我完全同意你的想法，你不要有什么顾虑，大胆地干吧！”

一个月后，矿山医院、矿山学校、苹果库、自来水厂和污水处理厂相继开工。刘海洋和王同民共同出席了开工仪式。

开工仪式结束后，王标汇报说：“李明的事查清楚了，李明在外包养情妇，还生有孩子。另外，还受贿 30 万元，不但违反了党纪，还触犯了国家法律。”

刘海洋说：“将李明开除党籍，解除劳动合同，移交原平县检察院依法处置。”

王标说：“就应该这样，杀一儆百。现在企业效益好了，干部职工的收入高了，有的打牌，有的喝酒，有的唱歌，还有的跑去嫖娼。应该尽快把职工文化生活抓起来，让职工养成一个健康向上的文化生活习惯。”

刘海洋说：“你的想法和我不谋而合。我有几个想法：一是在文化中心建设企业文化展览馆，发挥好文化凝聚人心的作用。二是发动职工创作企业之歌，创作杨村矿业集团赋，举办职工大合唱、职工文艺会演等活动，还可以邀请知名文艺团体到杨村来演出，把职工的文化生活活跃起来。三是开展文明单位创建活动，争取创建全国文明单位。”王标说：“我完全同意董事长的想法，我组织人抓紧落实。”

企业之歌征集通知发下去之后，先后收到三十余篇作品，刘海洋觉得还是惠铜川的作品《我是杨村矿业人》更胜一筹。

轩辕故里，炎黄子孙
我是杨村矿业人
百里矿山，天蓝水绿
煤电路化，四业如春
桥山之巅望天外
意气奋发抖精神
在那流淌乌金的黄土地
飞旋着追赶太阳的天轮
华夏文明，矿工精神
我是杨村矿业人
诚信敬业，追求卓越
创新管理，与时俱进
沮水奔流梦大海
前程似锦映乾坤
在那洒满歌声的矿山上
放飞着我们美丽的青春

王标说，可以找省城音乐学院的艺术家为《我是杨村矿业人》谱曲，杨村矿业集团的企业之歌出来以后，就可以举办全集团的大合唱比赛了。每个单位出一个代表队参赛，共唱两首歌，必唱歌曲是《我是杨村矿业人》，再自选一首红歌。

国庆前夕，杨村矿业集团职工大合唱比赛如期举行，在办公楼前露天搭起一个舞台，布置各种灯光，天完全黑下来之后，演出正式开始，15 支代表队共计 2600 多人参加，每支队伍都攒足了劲，争取拿到第一名。矿业集团机关队第一个出场，领队是王标。因为没有参赛队愿意第一个登台，王标说机关要发扬带头表率作用，第一个上台唱，机关唱的是《我是杨村矿业人》《过雪山草地》。人数最多的是焦化厂代表队，他们上了240人，唱的是《我是杨村矿业人》《娄山关》。杨村煤矿代表队将大合唱推向了高潮，他们唱的是《我是杨村矿业人》《矿工万岁》。杨村煤矿的职工穿着清一色的矿工服，安全帽、矿灯、胶靴一应俱全，演出前所有的灯光全灭，现场一片漆黑，突然所有人头顶上的矿灯亮了，全场响起热烈的掌声。《矿工万岁》歌词好，台下的矿工听后，心里都是热乎乎的。

每天走下那深深的巷道
身上流淌着黑色的汗水
每天升起在黎明的井口
就会向着太阳敞开心扉
走这么长的路你不怕天黑
干那么重的活儿你从不怕累
只因为把人民的重托，
看得比生命还要金贵
你滴滴洒下的汗水
浇灌着爱情的花蕾
那颗颗火热的红心
锻造着奉献的丰碑
你们才有资格
接受阳光的赞美

矿工万岁！矿工万岁！

每当你看到那万家灯火
心中就升起无比的欣慰
每当你迎来温暖的春天
就会情不自禁吐气扬眉
挖这么多的煤你有血有泪
吃那么多的苦你无怨无悔
只因为你牢牢地记得
矿工的责任就是挖煤
你深深弯下的脊梁
驮起民族的尊严
那额头闪亮的矿灯
点亮华夏的光辉
你们才有资格
接受阳光的赞美
矿工万岁！矿工万岁！
矿工万万岁！

最后杨村煤矿代表队以近满分的成绩获得了第一名。

第十八章

1

办公室秘书党从文毕业于南方一所师范大学，写文章是有两把刷子的，因为长期和李明搞不好关系，所以提升很慢，当了十年的秘书，郁郁不得志。党从文有个缺点，明明是中文系毕业，字却写得不好。有一天，有个矿工找他开结婚证明，他写完后，盖上公章，矿工却很不高兴，说这字这么臭，怎么能拿得出手，不行，不行。党从文说那你字写得好，你来呀！这个人果然就动起笔来，写好后交给党从文盖章，党从文一看，果然字写得好。这个人还教育他说，别看我只有高中毕业，字写得可不含糊。党从文脸红得像鸡冠子一样，这个人却得意扬扬地走了。李明就拿住他的缺点经常在大庭广众批评他："大学毕业，字写得像草棒子戳得一样，不知你大学咋考上的，可能是阅卷老师字写得和你一样臭。"党从文当面不好说什么，只是嘿嘿地傻笑。背地里却说，李明说我字写得臭，但我人不臭，那个人贪财好色，坏到了骨子里，早晚要出事的。党从文得知刘海洋有征集《杨村矿业赋》的想法，就精心创作了一篇，刘海洋看了看，说初稿不错，主要问题是站位不高，还要多加修改，党从文按照刘海洋的意思改了三稿，刘海洋点头称赞。

杨村矿业赋

倚黄帝之祖脉，续矿工之精神，揽桥山沮水之清秀，藉侏罗酿藏之乌金，杨村矿业得天独厚也。

一九八九，己巳金秋，有煤业精英、神州学子汇聚于此，饮河水，居陋室，徒手起家，食苦如饴，是为杨村矿业人。首创业主负责，试行项目监理，推陈出新，为国内矿业之先。令沮河让道，引子午涌泉，穿桥山掘巷，筑铁路运煤。医院开放营业，子女就近入学，矿工安居，妻子咸聚，杨村矿业一派兴盛也。

然东南亚危机来袭，煤市顿疲，贷款中断，建设停滞；又遭矿井水害，雪上加霜。矿业人迎难奋起，生产自救，护矿求生，虽困苦而情不移，处巨变则志愈坚。

辛巳初春，煤市回暖，抢抓机遇，跨越发展。矿井投产，铁路延伸，电厂输电，矿山繁荣再现。六月突遇瓦斯灾患，有矿工兄弟殒命矿井。矿业人痛定思痛，立誓安全。

领导团队高瞻远瞩，外出取经，广纳群言。学企业文化之道，铸杨村矿业之魂；做三基九力之功，保安全生产之本。产煤千万，利税十亿，员工受益。

新世纪神州煤企千帆竞发，杨村矿秦黄宏图大展。二十弱冠，蓄势待发。谋煤、化、电、路循环经济之道，定大、强、快、好科学发展之策。做大煤业，北上开疆拓土；产业延伸，开发化工电力；焦化奠基，省长亲临志贺；电厂扩建，乡人奔走相告；更有生态水泥，变废为宝。谋和谐，美环境，建园林，修公寓，员工增收，子女就业。及至壬辰，创产值二百亿，纳利税伍拾亿。矿业与地方齐兴，经济与环境共荣。三创六型，建百年基业；四业并举，奔国企高端；跨越腾飞，崛起于秦黄大地。幸甚至哉。

刘海洋指示，将《杨村矿业赋》刻写在文化中心的墙上，供来访的领导和客户参观欣赏。

总政歌舞团要到杨村矿业集团演出了！这个消息在矿区传开，群情振奋，刘海洋专门召集会议进行研究，把精细化管理用在接待上，对总政领导和演员实行一对一接待，坐车、吃饭、住宿实行定置管理，多位名演员登台献艺，杨村矿业集团4000名干部职工观看了演出。在一阵阵热烈的掌声中，开场节目男女集体舞《祖国，请检阅》拉开了演出序幕；《祝福》《士兵与枪》《扎西德勒》等集体舞蹈使军队艺术家们严整的军容和精湛的演技深深俘获了在场观众的心。在矿工们的强烈要求下，著名歌唱演员还在现场清唱了一段陕北民歌《羊肚子手巾三道道蓝》，博得阵阵喝彩；一首深情款款的《同一首歌》，唱出矿区职工的共同心声，表达了他们对杨村矿业20年辉煌历程热烈庆贺与诚挚祝福；《母亲》《一二三四》等脍炙人口的歌曲，在观众心中激起了强烈的共鸣，特别是来自杨村煤矿综采一队采煤机司机苗郭壮代表矿工兄弟应邀上台与歌唱家合唱《十五的月亮》，把晚会气氛推向高潮。整场晚会台上台下欢歌笑语，艺术家们的精湛演技和敬业精神赢得了观众们的阵阵掌声。强烈的视觉冲击，完美的音响特效，让观众大饱耳福，充溢着军民情谊的演出现场，瞬间变成了歌的海洋、舞的世界。

2

“李明回来了！”消息迅速在杨村矿业集团传播开来。李明被移交到原平县检察院后，他的堂弟李刚就一直不停地给他做工作。李刚被免去运输队长的职务后，被安排在杨村煤矿生产部当技术员，他不想干这枯燥的技术工作，就辞职下海做煤炭生意。李刚在淡季买进小煤窑的煤，旺季时加价卖出去。在煤炭紧张的时候，他把矸石粉碎后掺在煤里卖，几年下来，挣了好几千万。听说李明进了监狱，李刚就想尽办法要把他捞出来，一方面出于兄弟的情谊，更主要的是他想利用李明的事情报复刘海洋，因为李明是办公室主任出身，文字功底好，写告状信也没什么问题。李刚听说原平县法院院长是原平当地人，沾亲带故两人还有亲戚关系，通过运作，最终认定由受贿30万元改为受贿5万元，其余25万元，由于证据不足，不予认定，最终李明被判处有期徒刑3年，缓期4年执行。

就在李明出狱不久，网上就出现了刘海洋大量的负面信息，铺天盖地而来。××网爆料《请看秦黄巨贪刘海洋的丑恶嘴脸》，说刘海洋大吃大喝，与中层干部喝30年年份的茅台酒，给领导班子发液晶电视、高档手机，甚至是金条。任用自己的亲戚包揽矿区工程，金额高达几十亿元，贪污受贿上亿元。生活作风不检点，将自己的私生子安插在杨村煤矿。胡乱任用干部，大肆提拔亲信，打击排挤优秀干部。刘海洋是杨村矿业集团的土皇帝，是杨村的南霸天。随后各大网站争相转载，打开电脑，只要输入刘海洋三个字，密密麻麻的信息都过来了。什么巨贪、巨霸、当代西门庆、和珅等等字眼铺天盖地。刘海洋叫来办公室秘书党从文，让他联系市里的网信部门，删除这类负面信息，网信部门表示愿意帮忙删除，但删除一条，增加三条，有的网站服务器在国外，根本无法删除。刘海洋的哥哥、姐姐也打电话询问到底发生了什么事？刘海洋说没事，都是无中生有，坏人陷害。一些亲朋好友和同学也打来关心的电话。刘海洋隔三岔五还能收到莫名其妙的信件，信上写着：刘海洋你这个衣冠禽兽，我是个受雇于人的私家侦探，经过一段时间的侦察，我发现了你违法乱纪的证据，请你于三天之内汇一百万元到我的账户上去，否则，我就把你违法乱纪的证据交给纪委，并将各种照片贴到你单位门口，让你的罪行曝光于光天化日之下。信上还附有一张照片，是刘海洋赤身裸体躺在床上，搂着一个一丝不挂的女人，照片明显是经过处理的，因为头和身子的比例明显不协调。刘海洋将这些信件交给党从文，让他交给县公安局去查。公安局的同志回复说，这种虚假地址的信件，无法查到发件人。刘海洋发现，走在单位，有人会以异样目光看着他，还有人在他的背后交头接耳，甚至职工的家属私底下议论纷纷，说现任杨村煤矿综采一队技术员的苗郭壮就是他的私生子。

就在刘海洋焦头烂额的时候，省纪委调查组来到杨村矿业集团进行调查核实。组长姓苗，叫苗建军，是从省煤炭局调任过去的，是刘海洋的老相识，现在是省纪委二室的主任。苗建军找杨村矿业集团的班子成员和中层干部谈话，对照举报信件一一核实，连苗郭壮也被叫去问话了。最后调查组又找刘海洋谈话，苗建军没有参加，有一男一女两个人问话，男的负责发问，女的负责记录。

男的问："你有没有宴请干部喝茅台酒的情况？有没有给领导发放过液晶电视和高档手机的情况？"

刘海洋说："确实有宴请劳动模范和先进工作者的情况，但喝的是普通的西凤酒。给劳模发过液晶电视，给先进个人发过手机，但是没有给领导发过高档商品。"

男的又问："有没有安排自己的亲戚在集团上班？"

刘海洋说："有一个省能源职业技术学院大专毕业的学生叫苗郭壮，学采矿的，矿上需要这样的人才，我就安排录用了。但他不是我的亲戚。"

男的问："你们公司任用干部、承包工程有没有制度？是怎么操作的？"

刘海洋回答说："公司任用干部，不论职务高低，全部是竞聘上岗。所有的工程建设、设备购置全部有招标程序，任何人不得干预，我本人也从来没有干预过。"

男的说："我们要矿业集团的接待制度、工程招标制度、干部竞聘制度，要苗郭壮的个人档案，还要宴请劳模和先进工作者的情况说明。"

最后要刘海洋在谈话记录上签字按手印。省纪委调查组在杨村矿业集团查了一个月，最后带着资料走了。

省纪委调查组刚走，各种议论又来了。有人说刘海洋会被调走，还有人说刘海洋可能要被免职，还可能会被判刑。有人说闵红光可能会接任董事长，吕向阳也可能会接任董事长，还有人说王标会接任董事长，还有人说会从其他单位调任一个新董事长来。

正当大家议论纷纷的时候，苗建军又接到新的举报，说是刘海洋用公款给领导班子和中层干部买豪华轿车，每月还领取巨额车补。还说杨村煤矿成立了一个女子别动队，全是年轻漂亮的女子，不工作光领工资，她们的身份都一样，都是刘海洋的情妇，给刘海洋提供特殊服务。调查组一来，又贴出告示，接着又是新一轮的干部谈话，要资料，签名按手印，最后还是找刘海洋谈话。

刘海洋说："关于女子别动队的问题，杨村煤矿成立了一个家属协管会，让家属来协助矿上管安全，平常的任务就是到矿工家里家访，如果职工家庭有什么难事，家属协管会帮助解决，职工有'三违'（违反安全规程、违反劳动纪律、违章指挥）行为，协管员会到职工家里，和家属一道做职工的思想工作，直到本人完全认识到自己的错误，下次绝不再犯为止。矿上每月给家属协管员发放工作补贴，每人每月 1500 元。杨村矿业集团全部实行公车改革制度，干部每人可借款 10 万元购置车辆，分三年从工资中扣除。矿业集团领导班子正副职每月车补为 5000 元和 4000 元，中层正职每月 3000 元，副职每月 2400 元，小车班只有几台接待用车，实行车改以后，所有的公事均自行开车前往。据杨村矿的经验，每年可节约费用四分之三，全公司每年可节约费用一千多万元。"

刘海洋说完，苗建军又要求他在谈话记录上签名、按手印，还要求提供相关文件和证明材料。调查完以后，苗建军一行人又回去了。

调查组的人走了之后，不久又传出风声。说是省纪委已经接到上百封举报信，有的举报信省长都看到了，省长很生气，批示要严肃查处。随后又是各种议论，议论还没停止，苗主任一行人又来了，又接到了新的举报，说是杨村煤矿推行精细化管理，是剥夺矿工的人身自由，干部就是把头，矿工就是奴隶，矿工下井要排队下，遇事要向干部报告敬礼。强迫工人背岗位描述，有的工人被迫害致死。苗主任来了之后，还是老套路，先贴告示，然后是找干部谈话，最后找刘海洋谈话。

刘海洋说："杨村煤矿推行的精细化管理是以人为本的精细化，始终把教育人、培养人放在第一位，我们推行岗位描述、手指口述，都是在教育培养员工。推行精细化管理以来，杨村煤矿已经连续多年没有发生过伤亡事故了，采煤成本由原来的 250 元降到了 150 元，一吨煤降了 100 元，大大提高了企业的效益，这是杨村建矿以来的历史最好成绩。我们搞五精管理、岗位价值管理，目的是做到岗位增值、企业增效、员工增收。这些都是有目共睹的事实啊。"

谈完话之后，还是提供资料、在谈话记录上签字、按手印。

刘海洋说："苗主任，你们反复查案，查出什么问题没有？"

苗主任说："目前没有，但是举报信像雪片一样寄过来，且大都是实名举报，我们不能不查。"

就这样，省纪委调查组反反复复查了半年多，回去后却一直没有音讯。这时候，各种传言又起。有人说，这下乱子捅大了，不仅刘海洋要进监狱，闵红光、吕向阳、易正秋和宋如亮也保不住，因为他们是帮凶，也脱不了干系，领导班子要彻底换掉。网上的各种传言和信息更玄乎，说是刘海洋被抓起来了，亲友的电话一个接一个，问到底发生什么事啦！

在这样的环境下，刘海洋背负着沉重的压力，每当看到陌生来信就紧张，不敢打开互联网，那些成堆的负面消息，使他夜不能寐。他感觉身体有些虚弱，胃不舒服，经常拉稀，有几次差点拉到内裤上。一次在和班子成员吃饭时，刘海洋突然大汗淋漓，汗珠不停地从额头上滚下来。

闵红光就说："董事长，你去医院看看吧！工作有我们呢！有什么决定不了的事，我们会电话请示您的！"

易正秋也说："身体是本钱，健康是1，其余的都是0，1没有了，0再多，还是等于0。"

宋如亮说："我有个亲戚在西部医院当护士，姓叶，有什么困难找她，她还是能帮上忙的。有病早治，越早越好，让小党陪您一块儿去吧！"

刘海洋说："公司的工作由闵红光同志全面负责，其他同志按照分工做好各自的工作，我去西部医院看病。"

闵红光向刘海洋建议说："循环经济产业园区建设进入攻坚阶段，各单位都反映说人手紧张，我建议加大招工力度，从煤炭、化工、电力等专业的一本院校招收应届大学毕业生。"

刘海洋说："可以，招工规模从现在的每年100人扩大到800人。"

闵红光说："怕是一下子招不来这么多人。"

刘海洋说："给大学生承诺，凡是愿意到杨村矿业集团工作的一本大学生，每年工资不低于10万元。"

闵红光说："好的，我去落实。我还有一个建议，这几年我们下大力气抓经济，企业经济效益上来了，职工收入也增加了，但是职工的思想道德建设没有跟上来，少数职工有钱了，腰包鼓起来了，人也变了，告黑状者有之，信谣传谣者有之，赌博、嫖娼、找小三甚至吸毒者也有之，像李明、李刚这样的人也不是个例，长期下去，我们的企业就跑偏了，那我们劳力费心地抓经济还有什么用？下一步，我们要抓党员干部的政治学习，抓职工的思想道德建设，大力弘扬社会主义核心价值观，每年评选表彰在敬业奉献、孝老爱亲、自强自立、见义勇为、助人为乐等方面的道德模范，把正气树起来，使不文明行为像过街老鼠，人人喊打，销声匿迹。”

刘海洋说：“你这个提议很好。安排王标主席牵头制定党员干部和职工的政治学习办法、职工文明公约，建立矿区志愿者队伍，评选矿区最美员工，将社会主义核心价值观落地、落小、落实。”

3

西部医院坐落在秦黄省的省城，是全国有名的三甲医院，排名全国第五，西北第一，西北五省的人都来西部医院看病，每天来看病的多达万人，每个诊室都挤满了人。特别是专家门诊，特别抢手，有的人头天晚上就来排队。

党从文问刘海洋：“看什么科？”

刘海洋说：“看肠胃科。”

党从文说：“西部医院的肠胃科有个大夫姓史，是个全国有名的专家，也是肠胃科主任。我找小叶联系好了，他周二、周四上午坐诊。”

周二，刘海洋早早地和党从文来到西部医院，医院门口人头攒动，车流不息，小叶也早早地到门口迎接，他们来到二楼肠胃科。

史大夫说：“刘总，说说你的情况。”

刘海洋说：“冒虚汗，胃不舒服，经常拉肚子，心情不好时会加重。”

史大夫说：“你的病可能是肠易激惹综合征，我给你开几服药，你回去吃吃看，如果不见好转，就再来找我。”

刘海洋点点头说：“好！”

小叶又带刘海洋和党从文去药房买了药。

和小叶告别后，刘海洋回到了在省城高新区现代都市小区的家，发现妻子和儿子都不在家，就第一时间打开药盒，依照史大夫的嘱托服了药，又给自己做了米饭，炒了个绿豆芽，他一个人吃了两碗饭。

儿子上的是寄宿学校，妻子任玉静现在应聘到了高新中学教书，只有晚上才回来，岳父任自忠回葫芦滩煤矿看老朋友去了。刘海洋吃了饭，洗了锅碗，就到小区院子里散步。

现代都市的房子他们已经住了一段时间，但刘海洋却很难有时间真正在小区里面转转，看看这个不小的天地和设施他 不甚熟悉，小区的住户有上万人，在小区内转一圈，要半个小时。刘海洋由于经常不回来，几乎没有熟悉的人，在楼下转了两圈，就出了小区，到旁边的公园继续转。公园里有锻炼身体的，也有打牌下棋的，还有唱戏跳舞的，天气很好，艳阳高照，没有了工作的打扰，刘海洋感到从未有过的轻松。就在这时，电话响了，一看是陌生电话，要是放在平常，这种电话是不接的，今天不忙，就接了。一听说话，是个女的。

“哎呀！老同学，你猜我是谁呀！”电话那头传来一阵娇滴滴的声音，温柔得把人的耳朵都能化掉。

“你是代林林。”刘海洋不假思索地回答道。

“哎呀！难得呀！还能记住我呀！咱俩有二十年没见了吧！听说你升官了，当了董事长，我想最近去秦黄转转，你能陪我两天吗？”

“非常不好意思，这几天公司很忙，能过一阵子吗？等忙过这段时间，我一定专程陪你！”刘海洋难为情地说。

“哦！那好吧！知道你是个大忙人，等你不忙了，我再联系你，这是我的电话，你存起来，可不要把我忘了哦！”

“不会的，不会的，别的同学可以忘记，你是绝对不会的。”

“好的，拜拜！”

“拜拜！”

挂了电话，刘海洋心上涌动着一股难受感，本来他是想见代林林一面的，但是他的身体不好，心情不好，状态也不好，他不想在这个时候见代林林。代林林是他的矿大同学，两人不是一个系，他学的是采煤，代林林学的是政教。他和代林林同在一个教学楼上课，楼上楼下，经常能碰到。代林林上的是大专，在刘海洋上大三的时候才入学，两人是在一次演讲比赛上认识的。代林林一上场，立即震动了全场，她长得漂亮，气质绝佳，全程脱稿，声情并茂。那次演讲比赛，代林林拿到了第一，他是第二名。刘海洋很惊讶，此前他可是没有对手的，这让刘海洋对代林林另眼相看。就在演讲结束第二天晚上，代林林到刘海洋的宿舍找他，当时宿舍的人多，两个人就在楼道聊开了，你一言我一语，聊得很投机，有一种相见恨晚的感觉。还有一次，刘海洋举办个人讲座，侃侃而谈了三个多小时，讲得如痴如醉，阶梯教室坐满了听课的同学，掌声如雷。刘海洋注意到，下面鼓掌时间最长、听得最认真的就是代林林。之后，代林林邀请刘海洋去她家做客，她家住在徐州市中心，有一个大院子，除了正房外，还有单独的一间闺房，是代林林的。代林林的父亲是税务局的局长，一家人热情接待了刘海洋，那次做客给刘海洋留下了深刻的印象。那年四月，春暖花开，代林林还邀请他去南京春游，他去了，但他是个农村孩子，完全不熟悉城市生活，坐车、找酒店、去景点，他都完全不知所措，甚至还把车票丢了。从那之后，代林林对刘海洋态度来了个180度的大转弯，不主动找他，平时也见不到她的身影，只偶尔与他联系，逐渐就淡出了他的视野。刘海洋一直把代林林当作最好的朋友，那时候他心里只有黄丽君，再也容不下任何人了，退一万步说，即便没有黄丽君，他和代林林之间也不会有任何结果，两家的条件相差甚远。后来代林林嫁给了矿大政教系的一位老师。

正在回忆中，刘海洋的手机短信响了一下，打开一看，是代林林发过来的一张照片，四十五岁的代林林已经胖得变了形，面部也苍老了许多，和年轻时相比，已经判若两人。刘海洋苦笑了一下，关上了手机。

第十九章

1

吃了几天药，拉肚子的毛病减轻了许多，胃部的症状也减轻了，但是药一停，一切又恢复了原状。史大夫听完刘海洋的讲述，就说你去做个胃镜和肠镜吧。

刘海洋问做胃镜的大夫：“能不能做无痛胃镜？”

医生说：“你睡觉打呼噜不？”

刘海洋说：“打呼噜！”

医生说：“那就不能做无痛胃镜，否则有窒息的危险。”

刘海洋说：“那就直接做吧！”

大夫提出一串管子，还带着一个闪闪发光的镜头，当胃镜穿过咽喉进入胃部的时候，刘海洋感觉难受到了极点，整个人快要死去一般，他边挣扎边发出呻吟，大夫说，不要动，否则就做不成了。他迫使自己安静下来，大夫取出胃镜，看了看片子说：非萎缩性胃炎。当胃镜的管子从口中拔出之后，刘海洋仍是心有余悸。第二天，还要做肠镜，他从中午开始就不吃任何食物，又喝了泻药，一晚上了六次厕所，直到拉出的全是清水。做肠镜时，医生拿出更粗的黑色胶皮管，从肛门插入，肠镜不停地在肠内穿过，整个过程持续了40分钟，方才作罢。肠镜诊断没有问题，他拿着肠胃镜诊断结果，去找史大夫。

史大夫说："我再给你开一周的药，如果没有好转，就去看精神科医生。"

刘海洋回到家里，打开电脑，输入刘海洋三个字，电脑上显示一长串的信息，贪污、腐化、堕落、无耻、好色等等词汇出现在刘海洋的名字前面，他感到胃部一阵难受，赶紧关了电脑，吃了药，肠道才舒服了一些，但上卫生间感觉到排尿困难，站在马桶前，很长时间都尿不出来，那种感觉比死了都难受。刘海洋觉得自己必须去看精神科医生了。

刘海洋和党从文刚到西部医院门口，小叶已经早早地在医院门前等候了，她说已经约好了精神科的秦主任，他现在正在开会，会议结束后就到他的诊室。过了半个小时，小叶说秦主任回来了，就领着刘海洋上楼。秦主任是个年过四旬的知识分子，研究生毕业，从医近二十年。秦主任详细地询问了刘海洋的情况，刘海洋就把情况原原本本地说了，从网上的负面消息，到纪委调查，再到身体的反应。

刘海洋说："先是胃部不适，后来拉稀，再后来就是排尿困难。"

秦主任说："这是焦虑症。我给你开些药，你从明天早晨开始服用，中间有什么反应，随时可以给我打电话，过一个月，再来复诊。"

第二天一早，刘海洋遵照医嘱，把药服用后，感觉从头到脚有麻木的感觉，再去厕所排尿，怎么都尿不出来。刘海洋就给秦主任打电话，说服药之后，彻底尿不出来了。秦主任说，你睡上一个小时，等心情平复了以后就会好一点。刘海洋照着秦主任的话，躺在床上睡觉，可他在床上翻来覆去就是睡不着，越躺越清醒，明明憋着尿，就是尿不出来，那种肿胀感刺痛了全身的神经。他又打电话给秦主任，秦主任没接，过了几分钟，他又打过去，秦主任就把电话挂了。

刘海洋着急了，就打电话给妻子任玉静。任玉静说，赶紧去医院吧！我陪你去。不一会儿，任玉静就回来了，她说我开车送你去华夏医院，咱换一家医院。到了华夏医院挂了泌尿科，医生给他插了尿管，不一会儿，黄色的尿液就流到了塑料尿袋里，刘海洋长长地出了口气，感觉压在胸口的一块沉重的大石头不翼而飞了。医生查看了刘海洋吃的药，说这种药有副作用，会引起排尿困难。这种药千万不能再吃了。

在华夏医院住了一个月，刘海洋感觉排尿也基本正常了，身体也有一种身轻如燕的感觉。尽管医生还是让他继续观察一段时间，但是刘海洋再也等不住了，他坚持要出院，因为闵红光电话汇报说，焦化厂要建成投产了，这是杨村矿业集团发展史上的一件大事要事，他要赶回去参加投产仪式。

2

杨村焦化厂正式建成投产，投产仪式十分隆重，各级领导高度重视，纷纷拨冗参加。省煤炭局局长张海明，已经从黄土市市发改委主任升任为黄土市市长的郝思晨，还有原平县县长王同民，特聘专家张怀古都来到了现场。杨村矿业集团党委书记、董事长刘海洋致欢迎词，党委副书记、总经理闵红光现场介绍了焦化厂的基本情况。杨村焦化厂占地 2000 亩，四年半时间建成投产，方圆十公里的建筑和厂房鳞次栉比。焦化厂按一园两期建设，建设规模为年产 520 万吨焦炭，40 万吨甲醇和 20 万吨合成氨，总投资 70 亿元。

闵红光介绍说："焦化厂最终的产品为焦炭、焦末、焦粒、煤焦油、粗苯、硫黄、硫酸铵、硫氰酸铵、硫代硫酸铵、甲醇、液氨等。"

张海明说："杨村焦化厂，建设速度快，建设质量好，杨村矿业集团摆脱了挖煤卖煤的单循环，实现了产业链的延伸，增加了煤炭产品的附加值。"

郝思晨说："杨村矿业集团循环经济的发展，为全市的煤炭企业做了一个样板。我们办企业要跳出污染、治理，再污染、再治理的老路，要像杨村矿业那样，将煤炭产品吃干榨尽，实现产业链的绿色循环。"

王同民说："杨村矿业集团不但循环经济做得好，企地共建做得也好，山寨新村、苹果库、矿医院、矿学校、自来水厂和污水处理厂共 6 项工程已经基本建成，这 6 项工程是原平县的民心工程、造福工程，当地百姓交口称赞。”

最后，在王同民的提议下，与会领导与嘉宾参观了山寨新村、苹果库和自来水厂。山寨新村建在公路边上，白墙黑瓦，一户一院，共有 203 户，还建有村委会、图书室、篮球场、羽毛球场。原山寨村是元朝时期当地村民为躲避土匪和战乱的侵扰建在深山里面的，这里的人们祖祖辈辈面朝黄土背朝天，繁华时，山寨村有上千户人家，后来因为世代穷困，男人娶不到老婆，女人想方设法外嫁，人口逐年减少。搬到山寨新村后，离公路近了，交通方便，还有搬迁补偿款，生活条件也改善了，村里的男青年再也不愁娶不到媳妇了。听说政府和杨村矿业集团的领导来了，村里的男女老少列队欢迎，一些年轻人还敲起了腰鼓，扭起了秧歌，热情好客的村民们还邀请领导到家里吃饭，从家里捧出苹果、核桃、红枣，往领导的口袋里装。一个白胡子老汉拉着刘海洋的手说：“共产党好，政府领导好，杨村矿业好，让我们脱贫致富奔小康！”

看完山寨新村，又去看了苹果库。苹果库建在高速公路入口附近，占地 70 亩，投资 3000 万元，地上建筑采用大跨度的网架全钢结构，建筑面积 12000 平方米，贮藏能力 5000 吨。主车间按其使用功能可分为收购区、气调冷藏区、加工区、精品包装区和包装材料库五大功能区。其中，收购区占地面积 2000 多平方米。制冷主机采用世界先进的德国比泽尔制冷压缩机多机头并联机组，气调系统采用意大利 FCE 产品配以 GAC5000 气体自动分析系统。苹果库的建立解决了当地果农的销售后顾之忧，增加了农民收入，提供了季节性就业岗位，成为原平县苹果产业发展的优质基地。

最后又去参观了自来水厂。刘海洋介绍说，自来水厂的水来自秦黄岭山脉，是无污染的承压水，在山里打35口水源井，通过管道输送到自来水厂，日供水能力达5万方，可满足矿业集团职工和周边村民的生活用水需求。水厂的水质接近矿泉水的标准，杨村的职工和当地村民都能享用，用上水的村民也都交口称赞。

参观完自来水厂，省上的几位领导就要返回了。临行前，张海明详细地询问了刘海洋的病情，听完刘海洋的描述，就对刘海洋说："这种精神类的疾病关键是心情的调节，要保持一个良好的心态。孟子曰：故天将降大任于是人也，必先苦其心志，劳其筋骨，饿其体肤，空乏其身，行拂乱其所为，所以动心忍性，曾益其所不能。你要记住，打败自己的人是你自己，所以你要强大起来。要想当好一个企业家，没有一个强健的身体和一个强大的心理是不行的。俗话说：宰相肚里能撑船。比起历史上的许多大人物，你所遇到的挫折和困难是不值一提的。"

刘海洋听完，惭愧地低下了头，对张海明说："请领导放心，我一定能够战胜疾病，战胜自己，找回状态，做一个合格的企业领导，把杨村矿业集团带上更高的发展平台。"

3

焦化厂投产仪式结束后，刘海洋的病情越来越重了，先是肠胃不适、拉稀不止，后是排尿困难，现在常常有自杀的念头。他反复在想，自己怎么个死法？是跳楼、上吊还是投水自尽。闵红光看到刘海洋脸色煞白，就劝他再去看医生。

宋如亮也说："上次让小叶联系的史大夫，医术水平很高的，是全国肠胃方面屈指可数的专家，再去找找他。实在不行，就去北京的大医院看。"

刘海洋点了点头，让党从文联系了小叶，又去了西部医院。史大夫详细问了问刘海洋的病情，说："你住院治疗吧，对你进行一次全面的检查。"

第一个检查项目是给刘海洋发了一张表，表上列出的问题都令人毛骨悚然："你是不是觉得有人要害你？""你是不是觉得有人在跟踪你？""你是不是有自杀的念头？"等等。第二个检查项目是抽血化验，护士从他胳膊上抽了整整七管血，然后就是做心脏造影、B超、拍胸片。检查完之后，开始用药，先是治肠胃方面的药，吃了之后不见好转。又开始用精神方面的药，还是不见好转。史大夫决定两种药一起用，刘海洋感觉身体慢慢好转了，肠胃也舒适了，不拉稀了，自杀的念头也没有了。史大夫喜出望外，对刘海洋说："你现在可以把肠胃药停了，只吃治疗精神方面的药就行了。"

在刘海洋住院期间，杨村矿业集团谣言四起，有人说刘海洋得了精神分裂症，又有人说刘海洋得了胃癌，不久于人世了。网上更是疯狂，"恶有恶报，贪官得了不治之症！""皇天有眼，刘海洋天怒人怨尝恶果！"各种负面消息铺天盖地。

张海明得知事态的严重性，亲自来到西部医院看望刘海洋，还给他买了水果和营养品，带来了一束鲜花。张海明先是询问刘海洋的病情，刘海洋说这两天又开始拉稀。

张海明对刘海洋说："网上攻击你的只是极个别人，党的十八大已经召开，网上这种乱象，网信部门会治理的。我明天就去省纪委，把你的情况向纪委领导反映，纪委一定会给你正名的。你要强大起来，不要被负面舆情所打倒。你如果坚持不下来，可以到省煤炭局担任副局长，这个我可以向组织推荐。但确实委屈你了，你的才能本可以在杨村矿业集团尽情发挥，把杨村矿业带进世界500强，你有这个能力。”

刘海洋说：“谢谢老领导的厚爱和关心，最近我的心态调整得差不多了，身体也比以前好多了，我决定留在杨村矿业继续干，一定要干出个名堂，不辜负领导的期望和多年的栽培。”

张海明说：“最近省煤炭局组织了一个精细化管理考察团，要组织十几名干部到德国考察，你也去吧，顺便散散心。”

刘海洋说：“谢谢领导了，我去。”

这时候，闵红光打电话说：“董事长，杨村矿业集团十大道德模范已经评选出来了，准备召开一个道德模范颁奖晚会，在你身体允许的情况下请出席颁奖晚会，并给道德模范颁奖。”

刘海洋听完汇报后说：“我一定去。”

杨村矿业集团的道德模范颁奖晚会非常隆重，在新落成的文体中心举行，2000多名职工到现场观看，10名道德模范披红戴花，坐在前排，等待颁奖。舞台大屏幕上一一展示了道德模范的先进事迹，刘海洋看得很仔细、很认真。刘海洋、闵红光为首的党政班子成员纷纷上台为道德模范颁奖。

颁奖典礼结束后，观众们意犹未尽，迟迟不肯离场，他们在等待一个人，或者说是在等待一件事情的发生，等待感动的出现……惠铜川自告奋勇上台表演，朗诵一首他自创的诗歌《因为有你》：

从矿大到煤矿
从葫芦滩到杨村
你像一块燃烧的煤
将积蓄的能量尽情释放
人生的丰碑，屹立在无垠的煤海
横溢的才华，挥洒在龙的故乡
虎啸桥山，让杨村人记住了一个叫海洋的名字
龙吟沮水，你把壮年时光，一分一秒，谱写成诗行

因为有你，我们不再靠挖煤、卖煤，循环经济，绿色强企，将煤的产业无限延长

因为有你，我们不再弱小，八年跨越，百亿辉煌，圆了几代矿业人的梦想

因为有你，煤矿人做起了文化，以文化人，精细管理，国企示范美名扬

国为有你，企地不再陌生，城乡统筹，和谐发展，造福圣地龙乡

因为有你，矿工可以体面生活，行有车，住有房，扬眉吐气奔小康

请喝下这杯壮行的酒，我们的好班长
因为有你，杨村将会创造更大的辉煌

朗诵完毕后，全场 2000 多人从座位上站起来长时间热烈地鼓掌，有人已经眼含热泪。这时候，有人喊出了刘海洋的名字，观众的掌声更热烈了，气氛一下子到了顶点，主持人立刻邀请他们的董事长刘海洋上台讲话。刘海洋本来不想讲话，因为今天晚

会的主角是道德模范，但众意难违，刘海洋就健步走向舞台，接过话筒，看着台下难掩激动的职工朋友们，他眼中含泪，几度哽咽。

刘海洋说：“谢谢大家了，看了今天的晚会，我几度落泪，深深地被道德模范的事迹所感动。我们要向今天受表彰的道德模范学习，做一个对企业、对社会、对国家有用的人。相比今天表彰的10名道德模范，我是一个弱者，他们在人生遭遇巨大不幸的时候，能坚强地直面不幸，笑对人生。而我遇到一点挫折的时候几乎挺不住了，但是有你们的信任和支持，再大的困难也不是困难。我会好起来的，我要和大家携手一起建设一个和谐、富裕、文明的新杨村！”

刘海洋讲完话，台下又是长时间热烈的掌声。

第二十章

1

一个礼拜后，刘海洋坐上了飞往德国的航班，九个小时后，飞机落地德国的城市杜塞尔多夫。此时天还没黑，抬头望去，天是蓝的，水是绿的，空气是干净的。德国是一个充满魅力的国家，有迷人浪漫的自然风光、古老而充满活力的城市和成熟理性的人民。

刘海洋在德国考察了 20 天，走访了德国的城市、乡村和山山水水。他发现德国的城市建设和国内相差无几，区别在于乡村，德国的乡村实现了美丽乡村的目标，五彩的别墅，一望无际的草地，让人留恋和向往。刘海洋还参观了奔驰和宝马工厂，德国人敬业精神和精细化程度使他们成为制造强国。他还参观了德国的巴斯夫工厂，虽然是化工厂，但是环保做得非常好，现代化的工厂和碧水蓝天和谐相处，最让刘海洋钦佩的是德国人严谨细致、精益求精的工作态度，他觉得应该把这种精神带回去，运用到工作中，带领全体杨村人为杨村取得新的更大的发展而努力奋斗。

回国之后，刘海洋就接到通知，秦黄省省长于天军要到杨村矿业集团视察。刘海洋见过于省长，于省长也到过杨村矿业集团。于省长是听了省煤炭局局长张海明的汇报后才产生来视察的念头的，之前他也接到过反映刘海洋问题的举报信，在网上他也看到过刘海洋的负面信息。张海明汇报的情况和于天军在网上看到的信息截然相反，他想去看个究竟。同行的还有省纪委二室主任苗建军，当然陪同人员还有张海明、黄土市市长郝思晨、原平县县长王同民。

于天军一行人第一站参观杨村矿业集团文化中心，讲解员激动地介绍了杨村九年来的发展变化：杨村矿业集团由一个年产值10亿元的小企业发展成为年产值200多亿元、利税50亿元的大型现代化企业集团。从一个年产量400万吨的单一煤矿企业发展成为一个煤化电路综合发展的循环经济示范企业。职工人均年收入由2万元提高到15万元。杨村煤矿生产的煤从工作面由皮带运到选煤厂，全部入洗，优质煤炼焦炭，制甲醇、合成氨，煤矸石用来发电，灰渣制水泥，矿井产生的废水作为发电的冷却用水，矿井排放出来瓦斯用来发电，这样可以实现固体废弃物、废水和废气的综合得用。随后于天军一行人来到了杨村煤矿。杨村煤矿开展了全员技术创新，广场两侧摆满了职工创新成果，有职工在讲解技术创新的模型。王亮介绍说，去年一年通过矿上鉴定的创新项目就有480多项。仅一辆胶轮车就有16项创新，仅围绕运输皮带就有40项创新，创新领域从原来的岗位操作流程、工器具延伸到管理和文化创新等方面。

杨村煤矿只有1200名员工，70%以上的员工具有大专以上学历，还有10多名研究生在矿上当技术员。职工业余时间都要读书学习，每人每年的读书笔记好几万字。他们参观综采一队学习室，书柜里整齐地摆放着每个员工的学习笔记，字迹整齐工整。技术员苗郭壮给于省长介绍综采一队的情况，如数家珍，侃侃而谈。在井下变电所，一位变电工给他们做岗位描述，对本岗位的应知应会倒背如流。矿上的员工都能进行岗位描述。他们说得好，做得更好。员工都在进行专业功力训练，苦练岗位操作技能，可以达到熟练操作、精准操作、安全操作。于天军在现场看到：车床司机可以用车床剥下鸡蛋壳，而不伤及鸡蛋内膜；司机用叉车穿针引线；皮卡车司机可以驾驶汽车在两条固定好的钢丝绳上行车……

于天军一行人走进岗位价值管理核算中心，有三位核算员在紧张地工作，一个液晶显示屏滚动播放全矿职工当天的三卡得分情况以及岗位成本节超情况，职工当天的劳动所得会清楚地显示在大屏上。核算员介绍，职工可以通过修旧利废、技术创新、工艺创新实现岗位增值，给企业增加效益，从而增加自己的收入。矿上对区队进行考核，区队对岗位进行考核，岗位对个人进行考核，职工劳动所得高于核算成本为岗位增值，收入增加，反之收入就会降低。同时三卡考核不仅考核效益，还考核安全、职工的劳动纪律等情况。于天军夸奖道："杨村煤矿能考核到个人，这是我走过的企业第一家，你们做得好，这个经验值得在全省矿山企业推广啊。"

刘海洋介绍道："高效率和高效益使得职工收入也有大幅度的提高，可谓年年攀升，杨村矿人均收入超过了18万元，许多职工在原平县城里买了住房和小车，还有在省城买了房子的。每到节假日、过年等时节，矿上还会把家属接来一起欢庆，让家属也感受企业的变化，共同建设美好杨村。矿业集团修建了 40 栋职工住宅楼，提供给职工居住，孩子也可以在矿学校上学。总之，我们的宗旨和目标是一切为了发展、一切为了职工。”

看完杨村煤矿，于天军一行人去了杨村煤矸石发电厂。发电厂也实行岗位价值管理，发电厂将全厂职工划分为 62 个岗位，岗位与岗位之间都是买卖关系，还专门设置了仲裁机构，专门解决岗位之间出现的经济纠纷。

刘海洋介绍说，发电厂建设分为一、二期。一期项目装机容量为 60 万千瓦，装有两台冷凝式汽轮机和两台发电机组，配两台循环流化床锅炉，一期已经建成投产发电。二期装机容量为 100 万千瓦，占地面积 480 亩，总投资 30 亿元。二期建设两台国产燃煤空冷发电机组，配套建设两台循环流化床锅炉，同步安装烟气脱硫、脱硝装置，年发电 40 亿度，可消耗煤矸石、低热值煤炭以及煤泥等生产废弃物 270 万吨，消耗煤矿井下水 200 万立方米，年产值达 13 亿元，利税约 4 亿元。

听完介绍，于天军又观摩了发电厂职工的绝招、绝技、绝活表演。铲车司机在铲车的齿尖上绑了一根毛笔，在白纸上可以做到流畅写字。有一名职工把眼睛蒙上，面前摆了一筐螺丝帽，随便捡出一个，他用手一摸，就能准备地说出型号和尺寸。一个女化验员，用鼻子闻化学试剂，就能准备说出试剂的名称。于天军看后，拍案叫绝。于省长兴奋地说：“发电厂用废物做燃料，保护黄土高原的碧水蓝天，是造福子孙的千秋大计。职工技能如此精湛，发电厂的事业也会更加兴旺发达。”

之后，于省长一行人又来到水泥公司。刘海洋介绍说，水泥公司占地近130亩，总投资3亿多元。水泥公司以创建“世界领先、国内一流”的企业为目标，突出绿色低碳生产，走循环经济之路，实现社会与企业共赢。

看完水泥公司，于天军对杨村矿业集团的循环经济发展给予了高度肯定。郝思晨又邀请于省长看了山寨新村。走进山寨新村，一片祥和喜庆的氛围，村民正在排练广场舞，听说省长来了，立即列队欢迎，几个老年人拉着于天军的手，深情地说：“感谢政府领导，感谢杨村矿业集团，把我们从大山里搬到县城边，彻底摆脱了穷根子，全村人过上了幸福的小康生活！”

于天军看到山寨新村徽派风格的整齐院落，心里非常感慨。他说：“如果秦黄的农村都像山寨新村一样，我们就赶上欧美发达国家的乡村建设水平了！”王同民站在一旁笑着说：“这都是刘海洋、刘董事长的功劳啊！”

刘海洋谦虚地说：“这都是赶上了党的好政策，都是各级领导支持厚爱的结果。”

听完刘海洋的话，于天军停顿了一下，若有所思，花白的头发在太阳光的照射下熠熠生辉，他提了提嗓子，转身问旁边的苗建军：“苗主任，案子结了没有？”

苗建军显然没有做好准备，被领导的突然一问弄得不知所措，结结巴巴地说：“您、您说的是哪个案子？”

于天军不假思索地说：“还有哪个案子，当事人就在你跟前。”

苗建军苦笑了一下说：“结了。”

于天军又问：“是什么情况？”

苗建军说：“查清楚了，纯属诬告！”

“那就在杨村矿业开个干部大会，给刘海洋同志正名啊！这样的好同志，怎么能受到这样的不白之冤啊！你们纪委应该早点行动，早点想到这一点。”于天军看了看刘海洋，转而又看着苗建军。

“这是我们工作的失误，请领导放心，我们马上安排给刘海洋同志正名。”苗建军说。

当天下午，杨村矿业集团召开干部大会，苗建军在会上通报了有关实名举报刘海洋案件通报调查情况。苗建军说，经过省纪委反复调查，举报刘海洋的问题都是子虚乌有，纯属诬告。在调查过程中，我们了解到的情况是杨村矿业集团的干部职工对刘海洋同志任职 9 年多来的工作给予了高度评价和认可，刘海洋同志是清白的。

苗建军说完，台下响起长时间雷鸣般的掌声。看着同志们鼓掌的样子，淤积在刘海洋心中的闷气一下子烟消云散了，长时间笼罩在眼前黑腾腾的乌云被强烈的太阳光冲击得无影无踪。

张海明说：“有个别人为了一己私利，到处诬告陷害，这给刘海洋同志的身心造成了很大的伤害，通过省纪委的调查，还他一个清白，给广大职工一个真相，事实证明刘海洋是一个好干部、好同志，希望大家继续支持刘海洋同志的工作，为把杨村矿业集团建设成为全国煤炭企业的样板企业而努力奋斗。”

台下又响起更长时间雷鸣般的掌声。于天军做总结讲话。他说：“9 年多来，杨村矿业集团发生了天翻地覆的变化，加强了企业管理，发展了经济，保护了环境，提高了职工收入，造福了地方，惠及了周边的地方建设和当地的老百姓，为全省经济建设做出了积极的贡献。下一步要将杨村矿业集团建设成为干部职工干事创业的乐园、成长成才的校园、幸福生活的家园，打造成为全省矿山企业的一张崭新靓丽名片。当然这一切的功劳，都是以刘海洋为班长的领导班子带领全体职工锐意改革、敢于拼搏、努力奋斗的结果。事实证明，刘海洋同志是经得起考验的干部，是德才兼备的干部，是得到群众拥护的好干部，是我省乃至全国不可多得的优秀企业家。”

于天军说完，台下干部全体起立，雷鸣般的鼓掌声经久不息，有些同志已经泪光闪闪。最后，刘海洋做了表态发言。他说：“感谢于省长、张海明局长在百忙之中莅临杨村矿业集团检查指导工作，我代表全体杨村人对各级领导的关心关注表示最衷心的感谢。关于诬告这件事情，确实给我身心带来了极大的伤害和挑战，此时此刻积压在我胸中所有的惆怅和压力都荡然无存了。感谢领导对我的关心和厚爱，我一定不辜负领导和同志们的信任，带领公司广大干部职工建设一个管理高效、绿色发展、职工幸福的新杨村。”

这次正名会后，刘海洋心情很振奋，他感到从没有如此的轻松，身上的病情也减轻了许多。不久，从黄土市检察院传来一条振奋人心的消息，原平县法院院长被捕了。经过调查，原平县法院院长执法犯法，在任上大搞权钱交易，甚至权色交易，错判了很多案件。原平县法院院长在李明受贿案中做了手脚，拿了李刚的贿款 50 万元，将受贿 30 万改为受贿 5 万，将李明判了缓刑。东窗事发后，李明和李刚也锒铛入狱。善有善报，恶有恶报，消息传到杨村矿业集团，大家都异常兴奋。

随着原平县法院院长的被捕，诬告陷害刘海洋一事也终于水落石出了，画上了一个大快人心的句号。

2

杨村矿业集团副总经理兼总工程师宋如亮很忙，他在筹建杨村矿业集团北京研究院，他还兼任了北京研究院的院长。宋如亮经常是黄土、北京两头跑，哪边也不敢耽搁。研究院集中招聘了清华、北大、矿大等知名高校毕业的研究生、博士硕士生200多人，围绕研究煤炭开采技术、化工技术、新材料技术、新能源技术、工程技术等方面开展工作。研究院还下设了两个研究所，这对杨村矿业集团来讲，是延链补链强链、优化产业布局、做强做优做大非常重要的关键一步。

刘海洋在研究院成立大会上说："杨村矿业集团要勇于担当，敢于先人一步、只争第一，只做唯一。北京研究院要下大力气，啃硬骨头，当前要集中人力物力财力研究智能化无人开采工艺，把矿工从繁杂的劳动中解放出来，真正意义上实现工作面无人开采，让矿工体面劳动、体面生活成为现实。"

参加完北京的活动，刘海洋刚回到单位，就接到省煤炭局的通知，让他去加拿大考察学习，重点考察加拿大的煤矿。张海明电话里给刘海洋布置了任务：一来出去学习，二来可以养养病。自从吃了史大夫开的药之后，刘海洋的身体已逐步恢复正常，但还是感到有点虚弱，有时候力不从心，豆大的汗就从头上、背上往下掉，刘海洋也想趁此机会出去散散心。

在最热的八月，刘海洋启程去了加拿大。转机时，机场人山人海，等了两个小时才顺利通过。宽大的飞机上坐满了人，刘海洋坐的是经济舱，飞机上空间太小，他坐在舷窗的位置，透过舷窗，朵朵白云在脚下飘浮，隐约可以看到一望无际的太平洋。到了多伦多机场，刘海洋感觉很亲切，因为这里有不少黄皮肤的中国人。来之前，刘海洋对加拿大还是很有好感的，当年白求恩不远万里来到中国，为了中国的抗战事业，献出了自己宝贵的生命，感动了无数的中国人。几天下来，刘海洋对加拿大有很多难忘的印象和感受。

加拿大人口少，资源丰富。加拿大拥有990万平方公里的土地，人口与秦黄省差不多，人均资源非常丰富，到处是森林、河流和草地。加拿大天气凉爽，尽管刘海洋一行人去的地方都是加拿大的南方，最高气温也就三十度出头，中午只热那么一会，早晚都是清凉的，晚风吹拂在皮肤上，沁人心脾的凉，确实是个避暑的好地方。加拿大的乡村建设得也好，道路两边是整齐的农田，农场主把田地开发得井井有条，种满了玉米和大豆。除了庄稼地就是草地，牛儿悠闲地吃草，很少看到裸露的土壤。整齐的乡间别墅，那是农场主的住所，与绿色的庄稼相映衬，也是绝妙的风景。

最让刘海洋感兴趣的是加拿大的煤矿。刘海洋一行人来到加拿大的一处煤矿，没有看到成片的建筑，没有办公楼，没有高大的厂房，也没有矿工家属的生活区，井口附近只有几排临时建筑，旁边还有一个很大的停车场，停满了各种各样的小汽车，那是矿工上下班的交通工具。这个煤矿机械化程度高，用人少，年产煤炭500万吨，员工只有350人，井下全部是机械化。到了采煤工作面，只有十几个人在工作，还有三个华人，刘海洋就和他们交谈起来。其中有一个姓贺的中年男人引起了刘海洋的注意，后来在攀谈中得知，这个贺姓中年男人祖籍就在秦黄省的黄土市，当刘海洋告知自己也在黄土市工作时，两个人的话匣子一下子就打开了。贺姓中年男子的中文很好，还会说几句黄土当地土话，比如干甚、拉话、红火（热闹）、难活等。贺姓中年男子告诉刘海洋，他父亲年轻的时候来到加拿大做生意，后来跟他母亲结婚以后就全家移民到了加拿大，他没有到过中国，听父亲说过中国煤矿。

贺姓中年男子说："中国的煤矿很落后，安全事故多，都是用的炮采，矿工在井下干活都是赤身裸体。"

刘海洋问："你是怎么知道的？"

贺姓中年男子说："中国有个著名作家叫路遥，他写了一部长篇小说《平凡的世界》，我看过那本小说，挺感人的。路遥描写的煤矿井下又累又脏又不安全，写了一个矿工叫安锁子，他在井下干活时就是一丝不挂。"

刘海洋说："那是以前的煤矿，现在的煤矿早已经发生了天翻地覆的变化。改革开放以来，煤矿企业变化很大，中国煤矿已经实现了机械化、自动化采煤，有些煤矿还实现了智能化采煤。我们杨村煤矿职工的收入和全员工效比起你们差距不大，现在我们的工作面已经用上了智能化采煤技术，我们正在研究智能化无人开采，最终的目标是实现真正意义上的采煤工作面无人作业，到那时候，全部是地面自动控制，矿工兄弟们就可以像银行白领一样，穿着西服，在干净明亮的办公室里工作，说不定将来煤矿工人会成为让人最羡慕的职业。"

贺姓中年男子张大了嘴巴，显得很惊讶，说："没想到中国煤矿企业发展得这么快，都赶上加拿大了！"

刘海洋自豪地说："我们在煤炭开采方面，不仅仅是要赶上加拿大，将来还要领先世界。"

贺姓中年男子听后，拍手叫好。

3

飞机从加拿大落地到北京后，刘海洋打电话约张怀古在春风茶馆见面。

刘海洋与张怀古两人进行了一次长谈，可以说是一次深入坦诚的交流。张怀古说："这两年煤炭市场不好，绝大部分煤炭企业都亏损，很多煤矿连职工的工资都不能按时发放，你们杨村矿业集团却一枝独秀，实属难得。我总结了一下你们的成功经验，供你参考：一是因为杨村煤矿的煤质好，是不可多得的炼焦配煤，深受市场的喜爱。二是杨村矿业集团发展了循环经济，延伸了产业链，提高了煤炭的附加值。三是全集团推行了精细化管理，加强了内部管理，降低了企业成本。海洋啊，我给你个建议，现在各个地方都在关井压产，趁着这个好时机，可以考虑收购兼并黄土市境内的煤矿，越多越好，把杨村矿业集团进一步做大做强，最后弄个煤矿集群出来。你看着吧，我估摸着，用不了几年，煤炭市场就会翻盘，形势就会好转。因为关井压产的力度很大，很多小煤矿都被关掉了，这些小煤矿产能不高，但大都超能力生产，严重扰乱了煤炭市场。关井压产结束之时，就是煤炭企业翻身之日，到那个时候，谁把煤炭企业做大，谁就赢得了企业的未来。"

听着张怀古的一番慷慨陈词，刘海洋兴奋得差点跳起来，因为他也正有此想法。

刘海洋高兴地说："您和我想到一块儿了，我回去就找郝思晨市长商谈，尽快推进这个事情。"

第二天，刘海洋来到北京研究院，宋如亮早早地等在门口迎接。

杨村矿业集团北京研究院设在市郊的一座写字楼内，楼前是个花园，看起来绿草如茵，四季有花，中间有几棵大柏树，郁郁葱葱，苍劲有力。宋如亮边走边给刘海洋介绍：北京研究院按照“支撑煤炭、引领煤化、借力资本、开拓新元”的发展战略，依托集团公司的资金和产业优势，以市场化的运营机制，立足秦黄，面向全国，瞄准世界，坚定不移地走科技产业化与产业科技化的发展道路。煤炭方面主要研究煤炭开采技术、地表生态修复、矿用新材料、监测监控预警系统等，目前集中研究智能化无人开采技术。化工技术方向主要在煤炭清洁高效分质利用、煤基化学品、精细化学品、催化材料、低碳环保技术和生物质利用等六个方面开展工作。新材料技术方面的科研任务主要围绕无机非金属材料、高分子合成与改性、金属复合材料开展小试和中试、工业化试验工作。新能源技术主要在电化学储能技术、氢能技术、新兴能源技术等三个方向开展工作。工程技术方向主要在工艺工程技术开发、化工、新材料、装备及流程新装备的开发、环保等方面开展科研工作。

随后宋如亮陪刘海洋走进会议室，北京研究院的全体领导班子成员、各部门负责人早已经坐在会议室等候了。他们统一着装，穿着深色西服，打着领带，个个精神焕发，神采奕奕。会议的大屏幕上打着“热烈欢迎刘海洋董事长莅临检查指导工作”的字样。等刘海洋落座后，党从文熟练地递上了本和笔，然后将早已经泡上热茶的水杯放在了边上。

汇报会开始后，党从文打开随身携带的录音笔，这是他多年来养成的工作习惯，每次跟着刘海洋出门，他都随身把本子、笔、电脑、录音笔等带上，领导想到的，他要超前想到，领导想不到的，他更要想到，以前李明当办公室主任的时候，他被欺压在头上，多少年来缓不过一口气，现在李明走了，刘海洋有意要栽培他，对他也信任，所以无论从个人前途出发还是工作角度考虑都应该不辜负领导的信任和重托。等会议结束以后，他要第一时间赶出本次会议的新闻稿件，发回给集团宣传部的同志，对会议情况进行全方位的宣传报道。

会上，宋如亮开门见山说道："这几年，我们边探索边实践智能化开采技术，已经取得了非常明显的成效，智能化开采解决了杨村矿业集团长期想解决而未解决的问题，解决了企业可持续、绿色发展的长期问题。"随后重点汇报了杨村煤矿推进智能化采煤技术成果以及下一步智能化无人开采技术研发计划。

宋如亮情不自禁点名表扬了一个人，就是杨村煤矿矿长王亮，这让刘海洋一下子来了兴趣。宋如亮说，杨村煤矿智能化改造，矿长王亮功不可没。为了将智能化采煤技术学好、用好、管好，王亮联合攻关小组，对该项技术的实施进行了详细安排。电液控系统调试期间，由于矿井首次应用该项技术，如何通过该项技术更好地实现对支架的电液自动控制是首要问题，为此，王亮亲自在井下与厂家技术人员交流，反向思维，通过正常生产过程中支架动作的先后顺序、推溜拉架的数量与距离等，设计支架电液控控制程序，一次、两次、三次……通过二十余次的努力试验与调试，支架的主要动作以及自动跟机等技术先后突破，实现了程序智能控制，有效推动了智能化开采技术的顺利实现。自动化系统调试期间，配套有全工作面视频监控系统，然而受井下工作环境、光线、煤层厚度等客观因素影响，原有的设备布置难以实现全方位监测。为此，王亮亲自挂帅，牵头研究现场视频监控系统的布置方案，通过对照明灯位置的不断调整、摄像仪位置以及数量的不断布置，全方位视频监控系统应运而生。同时为了保证各设备间能够更好地配合，充分发挥设备最大效能，实现最优化的自动化效果，王亮联合厂家、技术人员对系统进行了整体优化，先后完成了采煤机记忆割煤方法、远程供液泵站过滤站改造、采煤机二次喷雾改造等 11 项技术改造。四个月的时间就在这样的试验、攻克难题中匆匆而过，每天十几个小时的井下工作与生活成了王亮的“家常便饭”，方便面、馒头、榨菜是最可口的饭菜，而技术的成功应用与问题的成功突破则成了他的“开胃菜”，苦与累也早已被他抛到了九霄云外。

后来，为了将智能化开采技术推广应用到中厚煤层的开采中，王亮亲自抽调优秀新分大学生成立了以他为主的智能化办公室，全面攻克中厚煤层智能化综采工作面建设中的一个个难题。作为项目负责人，为能尽快建成中厚煤层智能化工作面，实现工作面一键启动、记忆截割、自动跟机等功能，设备调试期间，他几乎放弃所有的节假日，白天深入工作面与厂家、技术人员共同调试设备，晚上与智能化办公室的成员一起研究第二天的方案。为保证安装工作的顺利完成，王亮带领相关部室人员亲自测量巷道宽度、高度，查看运输沿线的路况，对于沿线影响安装的隐患进行了现场分配、整改。他和电工一起拆电源箱、接线，速度丝毫不逊色于任何一名职工，短短三天时间就完成了整个工作面电源箱的安装与接线任务。在工作面环网铺设期间，他亲自指挥人员铺光缆，安装设备仪器。设备调试期间，问题一个接一个地出现，运输机透气塞漏油、煤机接收信号受磁场干扰……这些问题在薄煤层智能化综采工作面都未曾遇到，极其考验人的耐力和智慧。王亮将暴露出来的设备缺陷和故障详细登记在设备安装调试日志上，现场解决不了的就搬到“智能化大讲堂”上共同研究，所有技术人员集思广益、认真探索、反复研究实践，确立一个个行之有效的方案，大家“逢山修路，遇水架桥”，逐步扫清技术攻关路上的一个个“拦路虎”。功夫不负有心人，在王亮的带领下，仅用短短 45 天时间就完成了 802 中厚煤层智能化综采工作面的安装与调试。工作面实现了超前支架地面远程控制及地面“一键自移”控制，成果达到国际领先水平，填补了国内空白。

听完宋如亮的汇报，刘海洋很高兴也很兴奋，他高度肯定了宋如亮和北京研究院的工作，并为下一步的工作提了自己的一些建议。从北京研究后出来，已经到中午吃饭的时间了，刘海洋决定抓紧时间赶回去，因为他接到张海明的电话，国家煤炭学会决定在杨村矿业集团召开智能化开采现场会。在现场会召开前，刘海洋决定见郝思晨一面。郝思晨在市政府大楼的会议室会见了刘海洋。刘海洋向郝思晨汇报了杨村矿业的生产经营情况和智能化开采情况，刘海洋说国家煤炭学会要在杨村矿业集团召开智能化开采现场会，特邀请郝市长参加。同时委婉地表达了要重组全市部分煤炭企业的想法。郝思晨说，重组煤炭企业是市场行为，不过政府可以牵线，你们开现场会时，我通知全市三十多家煤炭企业负责人全部参加，让他们见识一下杨村矿业集团的实力以及精细化管理的水平，这样，他们就会自愿和杨村矿业集团合作。加之现在煤炭市场形势不好，绝大部分煤矿都亏损严重，这是兼并重组的绝佳时机，我本人全力支持。

第二十一章

1

三个月后，经过紧张有序的组织筹备，全国煤炭行业智能化开采现场会在杨村矿业集团召开。杨村矿业集团的现场会很简单，没有红地毯，没有大气球，没有欢迎标语，也没有喧天的敲锣打鼓。

参加现场会的人员有300多人，国家煤炭学会的孙长安会长、秦黄省于天军省长、省煤炭局张海明局长、黄土市郝思晨市长、原平县王同民县长等领导，还有全国各地、秦黄本省以及黄土市的各级煤炭企业的相关负责人都来了。现场会召开前，王同民县长特意给刘海洋打了一个电话，安排全县的化工、钢铁、运输等企业的负责人也来参加现场会，让他们好好学习一下杨村矿业集团的精细化管理，这样可以把全县的安全生产管理水平提升一个档次，刘海洋当然愿意，并表示，毫无保留把他们的管理经验向本县的兄弟单位倾囊相授。

参观人员分成两组，第一组的顺序是文化中心、杨村煤矿、煤矸石发电厂、焦化厂、水泥公司。第二组先是水泥公司，然后是焦化厂、煤矸石发电厂、杨村煤矿、文化中心。孙长安和于天军被分到了第一组，他们进入文化中心，首先映入眼帘的就是白墙上刻着的大气磅礴的《杨村矿业赋》，刘海洋还现场读了开头那段，赢得了与会人员的阵阵掌声。文化中心里面循环播放的歌曲是企业之歌《我是杨村矿业人》。

进入杨村煤矿，在广场正中树立了一个巨大的电子显示屏，滚动播放着全矿职工的岗位价值管理成果，全矿每个人都可以查到当日得分、岗位价值创造情况以及当日的工资所得。到了综采一队的学习室，窗明几净，墙上到处悬挂着该队近年来获得的一些荣誉牌板，张海明指着墙上的一块荣誉牌子对孙长安说："这块牌子是去年我们省局给颁发的，这个队我还是比较了解的，已经连续五年没有出过一起工伤事故，了不起啊，这是给全省乃至全国的煤矿区队建设树立了一个很好的榜样。"

综采一队的学习室桌子上贴满了职工的全家福相片，旁边是亲人的安全寄语。桌子上摆了一堆卡片，是全队职工的家庭情况，孙长安随便抽出一张提问，家属协管员都能清楚地回答职工的家庭情况。随后他们来到了矿调度室，有个西装革履的年轻人向参观的领导敬礼，说工作面已经准备就位，请指示开机。矿长王亮说可以开机。年轻人答应一声是，立即按下调度台的按钮，大屏上就显示顺槽的皮带开始运转，随后是工作面刮板运输机开始运转，最后采煤机滚筒运转，开始割煤，黑色的煤流从刮板运输机转运到皮带上，然后拉到地面的储煤仓，调度室响起热烈的掌声。

孙长安拉着年轻人的手问长问短：

——你叫什么名字？

——苗郭壮。

——一个月收入是多少？

——26000。

——家里几口人？

——五口人，妻子，两个孩子，还有母亲。

——有车吗？

——有一辆价值20万元的本田轿车。

——在矿区有住房吗？

——在生活区有一套140平方米的住房，在省城还按揭买了一套150平方米的住房。

孙长安听完后感慨地说："好啊！现在的煤矿工人比我的工资都高，有车有房，过上了小康生活。这是我们煤矿工人多年的梦想啊！体面生活、体面劳动，不再是过去的煤黑子了。"

第三站他们来到了煤矸石发电厂。刘海洋介绍发电厂用水是来自杨村煤矿井下的废水，用煤是来自杨村煤矿选煤厂的洗选产品。与会人员还观摩了该厂职工的专业功力表演。

第四站他们去了焦化厂。该公司组织了百人万字岗位描述，一百名职工在广场上整齐列队，西装革履，白衬衣，红领带，精神焕发，神采奕奕，随便抽出一人都能熟练地背诵一万多字的岗位描述。

最后，他们去了水泥公司，这是杨村矿业集团循环经济产业链的最后一环，将煤矸石发电厂的灰渣制成高标号的水泥。

现场会与会代表参观了一上午。午餐过后，在文化中心会议室召开了总结大会。于天军首先发言，对杨村矿业集团的循环经济和精细化管理赞不绝口。他说："杨村矿业集团将煤炭资源吃干榨尽，发展了经济，保护了环境，是我省煤炭企业的典范。精细化管理值得全省所有工业企业学习和推广。”

孙长安说：“杨村煤矿的智能化开采给全国煤炭企业做了一个很好的样板，现场会结束以后，由国家煤炭学会牵头，希望全国煤炭企业能大力推广智能化开采技术，把煤矿工人从繁重的劳动中彻底解放出来。”

大会结束后，郝思晨临时决定，要求参会的全市煤炭企业负责人都留下来，在杨村矿业集团开个座谈会。

座谈会开始后，郝思晨开门见山地说：“杨村矿业集团的管理和实力想必大家都清楚了，现在煤炭市场形势也不景气，市政府鼓励各煤矿企业与杨村矿业集团进行重组，按股分红，分别成立杨村一矿、二矿、三矿、四矿直至十矿，大家有没有不同意见？”

重返煤炭业，现任本市红山煤矿董事长的薛明亮率先发言。他说：“没想到杨村矿业搞得这么好，岗位价值管理让岗位增值、员工增收、企业增效，把成本降到了最低，做到了利润最大化，既符合国企利益也符合私企的利益，我们红山煤矿愿意和杨村矿业集团重组。”

有几个小煤矿的老板也先后发言，表示非常希望和杨村矿业重组，通过和杨村矿业重组也不用为矿井的效益和安全担心，坐在家里分红就可以了。

坐在会议室的刘海洋听着很兴奋，这又是杨村矿业集团发展史上浓墨重彩的一笔。同时，他也非常感谢老同学薛明亮能在关键时刻站出来，帮助他完成这一宏伟计划，也非常感谢郝思晨市长的牵线搭桥。

一场轰轰烈烈的重组活动开始了。全市三十多个煤炭企业按照地域被划分为十个矿，原杨村煤矿就成了杨村一矿，这样新组建的杨村矿业集团累计煤炭产能就达到一亿吨。在刘海洋的带领下，一个特大型的煤炭综合企业由此诞生了。

2

薛明亮因杨村煤矿6·11瓦斯爆炸被撤职以后，在家清闲了几个月之后，先是在原平县一家小煤矿干了总经理，后来辞职开起了出租车。干了几年没意思，就一直赋闲在家。

有个煤老板姓李，开的煤矿就是李家岔煤矿，李老板觉得薛明亮是个人才，懂管理，会技术，就找到他，让他去当矿长，帮助他管理经营李家岔煤矿，年薪是180万元，还有专车。这么高的薪水，薛明亮当然不会拒绝。但是到任之后，薛明亮又后悔了，还是遇到了同样的老问题，李老板只管要煤，安全工作只要能凑合就凑合，顶板支护用木头，瓦斯超限那是家常便饭，每次下井薛明亮都是提心吊胆的。薛明亮不想放弃，试着通过自己的努力给李老板做工作，纠正他这种错误的做法。薛明亮到了李家岔煤矿手把手地教矿工如何放炮，告诉他们什么是“一炮三检”，如何防瓦斯，如何观察顶板，顶板来压时如何避险。在李家岔煤矿的日子里，薛明亮几乎每天都下井，下井后就教矿工安全知识，矿工们很喜欢这位专家型的矿长，但他不能24小时守在井下，这也不是解决问题的办法，必须加大安全投入才能让煤矿安全持久地发展。薛明亮升井后就去找李老板，李老板根本不管矿上的事，不是在赌场就在歌舞厅，薛明亮寻了几次都没见到李老板人影，打电话又不接，薛明亮知道，这是李老板故意躲着自己。一天晚上，薛明亮终于在黄土市的一家歌舞厅找到了李老板，李老板正和几个朋友唱歌。薛明亮说他有工作要汇报，李老板没有答复，拉着薛明亮坐下喝酒，薛明亮也不好推辞，就喝了几杯啤酒，吃了点水果，好不容易熬到深夜散场，薛明亮把李老板拉到一边，直奔主题说矿上风机太小，井下风量不够，能不能换个大风机？端头用木头支护太危险，应该改为单体支柱加铰接顶梁支护。结果李老板没好气地说老子开矿好几年了，一直都这么过来的，也没见出什么大事。不过，你说的也有道理，你目前的任务就是多出煤，其他的事以后再说。说着，兜里的手机响了，原来是几个朋友叫他去打牌。李老板立刻敷衍着让薛明亮先走。

薛明亮只能开着车回去了。夜色之中，车灯照射得很远，雪白雪白的。天上下起了雨，雨刮器不停地转动，薛明亮的思绪像这绵绵的细雨一样，剪不断，理还乱。是！李老板没有亏待他，180 万的年薪，还配给他这么好的轿车。煤矿出煤他不担心，经过他的改革后，煤量比过去增加了三成，现在最让他担心的是安全问题，杨村煤矿的教训使他明白，没有足够的安全投入，煤矿安全是根本无法保证的。但是怕什么就来什么！一天，工作面顶板来压，一个农民矿工被冒落的煤块砸死了。薛明亮受不了，杨村煤矿事故让他有了阴影，不久他就辞去了矿长的职务，专心在家里陪妻子孩子，赋闲了半年。后来恰好红山煤矿招聘总经理。他去应聘了，并以优异的成绩被聘为总经理。两年后，他成了红山煤矿的董事长。

红山煤矿是一家黄土市属国有煤矿企业，年产量 100 万吨，薛明亮到任后，大胆地对矿井进行改造，煤矿产量由 100 万吨增加到 200 万吨，将红山煤矿的安全生产经营管理工作搞得有声有色。这次重组，薛明亮是坚决拥护的，一来他的大学同窗刘海洋是杨村矿业集团的掌舵人，能跟他合作共事，一起干点事业也是他多年来的心愿。二来他在参观杨村煤矿时感受到了差距，这种差距是全方位的，加之煤炭市场疲软，红山煤矿亏损较大，组建一个亿吨煤炭企业，对于抵御市场风险、加强企业管理是十分必要的。

加入杨村矿业集团后，薛明亮通过公开竞聘，被委任为杨村二矿党委书记、董事长。

3

杨村煤矿在井下中薄煤层工作面成功应用了智能化采煤技术，矿长王亮可谓功不可没。王亮从综采一队的一名采煤机司机，到班组长，队长，最后成长为一矿之长，主要与其敢想敢干、雷厉风行的性格是分不开的。这几年杨村煤矿在矿长王亮和党委书记李辉的带领下，无论是安全生产、销售经营工作，还是党建群团工作，都抓得有声有色，得到了刘海洋和各级领导的认可和好评。李辉从铁路运输公司经理任上干了不到半年，就调到了杨村煤矿任党委书记。杨村煤矿的日子好过了，王亮和李辉这两位主要领导的矛盾也日益加深。在用干部方面，李辉主张召开党委会研究决定，因为这样更能体现党管干部的原则。王亮则主张召开党政联席会议研究决定，这样做更能体现民主的原则。在决策生产安全经营重大事项时，李辉主张召开党政联席会议研究决定，王亮则主张召开矿长办公会研究决定。开党政联席会议时，王亮坐主位，其他领导则分列两边，会上，王亮先发言，表达自己的观点和看法，其他领导见矿长把调子定了，也只能依次表态同意。招待客人时，王亮是主陪，坐在主位，李辉是副陪，只能坐在一侧，这让李辉心里很不舒服。矿上有一辆丰田霸道越野车，是原装进口的，价格不菲，其余的都是价值二十几万的小轿车，这台丰田车，基本上是王亮的专车。但王亮干起工作可不含糊，上新工作面，矿井智能改造，他几乎是天天盯在现场。有一次，召开党政联席会，主要议题是研究人事问题，王亮主持会议，他先是开门见山地说：今天拟提拔的这批干部都是因为工作需要，公司经过深思熟虑，慎重做出的决定。然后让班子成员分别表态，大家都表示同意。最后问到党委书记李辉，李辉沉默了一分钟，然后说道："我觉得会不应该这么开，研究干部人事应该是组织部门在会上提出方案，然后由班子成员畅所欲言，主要领导应该最后发言。然后实行票决，一人一票，少数服从多数。还有坐车的事，一辆丰田车不能只是矿长一个人坐，其他人也可以坐。开会应该是圆桌会议，不要设主位，更多体现民主平等。招待客人时，如果来的是党务方面的领导，党委书记是主陪。如果来的是行政方面的领导，矿长是主陪。我认为，矿长和党委书记，没有谁大谁小的问题，在地位上是完全平等的，只是分工不同而已……"李辉的话还没有说完，王亮就直接来了一句："好了，今天的会议就开到这，我先走了。"说完后，就把笔记本一合，拿起茶杯子，端直离开了会议室。会场静悄悄的，气氛一下子就凝固住了，其他领导坐着不动，你看着我，我看着你。李辉看了看众人，脸一下子就黑了，他没有了办法，说了句：“散会。”大家一言不发，静静地离开了会议室。

王亮和李辉的矛盾越闹越大，内部也逐渐形成了两大阵营，有站在王亮这边的，有站在李辉阵营的，不过相比较而言，支持王亮的人明显多点。一时间，工作上干部之间互相看不起，彼此不支持，推诿扯皮，内耗严重。好事不出门，坏事传千里，事情反映到了矿业集团，刘海洋决定找王亮和李辉谈话，指出了他俩各自思想认识上的错误。刘海洋说：“你们两个人都在争谁是杨村矿的一把手，其实书记和矿长都是企业的主要领导，只是分工不同而已，涉及思想政治工作由书记牵头，涉及生产经营工作由矿长牵头，无论哪一项工作没有做好，两人都有责任，这叫一损俱损，一荣俱荣。少数行政干部看不起党务干部，认为党务干部是务虚的，其实党建工作做好了就是竞争力，做实了就是生产力。比如说，精细化管理工作，可以由党组织搭台，行政唱戏，党政工团齐抓共管，才能取得实效。各吹各的号，各唱各的调，什么工作都抓不好，最终损害的还是企业。”

最后，做通了两个主要领导的工作，解开了他们各自思想上的疙瘩，刘海洋提议，召开中层以上干部参加的大会，主要目的是吹风，统一思想，消除下面的一些杂音和谣言。在杨村煤矿的干部大会上，刘海洋做了讲话。他说：“杨村煤矿要积极探索新时代党建工作体系，打造符合具有杨村特色的党建管理品牌，做到以党建工作高质量发展为引领，不断开创企业高质量发展新局面。时代在变，形势在变，党建工作面对的问题和矛盾也在变。”

随后，刘海洋又安排王标牵头，组织党群各部门负责人成立工作组，深入杨村煤矿开展工作，现场解答基层干部的疑惑和提问。工作组在杨村煤矿工作了一周，深入部室、区队、一线答疑解惑，提高了广大干部对企业党务工作的认识，党群干部干起工作有了抓手，也有了方向，党政之间的很多误会就消除了，无论是行政干部还是党群干部工作起来更加得心应手了。

张海明就要退休了，想推荐刘海洋接任省煤炭局局长，就叫来刘海洋谈话。

张海明问道："我快要退休了，拟推荐你为省煤炭局局长，不知你意下如何？"

刘海洋想了想，说道："来煤炭局工作可以很安逸，但却不是我的志向。杨村矿业集团还有很多事要做，我想在几年内把杨村矿业集团带入世界500强企业。对比一下，我觉得留在杨村矿业更有意义。"

"那好吧！愿你把杨村矿业集团建设得更好！"张海明向刘海洋竖起了大拇指。两只大手紧紧地握在一起，刘海洋感受到的是信任、鼓励和支持。

第二十二章

1

刘海洋刚回到矿业集团就出事了，200 多人把集团办公楼给围住了。

王标汇报说：“这 200 多人是原红山煤矿的协议工，这些协议工都在红山煤矿工作十年以上，本次重组因为种种原因没有续签上劳动合同。根据规定工作满十年，应当视为签订无固定期限劳动合同。这些人都是出苦力的，没什么技术，年龄大，文化程度低，留在矿业集团是个包袱。更为严重的是，像这种情况，其他重组的矿也有，总计达两千人之多，两千多人都留下来，确实是无法安置。其中一个闹得最厉害的，叫熊玉民，他患有艾滋病，上访时情绪激动，手里拿了一个针头，往自己身上扎了以后，就威胁要往别人身上扎。报案后，公安机关表示，像此类情况可以当场击毙。”

刘海洋对王标说：“咱们开个班子会，研究一下。”

会上，大部分同志不愿接收这部分人，理由是重组的煤矿作为一个独立法人不存在了，签订无固定期限合同的理由也就不复存在了。根本的原因是两千多人的包袱，杨村矿业集团没必要背，也不能背。

刘海洋说：“这些人都是为煤矿事业出过力的，他们把最美好的青春年华都奉献给了煤矿，现在他们年龄大了，体力下降了，现在辞退他们，势必给他们的生活造成很大的困难，这涉及两千多个家庭的生活保障。把他们留下来，技术活干不了，可以到后勤单位去，扫地、种花、看门都是可以的。如果他们是我们的亲兄弟，我们应该怎么对他们，我们建设社会主义国家，最终的目的是让全体人民共同富裕起来。那个叫熊玉民的，为的就是一份工作，以命相拼，击毙他，是不是太可惜了。”

最后，班子会议决定，将这两千多人留在杨村矿业集团。

为使重组工作顺利推进，杨村矿业集团举办了管理干部培训班，张怀古应邀为管理干部讲授精细化管理知识，宋如亮讲解智能化开采技术。刘海洋在会上要求重组的9个煤矿要与杨村一矿进行全方位的对标，全面推行精细化管理，所有矿井全部进行智能化改造。

薛明亮向刘海洋反映了一件事。他说：“这几年煤炭市场不好，大部分煤矿亏损严重，职工收入很低，大病、就业、住房、子女上学成了职工生活的拦路虎。杨村二矿有一个采煤工妻子长年有病，两个孩子都考上了大学，却拿不出学费，最后妻子为了不拖累家庭，喝农药自尽了。”

刘海洋说：“这些问题都得解决，煤矿要向管理要效益，把成本降下来，让职工看得起病，孩子上得起学，有房住，这是最起码的保障。”

刘海洋叫来人力资源部经理党从文，让他起草三份文件。党从文已经从办公室秘书岗位被刘海洋提拔为人力资源部的经理。

党从文负责起草的三个制度：一是按照上级要求，建立住房公积金制度，职工按比例缴纳，单位给予一定补助，职工购买住房，从住房公积金账户里支出。二是建立助学金制度，职工子女考上大专以上学校的，所需学费全额报销。毕业后按照自愿的原则，可选择在杨村矿业集团就业。三是建立补充医疗制度，职工看病产生的医疗费，在医保报销的基础上，在单位进行二次报销，最终职工个人负担部分不超过5%。

一石激起千层浪，几项制度出台后，杨村矿业集团上下一片欢腾，无论是老工人还是新矿工，心里都有了一个光明的保障，贫困家庭不再为生活困难发愁，可以放开手脚工作了，有些老工人甚至流下了激动的眼泪。

这天，刘海洋正准备出门，一个中年男子迎面跪了下来，刘海洋一眼就认出了是熊玉民，就赶紧扶起了他，熊玉民是专门来感谢刘海洋的。熊玉民说他出狱后，迫于生计，就到红山煤矿当了一名井下协议工，几年前在一家小诊所输液，不慎感染了艾滋病，妻子和孩子都离开了他，父母兄弟也都嫌弃他，命运跟他开了个天大的玩笑，堵住了他所有前进的道路，他两次轻生都没有成功。刘海洋董事长不计前嫌，收留了他，让他在杨村矿业集团的生活区打扫卫生，还给报销医药费，让他有了活下去的勇气，重新看到了生活的曙光。熊玉民说他这次是代表矿区的贫困职工专门上门感谢刘董事长的。这几年煤炭市场不好，经常发不出工资，最后是杨村矿业集团拯救了他们，给了他们一条生存的路子。

刘海洋对熊玉民说："过去的事都过去了，要向前看，杨村的明天会更好，职工生活也会更好。"

熊玉民千恩万谢地走了。

2

闵红光向刘海洋汇报说：今年新招了一批大学生，都住在大学生公寓，咱俩去看看吧！来到大学生公寓，闵红光介绍说："新建的大学生公寓可容纳 2400 人，目前已经住满了。"

刘海洋说："再建上两栋，五年之内再引进一本以上的大学生 5000 人。矿业集团目前正处于快速发展的黄金时期，需要大量人才。"

刘海洋、闵红光走到大学生公寓二楼的一间宿舍，闵红光敲开了门，有一个年轻人正在宿舍里听音乐，年轻人见两位领导来了，急忙关掉了音响，给两位领导让座、倒水。年轻人自我介绍说，他叫沈大山，从小在省城长大，秦黄科技大学研究生毕业，学自动化的，现在杨村二矿综采一队担任技术员。

刘海洋说："大城市人到煤矿工作习惯吗？"

沈大山说："习惯，企业待遇非常好，福利好，收入也高。"

刘海洋说："那就在煤矿好好干，矿业集团正处于快速发展时期，需要像你这样的人才建功立业，和企业共同成长。"

沈大山说："谢谢董事长。我是任玉静老师的学生。我还去您家补过课，我的成长多亏了任老师的帮助。"

刘海洋说：“哦！我想起来了，任老师给我说过。”

沈大山说：“我在上学期间就经常关注杨村矿业，毕业后我就义无反顾选择了杨村矿业。”

听完沈大山的话，刘海洋向沈大山投去了赞许的眼神。

告别了沈大山，刘海洋、闵红光他们又来到三楼，敲开了一间房门，又是一个年轻大学生，个子很高，长得很壮，黝黑的皮肤，雪白的牙齿。年轻人自我介绍说，他叫荀长红，原平县人，中国矿业大学毕业，学的是矿建专业。刘海洋问了荀长红的基本情况。

荀长红说：“家里有父亲、母亲，父亲原是原平县铁路运输公司的火车司机，他的二哥叫荀长青，原是杨村煤矿掘进一队的协议工，死于‘6·11’瓦斯爆炸事故。”

“我想起来了，你父亲荀老汉是个非常不错的人，深明大义，在6·11事故处理中得到的抚恤是最少的，却是最早签订协议的一户。你父亲身体还好吗？”

荀长红说：“身体还凑合，就是血压有点高，心脏也不好。我父亲说，他见过您。”

刘海洋说：“见过，见过，我印象很深。”

告别了荀长红，刘海洋、闵红光又看望了几位大学生，问了问他们衣食住行的情况，他们都说很满意。

回办公室的路上，闵红光对刘海洋说：“董事长，你有没有发现，那个叫荀长红的小伙子和您长得很像。我还注意到他的左腕有一小块红色的胎记，他会不会是丢失的楠楠呀？”

刘海洋听后，如梦方醒。他说：“荀老汉曾经和我说过，他这个小儿子是抱养的。左腕的胎记我也注意到了，我觉得可能就是楠楠。”

回到单位，刘海洋给任玉静打了个电话，说楠楠可能找到了，让她过来确认一下。刘海洋放下电话，一时间愣在原地，竟不知所措，失散了20年的楠楠竟然奇迹般地回到了自己的身边，他一点感觉也没有，回忆起楠楠小时候的样子和现在的苟长红，刘海洋陷入了无尽的长思中……

接到电话的任玉静仿佛发了疯一般，急忙向学校请了假，打了辆出租车飞奔而来，三个小时就赶到杨村了。刘海洋见到任玉静，就把情况说了。刘海洋赶紧让人通知苟长红到他的办公室，任玉静见到苟长红，愣了片刻，然后拉开袖口看了看他左腕的胎记，抱住苟长红边哭边说："楠楠，我终于找到你了，妈妈对不起你呀！"

苟长红一时不知所措，就问刘海洋："董事长，阿姨怎么了？"

待任玉静平静下来，刘海洋就把事情的原委告诉了苟长红。

苟长红说："我也怀疑自己不是爸妈亲生的，小时候和邻居小朋友打架，小朋友曾经骂我是捡来的……"

刘海洋说："长红，你和我爱人去省城做个亲子鉴定吧。"

苟长红点了点头。

看着两人离开的背影，刘海洋偷偷擦去了眼角的泪水。他失散多年的儿子现在终于回到自己的身边了，他原打算是陪着去的，可是看着桌子上一大堆的文件和会议室等待见他的人，他就打消了这个念头，作为一个集团的一把手，一天的时间基本归了公家，归了集体，奉献给了岗位，奉献给了公司，留给他私人的时间基本是吃饭和睡觉了，回家成为一种奢望，与家人共享天伦之乐更是一种奢侈，没有周末，没有休假，已经成为他一种常态化的生活了。

任玉静和苟长红两个人来到省城，找了几家大医院，一问都没有亲子鉴定检测。苟长红从网上搜索到一家基因检测公司，两人过去办了手续，留下血样，工作人员说需要一周时间才能拿到结果。

做完亲子鉴定后，任玉静对苟长红说：“你到家里来，我做饭给你吃。”来到位于省城高新区现代都市小区的家，任玉静拿出珍藏的相册，翻出楠楠小时候的照片，一边翻着，一边给苟长红说照片背后的故事……吃饭的时候，任玉静特意做了楠楠小时候最爱吃的糖炸丸子，苟长红吃着吃着就哭了，他说他吃出了小时候妈妈的味道，母子俩抱头哭了一场。

苟长红说：“养父养母也不容易，养父年纪大了，血压高，心脏也不好。养母有精神病，犯了病就砸家里的锅碗瓢盆，砸了买，买了砸……全家就指着父亲那点退休金，日子过得紧巴巴的。我到杨村上班后，家里的经济状况才有所缓解。”

一个礼拜后，鉴定结果出来了，亲子的概率是99.99%，母子俩又抱头哭了一场。两天后，母子二人回到杨村矿业集团，给刘海洋看了鉴定结果，刘海洋既欣慰又高兴，随即他对苟长红说：“楠楠，让你养父来一趟，咱们在一起商量一下。”

苟长红说：“养父听说后已经过来了，他说要见你和妈妈。”

刘海洋说：“那让他到家里来吧！”

苟老汉进了刘海洋在矿区的家，见到刘海洋夫妇，苟老汉就跪下来了。苟老汉含着眼泪说：“刘总呀！我只有这么一个儿子了，要是跟你们走了，我们老两口也活不成了。长红是我花五千块钱从人贩子手里买的，人贩子去哪了，我也不知道。求求你们了，把儿子还给我吧！”

刘海洋把苟老汉扶起来，让他坐在沙发上，对他说：“老人家，放心吧！儿子是你的！儿子还姓苟，还叫苟长红，你养了他二十年，他应该给你养老送终，跟我和玉静，只当亲戚走。”

苟老汉红着眼，用大手擦了擦眼泪说：“那就太谢谢了，以后我们老两口就有依靠了。”

苟老汉千恩万谢地走了，刘海洋让苟长红把养父送回老家，安顿好以后再回来上班。

苟长红说：“没问题，我一定把养父母当亲生父母一样对待，给他们尽孝，让他们安享晚年。”

3

闵红光给刘海洋汇报说，郝思晨市长来访。刘海洋说热烈欢迎。刘海洋在会议室热情接待了郝思晨一行人。

郝思晨说要请刘海洋帮个大忙。他说：“中央提出 2020 年贫困人口全部脱贫，建设社会主义小康社会的目标，但是黄土市有两个贫困县，分别是红安县和定军县，急需矿业集团的鼎力支持。”

刘海洋说：“黄土市对我们支持很大，我们理应回报，脱贫攻坚是全党全社会的任务，作为杨村矿业集团，定当义不容辞。可以成立一个扶贫产业开发公司，每个县做一个产业。另外，在秦黄南部汉滨市还有 20 个贫困村，需要杨村矿业集团定点帮扶，我们初步计划派出 40 人作驻村干部，帮助他们脱贫解困。”

郝思晨握住刘海洋的手说："太感谢了，没想到你有这么宽广的胸怀。"

刘海洋说："这都是我们应该做的。"

一个月之后，一支由40名优秀干部组成的扶贫队伍出发了，他们分别进驻汉滨市所属20个贫困村，帮助当地村民解决实际问题。刘海洋、闵红光任杨村矿业集团扶贫工作领导小组组长，王标任常务副组长，王标的主要任务是发展扶贫产业。在驻村扶贫干部名单里，刘海洋还看到了惠铜川和沈大山的名字。

闵红光对刘海洋说："关井压产前，许多小矿产能很小，但严重超能力生产。关井压产后，没有了小煤矿的干扰，煤炭市场已经好转了，煤炭供不应求，沿海省份还从澳大利亚、印尼等国进口煤炭。现在国家鼓励优质产能的释放，鼓励新开新建优质大型现代化矿井。在秦黄省最北端毛乌素沙漠腹地，有一块优质煤田，煤炭储量近百亿吨，利用这块煤田，建设2个年产5000万吨的矿井，杨村矿业集团的煤炭产量就能达到两亿吨，我们可以联合当地政府一起开发这块煤田。"

刘海洋说："这个想法不错，咱俩去看看。"

闵红光："好，这就走。"

刘海洋、闵红光两人分别坐了两辆越野车，早晨六点从杨村矿业集团办公楼出发，一路向北行驶，越往北开越荒凉，道路两旁的植被越来越少，最后是无边无际的荒漠，荒漠之中点缀着片片红柳，它们与沙漠相伴，顽强地生长着。闵红光介绍说："红柳这种植物耐寒抗风、坚韧不拔，有着强大的生命力，像极了我们煤矿人顽强拼搏、超越自我的高尚品格。"

下午三点左右，他们来到一片沙漠，到处是一望无际的黄沙。

闵红光告诉刘海洋，已经到目的地了。这片沙漠下面就是厚厚的煤层，平均厚度达十米以上，原煤发热量达到六千大卡以上，是优质的动力煤和化工用煤，煤层含水极少，几乎没有瓦斯，顶底板非常稳定，用国产的10米采高的采煤机一次采全高，几乎没有浪费。这里可以开两个煤矿，每个矿布置四个综采工作面，年产量可达到一亿吨。只是将来地面生活条件会比较差，每到冬春季节，到处都是风沙，沙子说不定还会洒到饭碗里，冬季则比较严寒，气温最低可达到零下30多度，总之在这里办煤矿条件会极为艰苦。

“那正好可以发挥我们煤炭人特别能吃苦、特别能战斗、特别能奉献的精神啊。”刘海洋看着眼前黄沙遍布、大风肆虐，心潮澎湃地说，“这里地质条件这么好，简直是采煤人的天堂；生活条件这么差，又是煤矿人的难关。我们要像这红柳一样，扎根沙漠，打造出世界一流的煤矿。”

闵红光说：“是啊！南方山清水秀，缺煤少油；北方沙漠干旱少雨，资源却十分丰富。人有悲欢离合，月有阴晴圆缺，此事古难全啊。”

“所以说老天爷很公平啊。”刘海洋笑着说。

闵红光又说：“旁边就是沙漠腹地，当地人在此提供简易的游览服务，咱们要不要进去看看？”刘海洋点头同意。

他们在当地人那里租了一辆大排量的越野车，司机是一个叫吉仁泰的蒙古族青年。吉仁泰皮肤黝黑，体格健壮，看起来高大威猛，给人安全感十足。坐上车，闵红光饶有兴趣地问“吉仁泰”的意思。吉仁泰说，“吉仁泰”是蒙古语六十的意思，他出生那天是外祖母六十岁生日，外祖母便给他取名吉仁泰。

出发后，吉仁泰嘱咐他们系好安全带，否则车子起了速度人会从车内弹出去。一进沙漠，遍地黄沙，连绵的沙丘一望无际。沙漠以高、陡、险、峻著称，高大的复合型沙丘链和金字塔状沙丘，貌似“山”一般，沙峰、沙壑、沙壁随处可见，景象奇伟壮观，缤纷多姿。有的沙丘路很陡，车子上下坡心都提到嗓子眼了，但吉仁泰却毫不在意，排气量4.0的手动挡越野车在他的驾驶下，在沙丘上奔驰如飞，既刺激又惊险。

每隔一段就能看到一处水泊，当地人称之为“海子”，像这样的海子在沙漠有很多。车子行驶了一个多小时，来到了“红海子”。红海子的水是红色的，吉仁泰向他们介绍说，美丽的红色其实是水泊当中的那些嗜盐微生物的杰作，水泊的颜色也会随着季节而变化，不同的季节，水泊的含盐度会发生改变，水泊的颜色也会随之变化。夕阳之下，沙丘的倒影映在湖中，越发鲜艳夺目。

离开红海子时已经是黄昏了，车子走到一个叫庙海子的地方时天已经快黑了。硕大的沙山后面有两汪很大的水泊，中间是一所建于乾隆年间的寺庙，是典型的藏传佛教寺庙，里面供奉着大日如来佛像。寺庙很特别，深入沙漠腹地近百公里，居然修得那么精致富丽。水泊边有不少蒙古包，刘海洋、闵红光晚上吃完饭就住在了牧民的蒙古包里。走出蒙古包，可看见满天的星斗，银河、北斗七星、金星等熟悉的天体清晰可见，还有很多不知名的密密麻麻的星体立体地呈现在眼前，十分壮观，这么密集的星体刘海洋还是十年前夜宿米仓山时见到过。刘海洋认为，大自然本来是很美的，只是人为的因素让人们很少见到大自然的本来面目，保护自然就是保护美好。

第二天早上六点半，他们起床去看日出。吉仁泰说七点十分太阳一定会准时出来。车子再次上路，外面刮着冷飕飕的风，沙地上已完全不见车辙，吉仁泰凭借自己的记忆和经验，冷静地开着车。车子在翻越几座沙山后终于到了高处，等了几分钟，太阳终于出来了，把广袤的沙地照得金黄金黄的，沙漠竟是如此迷人，让人流连忘返。这时，一对情侣走过来，和他们打招呼，这对情侣竟是徒步走过来的，刘海洋算了一下，从住地到沙山看日出至少要走两个小时，真是佩服这对年轻人。吃罢早饭，他们又参观了三处海子，水泊清澈明亮，沙山扑朔迷离，在这一望无垠的沙海之中，孕育众多的水泊，这便是这片沙漠的不同之处。

离开沙漠，旁边就是胡杨林，首先映入眼帘的是一句广告语："三千年的守望，只为等待你的到来。"胡杨是神奇的树木，耐寒、耐热、耐碱、耐涝、耐干旱，它们分布密集、长势旺盛，极具观赏价值。胡杨林周边分布着大面积的沙枣树、白杨、红柳等大西北特有的树种。金秋十月的胡杨，绿色的树叶有的已经变黄，金灿灿的胡杨树，在湛蓝的天空下，在荒芜的沙漠中如阳光一般明媚灿烂。有一个湖位于胡杨林景区的中心，占地4.5万平方米，为一座人工湖，湖面四周分布着姿态各异的胡杨，湖水碧波荡漾，清澈见底。蓝天、白云、绿水、黄叶连在一起，勾勒出一幅"碧云天，黄叶地，秋色连波，波上寒烟翠"的美妙画卷。

看完胡杨林，他们又驱车来到怪树林。怪树林位于一片荒漠之中，这里曾是一片茂密的胡杨林，由于河水改道，水源断绝造成树木大面积枯死，因枯木形态各异、奇形怪状而得名"怪树林"。胡杨特有的耐腐特性，使大片枯死的胡杨树干依然坚守在戈壁荒漠之上，形成形态怪异的悲凉景观，它们有的躺着，有的坐着，有的站着；有的在舞蹈，有的在倾诉，有的在哭泣。当万亩枯树展现在面前时，刘海洋惊呆了，一片片、一排排，极其悲壮、极度苍凉，它们好像是在诉说过去的壮观，见证了曾经繁华无比的历史，也见证了文明消亡时的悲壮。一棵胡杨的主根，可以穿越地层一百多米，生而不死一千年，死而不倒一千年，倒而不朽一千年。

刘海洋说，胡杨像极了我们伟大的中华民族，生生不息五千年，历经磨难创造了光辉灿烂的中华文明。我们这个民族是世界上唯一保持五千年持续文明的群体。

一直游览到天黑，他们才离开。

王标一行人到黄土市的红安县和定军县进行了实地考察，发现红安县盛产红枣，几乎家家户户都栽种枣树，结的枣子不大，品相不好，市场上不好卖。但枣子养分足，营养丰富，可以建设红枣生产线，开发红枣干、红枣汁饮料以及休闲食品，可开发的产品达五十多种。每年从农户手中收购红枣，可使近万户枣农受益，同时可以吸纳当地五百名贫困农民就业。定军县盛产黄芪，黄芪品质很高，但无人开发，可以面向农户收购黄芪，生产黄芪根装、片装、礼盒装、袋泡茶类、日化类等五十种高端化产品，也可使近万户农民受益。另外，这两个县猪肉、羊肉品质很好，鼓励农户养猪、养羊，不用饲料，用粮食和天然牧草饲养。鼓励农户种植蔬菜，不用化肥和农药，全部用农家肥料，最后统一从农民手中收购，统一加工，统一包装，都叫“黄土牌”猪、羊肉和无公害绿色蔬菜，这些绿色产品可以卖到市场价格的两倍以上。以上这三个项目，需要建设资金 15 亿元。刘海洋听完王标的汇报后，拍手叫好。

说干就干，两个县的农户顿时忙活起来，过去无人问津的红枣和黄芪，如今成了香饽饽，两县各级干部和驻村干部也被充分动员起来，养猪、养羊、种蔬菜。王标带领一帮人全力以赴搞生产线建设。

副总经理吕向阳给刘海洋汇报了一个重要消息，山南省关井压产后，没有了煤矿，但手中有关井压产的指标，根据规定，关井压产的指标可以置换新矿建设指标，这对杨村矿业集团建设新的煤矿是一个利好消息，如果能把这些置换指标拿到手，加上从其他省市收购的指标，就可以建造两座新的煤矿，可以再造一个杨村矿业集团。

刘海洋说：新建的两座煤矿就叫杨村 11 号和 12 号煤矿，这两座煤矿必须是全新的，高起点、高规划、高标准建设，各方面要达到世界一流水平，所进的人员必须是本科以上的文凭或者工程师以上的职称，先面向全矿业集团招聘，人员招不够就从社会上招，每个矿定员 2000 人，年产量 5000 万吨，人均收入 30 万元以上。

刘海洋知道，山南省的煤炭局局长黄一品是张海明的老朋友，他让张海明给黄一品打了个电话，黄一品盛情接待了刘海洋。当刘海洋把来意说明之后，黄一品非常高兴，他说山南省关闭落后产能 3000 万吨，这 3000 万吨指标在市场上出售，价值 30 亿元，我们不要钱，把这 3000 万吨指标无偿划转给杨村矿业集团，但杨村矿业集团每年要向山南省出售 3000 万吨煤，双方签订战略合作协议，煤炭价格不能高于市场价，也不能高于长协价，不论市场如何，山南省都将按 3000 万吨的标准向杨村矿业集团采购煤炭。刘海洋当即满口答应。

几天后，在山南省高亮副省长的见证下，双方签订了战略合作协议，山南省将3000万吨关井压产指标无偿转让给杨村矿业集团，杨村矿业集团在山南省建立储运基地和港口，每年向山南省供应煤炭3000万吨。签完协议，刘海洋长舒了一口气，趁着国庆长假，决定回家看一看，看看久别的父亲母亲。

第二十三章

1

惠铜川进驻扶贫的村子叫相山村，他还被任命为驻村第一书记。这对惠铜川来说，是新的起点、新的任务、新的征程，充满挑战，又任务重大、使命光荣。惠铜川觉得自己这一路走来很艰难，又坚信自己的选择是正确的，他已经逐渐适应了驻村的生活。

当一名扶贫干部对惠铜川来说，是非常具有意义和挑战的一件事。来相山村以前，惠铜川非常知足，也非常满意，回想自己的大半生，是幸运而幸福的，他从遥远的秦黄北部来到中部平原的葫芦滩煤矿讨生活，想要通过自己的奋斗来改变命运，但协议工的身份让他看不到未来和希望，甚至有时候这种自卑感让他抬不起头，平日只能以看书写诗来慰藉自己，偶尔醉酒后也朗诵一下自己的作品来释放情怀，出版过生平的第一部长篇小说，曾在行业内引起了不小的关注。后来惠铜川转正后，重新燃起了对事业的追求和渴望。在刘海洋的推荐下，他来到离老家不远的杨村煤矿，成为杨村煤矿的宣传科科长，杨村改制后，又成为首任杨村矿业集团的宣传部部长，现在杨村还播放着他撰写的企业之歌《杨村矿业人》呢，作为杨村的一分子，这是至高无上的荣誉和光荣，这些都可以向别人吹嘘一辈子的。

无疑，刘海洋就是惠铜川最大的恩人，这一路走来，没有刘海洋关键时候的帮助和提携，他是走不到现在的，惠铜川深知这一点。当年，惠铜川非常幸运地与刘海洋分在了一个区队，还在一个宿舍，他们结下了非常深厚的友谊，也正是由于这层关系，无论刘海洋职位多高，人在哪里，他们都是非常要好的朋友。刘海洋赏识惠铜川，主要是赏识他的才华和他的为人，当初推荐他来杨村矿业，正是基于这点。

惠铜川心里明白，食君之禄，忠君之事。刘海洋抬举他，赏识他，他必须全心全意报答他的知遇之恩，自从来到杨村以后，惠铜川就一门心思扑在了工作上。宣传工作点多面广，是一个企业的脸面和形象，绝对不能出任何问题，出了问题就是大事，刘海洋安排的每件事，他都不打折扣地落实下去。

可他已经过了五十知天命的年龄了，工作上逐渐失去了激情和奋斗的欲望，过不了几年，他就要退休了。惠铜川想把这个宣传部部长的位置让给年轻人来干，年轻干部有朝气、有活力、有想法，敢想敢干，而自己有时候确实有些力不从心了。惠铜川正踌躇之时，他看到集团下发了一个文件，让各单位推荐上报扶贫干部。惠铜川拍了拍脑袋，高兴得差点跳了起来。一来国家正如火如荼地开展脱贫攻坚工作，可以说是举全国之力让贫困老百姓彻底扔掉贫穷的帽子，这是一项伟大的工程，可以说是开天辟地、史无前例的，必定会载入史册的。在脱贫攻坚的战场上，他也想参与进来，贡献自己的一份力量，留下自己的足迹，他觉得非常有意义。二来杨村矿业集团帮扶的是本省汉滨市的贫困村，他对汉滨市不陌生，前几年还组织通讯员到那里采过几次风，汉滨这个地方自然风光好，当地人也友好和善，是一个人杰地灵的好地方。一直以来爱好文学的心让惠铜川对大自然、对美好的事物有一种天生的亲切感，对农村更是有一颗热爱的心，汉滨不就是他心目中理想的去处嘛。

惠铜川打算找个合适的机会向刘海洋汇报自己的工作计划，他倒是不担心刘海洋会拒绝他，以他对刘海洋的了解，刘海洋是肯定会让他去的，只是他这个人性格比较古板，一直以来从未向组织开口索要过什么，但是他不想错过这次千载难逢的机会。一天，惠铜川敲开了刘海洋办公室的门。办公室里面坐着一个人，惠铜川看到有人，就笑着摆了摆手准备出来，刘海洋忙叫住他，问他有什么事情，惠铜川急忙答复说没事。里面坐着的人看见有人要进来汇报工作，就识趣地先走了。

就这样惠铜川就把自己的想法给刘海洋汇报了。

刘海洋听完后，并没有表明自己的态度，他思考了一会儿说：“老惠，去汉滨驻村帮扶的事情考虑好了？”

“刘总，我本身就是个农民，现在让我重新回去当个农民，挺好的，这叫叶落归根啊。”惠铜川咧开黄牙笑着说。

“老惠啊，我给你说，驻村工作一点也不轻松，不是让你这个大诗人去游山玩水、体验生活的，而是实实在在帮助老乡奔小康过好日子的。这既是政治任务，也是职责担当，担子不小啊。”

“董事长，请放心，我一定不辜负你的期望，不辜负组织的信任和重托。”

“我对你的能力和为人是清楚的，就是担心你上年龄了，身体吃不消啊。”刘海洋关切地问道。

“你看我这身板，身体美着呢，感谢领导的信任。”

惠铜川明显地将了刘海洋一军，刘海洋还未做出决定，他已经表达了感谢之情。惠铜川没有“逼宫”的意思，更没有越俎代庖的胆子，他只是特别不想让这个千载难逢的机会与自己失之交臂。

刘海洋思考了一会儿，问：“你走了以后有没有合适的人接替你？”

惠铜川知道刘海洋已经同意了，高兴地说道：“有，有！”就把自己推荐的人选情况也一并汇报了。就这样，惠铜川成了杨村矿业集团驻汉滨市扶贫工作队的一员。

惠铜川又跑来征求杨荔枝的同意，名义上是征求，实际上是通知她。杨荔枝现在过得很幸福，儿子苗郭壮从省能源职业技术学院毕业后就分配到了杨村矿业集团上班，上大学期间谈了对象，结婚后儿媳妇也分配在了杨村矿业集团，这些年两口子奋斗买了车，在生活区分了房，还在省城按揭买了一套房。杨荔枝现在到了享受天伦之乐的时候了，她已经有两个孙子了，老大是男娃，老二是女娃，凑成了一个“好”字。能有如此幸福圆满的生活，杨荔枝一来感谢社会，说自己赶上了一个好时代和好社会。二来感谢儿子争气，替自己争了气，替家族争了光。现在回想起来觉得之前自己所有的付出和辛苦都是值得的。第三是感谢刘海洋，没有刘海洋的扶持，他们一家人过不上现在的美好生活。在大孙子出生以后，杨荔枝赶了很远的路跑回原来的婆家，给他死去的男人大头坟头上烧了香、点了纸、撒了酒，告诉阴阳两隔的大头，他当爷爷了，他苗家有后了。

辛苦了大半辈子的杨荔枝现在终于可以歇一歇了，她已经辞去了家属协管员的工作，主要的精力放在了照看两个孙子上。儿子儿媳上班以后，两个孙子就跟杨荔枝纠缠在一起了，一个人看两个孩子非常劳心费神，但是杨荔枝乐此不疲，甚至孩子正常地哭几声，她都心疼得不行。每天杨荔枝伺候两个孙子吃完喝完，就带着奶瓶水壶下了楼在生活区溜达，遇到跟她年龄一般大的熟人，她就止不住地夸赞儿子和儿媳妇有本事，给她生了两个大孙子。杨荔枝沉浸在天伦之乐中，过几年等孙子长大以后，儿子还希望她能到省城帮忙带孩子，杨荔枝希望惠铜川也能跟着她一块儿去省城，两个人风风雨雨这么多年，没有享受过两个人的快乐时光，现在该是享受的时候了。

当惠铜川把他要去汉滨贫困村扶贫的事告诉杨荔枝时，没想到这次杨荔枝并没有支持他。

“老惠啊，你一把年纪的人了，没有金没有银，去那个穷地方有啥好的？你在杨村还是个干部身份，受人抬举尊重，别人求都求不来，多好啊。”杨荔枝问道。

“人活着不能完全为了名和利，还要活出自己的价值。”惠铜川说。

“你在杨村就没价值了？非要到那穷乡僻壤去体现你的价值？”杨荔枝反问道。

“有一本书叫《钢铁是怎样炼成的》，里面说人最宝贵的是生命。生命对人来说只有一次。人的一生应当这样度过：当回忆往事的时候，他不会因为虚度年华而悔恨，也不会因为碌碌无为而羞愧；在临死的时候，他能够说：‘我的整个生命和全部精力，都已献给了世界上最壮丽的事业……’”

“我不懂那些文绉绉的东西。咱两个现在年纪都不小了，是该到了享福的时候了。”杨荔枝话里明显带着刺。

“荔枝，我觉得参与扶贫工作是一件光荣而神圣的事，是最壮丽的事业。我已经向组织递交了申请，并且征得了刘海洋董事长的同意，希望你也能支持我。”惠铜川露出黄牙，无奈地说。

“那我去给海洋说，不要让你去了，让他换一个年轻人去。”杨荔枝生气地说。

“你这不是胡闹吗？”惠铜川有点生气。

“胡闹我也不能让你受罪去！”杨荔枝差点哭出声。这个一贯强势的女人每每在心爱的人面前就没有了脾气，好不容易现在熬出头了，惠铜川却要远离她，一个人去陌生的地方受罪。杨荔枝怎么想都想不明白，于是找到了刘海洋，请刘海洋下命令不要让惠铜川去了。

“海洋啊，嫂子也不跟你客气，我跟老惠的情况你也知道，他现在年龄大了，现在都是年轻人的天下，就换个人替他去吧！”杨荔枝说。

“这是老惠主动提出的申请，而且这件事情已经上过会同意了，既然老惠有这个想法，你就应该支持他去，扶贫是一件非常光荣且有意义的事情，这跟年龄没关系。你如果不让老惠去了，他一辈子都会留有遗憾的。”刘海洋耐心地开导杨荔枝。

刘海洋肯定不会骗她，后来杨荔枝也逐渐接受了这件事情。

2

国庆长假，刘海洋带着妻子任玉静回老家探望父母。山还是原来的山，河还是那条河，但一山一水、一草一木，都显得格外亲切。刘海洋刚到村口，就碰到邻居的表婶，她头上裹条毛巾，手里掂了把镰刀，准备下地割稻，见到刘海洋时脸上立刻充满笑容，叫着他的乳名说："胖了，胖了。"又盯着任玉静说："玉静也吃胖了，到底是城里人生活好啊。"又指着刘海洋对任玉静说："他小时候还吃过我的奶呢！好了，好了！你们快回家吧，你爸上午就在门口等你们回家了。"

车子刚停稳，满头白发的父亲就迎了过来，帮他们拿东西，姐姐正在院子里杀鸡，母亲坐在堂屋的轮椅上，她因患脑血栓瘫痪好几年了，还有阿尔茨海默病。

"我是谁？我叫什么名字？"刘海洋低下头反复问母亲。母亲笑了，说出了他哥哥的名字，再问，又说出他堂哥的名字，就是说不出他的名字，但从她的眼神能看出，感觉眼前之人一定是她的亲人。任玉静重复了刘海洋的问题，母亲先是笑而不答，在姐姐的提醒下，母亲居然说出了任玉静的名字。吃饭的时候，母亲竟然可以用颤抖的右手拿馒头吃，让全家人惊奇不已，可能是亲人难得的相聚，心情一高兴激发了她身体的潜能。

父亲说他这一年来身体也不好，血压高，胃也不好，病痛经常折腾得他睡不安稳。"万一我有个三长两短，你妈可怎么办？"父亲不无担心地说。六年来，都是父亲在照顾母亲，伺候起居以及吃喝拉撒。每天早上，父亲给母亲穿好衣服，喂饭，梳头，推到院子里晒太阳。每过一会儿，就过去关心地摸摸手、抚抚头，多年如一日精心地照顾母亲。隔壁的邻居对刘海洋说：“你妈能活到现在，多亏了你爸照顾，伺候得真周到！”刘海洋几年才回来一次，哥哥和姐姐都主动承担赡养义务照顾父母，特别是哥哥，和父母在一起生活的时间最长，出门一个月，夜里做梦都是父母的身影，只有回到父母的身边才能使他安心。相比之下，刘海洋觉得自己为父母做得很少，心里时常觉得歉疚，但父亲很宽容，还表扬说他和任玉静都很孝顺。

看着眼前瘫痪的母亲，往事一幕幕又浮现在刘海洋的脑海里。60 年前，母亲嫁给了一贫如洗的父亲，他们相亲相爱，共同撑起了这个家。父亲当了 30 多年的生产队长（村民组长），还当了近 10 年的村农场场长，母亲当了 40 多年的村妇女主任。那时候是集体经济，父亲掌管着全生产队 200 多人的口粮分配，还长期负责全村一千多人的粮食保管工作。尽管家里极度缺粮，父亲从来没有想过要侵占集体的粮食。最困难的六十年代，家里经常是吃了上顿没下顿，有时不得不出门讨饭。父亲出门讨饭时母亲照顾家，母亲出门时父亲照顾家。讨来的稀粥自己吃了，窝头、饼块、红薯干之类就攒起来带回家。刘海洋由于年龄小，没有出门讨过饭，但有一次家里来了个讨饭的让他记忆犹新。一个三九寒天的早晨，一个讨饭的敲开了刘海洋家的门，衣衫褴褛，胡子花白，左手拄根棍子，右手拿个搪瓷缸子，母亲给他盛了一缸稀饭，拿给他一把红薯干，他把红薯干放进布袋里，顾不上烫嘴，快速地喝着冒着蒸气的稀饭，那情景看了让人心酸。在刘海洋记事的七十年代，家里天天吃的都是红薯和玉米，他总幻想着有一天能吃上米饭。有一次，邻居生孩子招待乡邻，他吃了一碗面条，当时觉得那是世上最好的美味了。

母亲经常给他讲故事，夏天在院子里乘凉的时候，他就会缠着母亲讲《王小砍柴》，心里向往着“食有肉、住有楼”的生活。刘海洋曾经把这个故事讲给了儿子矿生，矿生参加学校的讲故事比赛还拿了奖。1978 年，凤阳县小岗村村民过够了讨饭的日子，冒着风险将土地包产到户，大大提高了劳动生产率，当年的粮食产量是前十年的总和，随后，联产承包责任制在全县、全国推行，解决了中国人的吃饭问题。他们家也分到了 26 亩责任田，从此过上了温饱生活。地有了，孩子们也一个个长大了，父母却让孩子们上学，学手艺，自己在地里劳动。刘海洋记得家里每年能收近两万斤稻子，耕地、插秧、施肥、除草、收割等，一年两熟，父母承担了其中的大部分劳动，全年几乎没有空闲的时间。一直到七十多岁，他们还在地里劳作，他们想的是自食其力，减轻子女的负担。

母亲性格很急，父亲总是宽让，能宽让一次是风格，能宽让几年是大度，能宽让一辈子就是爱情。在那个男尊女卑的岁月，尤其难得。当时的农村，男尊女卑的观念深厚，夫妻吵架，丈夫打老婆的事经常发生，遇上这种事，作为村妇女主任的母亲经常放下手中的农活或家务，去调解矛盾，为妇女们说话撑腰，有时候要调解到深夜。这时候父亲会主动承担家务，支持母亲的工作。父母亲虽是村干部，却没有任何特权，除了开会时可以记工分，是不拿工资的，他们的工作几乎是义务劳动。父亲喜欢交朋友，经常把朋友叫到家里相聚，母亲做得一手好菜，总是在厨房忙活，而且乐此不疲。后来，积劳成疾的母亲病倒了，先是青光眼、肾结石，后来是高血压、心脏病、脑血栓，直到脑血栓发作瘫痪在床，生活完全不能自理。阿尔茨海默病让母亲忘却了烦恼，否则她的急性子会危及生命，长期的瘫痪使母亲的身体开始发胖，过去他背母亲上楼很轻松，现在已经很难抱动她了，必须有人协助才能让她坐到轮椅上。母亲辛苦了一辈子，以前一直憧憬“食有肉、住有楼”的生活，现在终于都实现了，母亲却不能再讲讲《王小砍柴》的故事了，但是上天垂怜，让85岁的母亲生命得以延续。

一周的假期很快就过去了，这天早晨刘海洋刚起床，母亲就早早地坐在堂屋的轮椅上，刘海洋和母亲告别，母亲先是静静地看着他，继而双目模糊，眼泪夺眶而出。父亲一直送到村口，反复叮咛：“有空就回来，见一面就少一面了！”刘海洋和妻子任玉静含泪答应着。

返回的路上，刘海洋想起了在省城铁路派出所工作的四狗，就给他打了个电话，没想到，四狗国庆节也回来了，还邀请到他家里吃顿便饭！刘海洋说可以。说到就到，四狗早早地就在路口等着了，他家宽敞的二层小楼，还有一个大院子，院外是青竹环抱的池塘。四狗母亲和媳妇正在院子里拔鸡毛，看见刘海洋来了，热情地迎上来打招呼，他母亲笑着说：“当官的回来了，还能到家里来，说明还没忘了我们。”

刘海洋笑了笑问：“叔叔去哪了？”

四狗说：“病了，在床上躺着呢。”

说着就领刘海洋到老人病床边，老人是肠癌晚期，须发皆白，骨瘦如柴，见刘海洋来了，嘴角抽动了一下要说话。刘海洋示意老人不要说话了，刘海洋又问起治疗的情况，四狗说癌细胞已经扩散了，医院已经不治了，让抬回家了。刘海洋又安慰了老人几句，给老人留了5000块钱。

四狗说，他已经不在铁路派出所工作了，现在在省城经营着一家饭店，主打家乡菜，生意挺好的，并邀请刘海洋有时间光顾他的饭店。四狗又领着刘海洋去学校转了转，学校过去的瓦房不见了，取而代之的是楼房，院子里的池塘和茂密的树木也不见了，完全不是当初的样子了。

中午在四狗家吃的饭，桌子上摆满了菜，有土鸡，也有土猪肉，刘海洋草草地吃了点，就告辞了。回去的路上，还是刘海洋开车，去服务区解手的时候，刘海洋发现自己的小便粘鞋，上车后和任玉静说起了此事，任玉静说你饭后是不是感觉发困？刘海洋说是的。任玉静说可能是糖尿病，回省城后检查一下。

到了省城，刘海洋给小叶打了个电话，小叶说你过来，我带你去看医生，并叮嘱他早晨不能吃喝。小叶现在已经是西部医院的护士长了，见到刘海洋仍是格外客气。一个年龄大的大夫问了问情况就让他去化验，护士给他量了血压，抽了一管子血，让他喝了一杯糖水。过了两个小时后，又抽了他一管子血，化验整整持续了一个上午。最后，大夫告诉他，患的是Ⅱ型糖尿病，餐前血糖是 9，餐后两小时血糖是 14，典型的糖尿病。同时还是高血压患者，高压 150，低压 110。大夫给他开了药，嘱咐饮食要清淡，少吃多餐，不能喝稀饭，也不能吃甜食，尽量不要吃咸的。糖尿病人最好的食物是黄瓜和西红柿。还有一点很关键，一定要多运动，坚持锻炼，管住嘴、迈开腿。

告别了大夫，刘海洋对小叶说他想去看看史大夫，小叶又把他领到史大夫的办公室。史大夫很客气，让刘海洋坐在沙发上，问他的病情咋样了。

刘海洋说：“每天早晨吃一粒抗焦虑的黛力新，如果不吃，就会感到胃部不适。”

史大夫说：“那就继续吃。”

刘海洋问：“还要吃多久？”

史大夫说：“要吃很久。”

刘海洋说：“那我知道了。”

告别了史大夫，刘海洋就驱车回杨村了。

3

刘海洋刚回到杨村矿业集团，宋如亮就来汇报工作。宋如亮说，最近北京研究院研制出了两项新技术：一是煤炭分质利用技术。可以投资 2000 亿建一个超大规模的化学公司。化学公司立足于杨村矿业集团的煤炭资源禀赋，以拥有自主知识产权的煤炭分质利用技术为依托，聚焦纺织材料、汽车材料及建筑装饰材料三大领域，借鉴国际先进化工园区发展模式，布局打造一个特大型煤炭综合利用产业集群项目，全面提升煤炭转化的经济效益。二是煤炭管道运输技术。将煤加水制成水煤浆，用管道长距离运输，可以实现煤炭的清洁经济运输。可以建设一条从杨村到山南省港口长约一千多公里的管道，打造成为中国第一条、世界最长输煤管道，将 3000 万优质煤炭运到山南省。这两个项目的建设周期都是三年。

听完宋如亮的介绍，刘海洋心潮澎湃，有了这两个项目，再加上杨村 11 矿和 12 矿，这样杨村矿业集团就能冲击世界500强了，更重要的是将有力推动秦黄省的经济社会发展。刘海洋连夜主持召开了党政联席会，经过反复协商，班子成员最终达成一致意见，马上准备开工建设这两个项目。

第二天，刘海洋到黄土市政府向市长郝思晨做了汇报，郝思晨听后也非常兴奋。他说："这个化学工程和管道运输项目好，一下子就能把黄土市的经济带动起来。我完全支持，希望工程尽快启动。"

刘海洋来到省城找到煤炭局新任局长肖让。听完刘海洋关于工程项目的详细汇报会，肖让也是大力支持，让刘海洋全力以赴，抓紧实施。临走的时候，肖让关心地问到刘海洋的身体，刘海洋说自己五十出头了，有点毛病很正常。

有了上级主管部门和当地政府的支持，几个项目推进得很快，半年内杨村化学公司、杨村输煤管道工程和杨村 11 矿、12 矿几个项目就陆续开工。同时，经过杨村矿业集团党委会研究决定：王亮任杨村 11 矿党委书记、董事长，李辉任杨村 12 矿党委书记、董事长。

这半年多来，刘海洋很忙，不是跑手续，就是待在工地上，特别是杨村化学公司，坐落在黄土市工业园区内，3 万多名工人聚集在 15 平方公里的厂区作业，上千台建设机械设备同时运转，工地上车水马龙、人来人往，大家都在加班加点地干活，就是为了这一重大工程早日投产。

王标是个急性子，在办公室找不到刘海洋，就到工地上找。王标带了一卡车礼品，有黄芪切片、黄芪袋泡茶、黄芪洗发液、红枣果汁以及包装精美的土猪肉、羊肉产品，还有无公害蔬菜、土鸡蛋，等等，这些都是杨村矿业集团的扶贫开发产品，其中红枣果汁饮品和土猪肉在市场上特别畅销，已经有了一群固定的回头客。即使土猪肉比一般猪肉的市场价格高出一倍以上，还是供不应求。

刘海洋对每个产品都仔细查看，又喝了红枣果汁，尝了尝黄芪切片，感到比较满意。接着就问扶贫产品对当地农民经济的带动情况。王标汇报说，过去红枣和黄芪烂在地里没人要，现在成了当地农民发家致富的重要产品，红安和定军两个县的农民在驻村干部的组织带动下，纷纷办起了养殖场和蔬菜大棚基地，这些绿色产品不但占领了黄土市的消费市场，还打入了省城的各大市场。照这样下去，两个县的农民可以如期实现小康目标。刘海洋听了之后，异常兴奋，安排将王标带来的一卡车产品给工地职工分下去，让他们也共同分享扶贫产品，感受企业发展带来的成果。

看完扶贫产品，刘海洋突然觉得自己很长时间没有下井了，他想去杨村二号煤矿转转，就给薛明亮打了个电话，说是要下井看看。薛明亮说热烈欢迎领导来二号煤矿检查指导工作。

二号煤矿建在一个川道里，两边是高山，中间还有一条河，二号煤矿的办公楼就屹立在河边。薛明亮带着矿领导一班人早早地在楼下迎接，刘海洋下车和他们一一握手。在薛明亮等人的陪同下，刘海洋先参观了岗位价值管理核算室，里面有工作人员正在紧张地进行核算，墙上悬挂的显示屏滚动播放着全矿所有人员的岗位价值得分。随后刘海洋又去了调度室，有两个穿着笔挺西服的人在遥控着采煤机，墙上的多块显示屏分别显示采掘工作面以及各个系统的实际运行情况。看完调度室，刘海洋提出要下井，矿领导班子都要跟着下，刘海洋说有明亮陪着就行了，大家各忙各的吧！众人散去，两人就开始换衣服下井。

上车后，薛明亮就介绍说，杨村二号煤矿由三个矿重组而成，年产量 1300 万吨，井下布置三个综采工作面和四个掘进面，全矿全部推行了精细化管理，职工人均收入超过了 18 万元。

车子开得很稳，一直把两人送到了综采工作面。下车后，刘海洋见整个工作面就一个人在巡检，仔细一看是自己的儿子苟长红。薛明亮不知道他俩的关系，还给刘海洋做了介绍，并把苟长红夸奖了一番，说小伙子到综采二队两年多时间，就完成了 20 项技术创新，并让他现场进行岗位描述，给上级领导展示一下二号煤矿人的风采和精气神。

苟长红先是介绍了综采二队和工作面的基本情况，接着从基本情况、设备参数、事故案例、操作要领等方面进行了详细的描述，整整持续了一个小时，完整、流畅、全面、准确，简直是矿工专家。苟长红精彩的岗位描述让刘海洋惊讶不已，没想到儿子描述得如此精彩，他在心里早已经给儿子竖起了大拇指。

薛明亮说："二号煤矿已实现智能化开采，连困扰多年的端头支护问题也已经完全解决了。"

重组煤矿的管理这么快就达到了杨村一号煤矿的水平，这是刘海洋始料未及的。刘海洋看完采煤面，又去了掘进面，还察看了皮带运输系统，才放心地升了井。

看完二号煤矿，刘海洋又想起了张怀古。于是，他给张怀古打了个电话，张怀古说，他最近准备去一趟杨村矿业集团，把杨村的企业文化做一个系统性总结，最好是弄一个品牌出来。还说，自己已经七十多岁了，早已经退休了，身体大不如从前，再坚持个一年半载的，就辞去杨村矿业集团顾问的工作，专心在家看孙子。

一个月后，杨村矿业集团企业文化大讲堂开讲了，200 多名干部聆听张怀古的讲座。张怀古说，他总结了杨村矿业集团的企业文化，就命名为“红柳文化”。他首先阐述了“红柳文化”的由来和释义：“红柳文化”是践行煤炭人特别能吃苦、特别能奉献、特别能战斗“三特”精神的特色成果，是丰富企业生产经营管理实践的产物，是以沙漠植物“红柳”所具有扎根漠北、耐寒抗风、坚韧不拔、积极向上的强大生命力和坚强品格来形象地表现杨村人坚守秦黄、顽强拼搏、超越自我、勇创一流的崇高品格和奋进精神。

“红”就是红色的信仰：红心向党，传承红色基因，弘扬奋斗精神，一颗红心，听党话、感党恩、跟党走，不忘初心、牢记使命。“柳”就是绿色的希望：树牢“绿水青山就是金山银山”理念，立足低碳转型，坚持生态文明建设，践行绿色发展，在煤炭开采过程中尊重自然、顺应自然、保护自然，还大自然美丽与价值。

最后，张怀古说，一流创建是远景，美好多姿是情怀，顽强拼搏是性格，绿色智慧是特色。新时代的杨村人要全面推进“红柳文化”落地生根，勇争第一，勇扛红旗、勇创一流，让红柳花开，让绿柳成林，使杨村集团这颗煤海中的璀璨明珠更加光耀夺目。

刘海洋做了总结讲话。他说，红柳文化总结得好，这些年杨村矿业集团通过不停地奋斗，企业由小到大，由弱到强，集团产值已突破千亿大关，杨村 11 矿和 12 矿也即将建成投产，杨村化学公司和输煤管道工程建设也在进行中，杨村正在冲刺世界 500 强。发展企业，回报员工，奉献社会，这几年企业发展了，职工和谐了，家庭和谐了，环境和谐了，企地和谐了，像红柳一样战风沙，斗严寒，历经险阻，才有今天的风景独好。

第二十四章

1

刚开完会，刘海洋的手机响了一下，是微信的提示音，刘海洋一看是杨荔枝发来的。

“海洋，晚上是否方便，到家里吃晚饭？”

刘海洋回复说：“可以。”

下午下班后，刘海洋来到了生活区，到了 8 号楼下，按响了 501 的门铃。有提示音：“门已开启。”苗郭壮早早地到门口迎接，尊敬地叫了声董事长。刘海洋点了点头。苗郭壮的妻子、两个孩子以及杨荔枝都迎了上来，杨荔枝给刘海洋打了个招呼，就忙去厨房做饭了，她今天心情格外高兴，必须亲自下厨给刘海洋做一顿拿手的，看着这个幸福美满的家，她最想感谢的就是刘海洋。苗郭壮介绍了妻子，妻子跟他在一个单位，在一号煤矿企管部上班。苗郭壮和妻子已经在省城买了房子，将来计划让母亲带着孩子去省城上学。苗郭壮带刘海洋参观了现在住的房子，三室一厅，杨荔枝住一间，苗郭壮和妻子住一间，两个孩子住一间。这时候，杨荔枝和儿媳妇把饭菜端了上来，都是刘海洋爱吃的菜，三道肉菜——红烧公鸡、烧咸鱼和烧鳝段，还有三个素菜——炒韭菜、炒花生米和烧豆腐。苗郭壮打开一瓶五粮液，要和刘海洋喝两杯。看到这家人如此幸福，刘海洋也端起了酒杯，说："先敬嫂子，嫂子照看两个孩子辛苦了。"杨荔枝赶紧喝了一杯。

刘海洋又问起苗郭壮的工作情况，苗郭壮说他现在是技术员，前天领导找他谈话，准备让他竞聘综采一队队长。

刘海洋表扬说："干得不错。"

杨荔枝说："这都是托你的福，孩子能到煤矿上班，收入高，劳动强度低，安全有保障。孩子还在省城买了房，以前就是连做梦都不敢想的事。"

这一餐，刘海洋吃得很多，饭菜很可口。吃罢饭，苗郭壮将刘海洋送出单元门，还要再送，刘海洋说不必了，他自己走回去。家属区很大，职工带家属住了两万多人，楼间距很大，中间有花园，道路两旁长满了大树，走一圈，将近40分钟。刘海洋心情很振奋，煤矿工人能过上小康生活，比起煤矿的过去，真是天壤之别。

刘海洋有个习惯，就是手机24小时开机，他要求下属非必要不要在深夜打电话，因为深夜打电话一般都是井下出安全事故了。这十几年推行了精细化管理，杨村矿业集团连续多年实现了安全生产目标，创造了出煤上亿吨零死亡的记录，刘海洋没有再接到半夜打来的电话。这天晚上，刘海洋怎么都无法入睡，他预感到有什么事情要发生。半夜3点，刘海洋的手机响了，是哥哥打来的，哥哥在电话里告诉他，母亲去世了，听完后刘海洋的眼泪夺眶而出，平复了一下心情后，他通知了妻子和儿子，连夜启程回家。车子在路上行驶了10个小时，刘海洋没有一丝困意，他在想母亲的一生历经了无数的苦难，到了该享福的年龄却卧床不起，现在已是天人永隔，这让他一时间难以接受。

到了家里后，弄堂里设着明晃晃、刺眼睛的灵堂，这让刘海洋有一种恍若隔世的错觉，好像母亲的音容笑貌尚在，现在正活生生地站在弄堂里，微笑着向他在招手。

哥哥说："母亲临死前，还在喊着海洋的名字，她知道自己快要离世了，非常想见见这个几年才能见一面的儿子。"

刘海洋哇的一声跪倒在灵堂前，此刻就像一个孩子一样，失声痛哭着。刘海洋声声呼唤着母亲，可是母亲永远醒不来了。母亲1932年出生，享年87岁，在旧社会历经了苦难，1949年后，母亲当了40多年的村妇女主任，忙完家里还要忙村务。遇到荒年，还带着孩子出门讨饭，好不容易等到了改革开放，家里分了责任田，春夏秋冬都在地里劳动，儿子成家了，当了董事长了，该享福了，自己却卧床不起了。

同村的四狗也来参加葬礼，乌黑的头发，黝黑的面庞，鼓起来的肚子，看起来很富态。四狗很热情，忙着买花圈、写挽联、看坟地、抬棺材。四狗对刘海洋说，你对家乡的风俗不熟悉，这些杂活都交给我来干，有些体力活，你们这些读书人也干不了。你看你，才50多岁，头发稀了、白了，还有糖尿病和高血压。刘海洋问他怎么从省城回来了，四狗说父母年纪大了，需要人照顾，他就把省城的饭店转出去了。还有一个重要的原因是村里的条件改善了，机械化耕种，不用像过去那样辛苦地劳作。交通也方便了，水泥路修到了家门口。两个儿子也结婚了，都在村里的扶贫果蔬产业公司上班。

看着四狗忙碌的身影，刘海洋情不自禁地想起四狗小时候的样子。

他和四狗是同龄，两人一起玩耍，一起上学。打架一起上，有好吃的共分享。那时候在生产队，放暑假的时候两个人一起到山上放牛，晴天太阳晒，雨天一身泥，放牛娃真的不容易。有一次，两人饥渴难耐时，看到河对岸绿油油的地里长满了西瓜，馋涎欲滴，就摸过河到邻村的西瓜地里偷西瓜，被看瓜的大叔抓住了，四狗说偷瓜是他的主意，与海洋无关。结果四狗挨了一顿打，他只是被训斥几句。他说咱俩干的事，为何你一个人要背呢？四狗说，一个人挨揍总比两人都挨揍要好。两人上学同时迟到，老师只批评四狗，不批评他，因为在老师眼里他是个学习优秀的学生，而四狗却是成绩差的学生。老师上课提问题，他总能对答如流，而四狗大多数答不上来。有时候老师生气了，恨铁不成钢，会拿棍子在四狗的头上猛敲。一次，四狗气极了，就和老师吵了起来，说他要“反潮流”，结果被老师一顿胖揍，四狗也够坚强的，硬是忍着没有哭。每次期末考试过后，他的评语是该生成绩优秀，表现良好，希再接再厉。四狗的评语往往是该生学习不认真，成绩较差，望家长积极配合，严格管教。四狗他爸坚信棍棒底下出孝子，看过成绩单，四狗他爸总是质问四狗，为什么海洋平均分是 90 分，你却不及格？结果四狗不是挨揍，就是被罚跪。他很同情四狗，经常给四狗补习功课，语文、数学，无一不教，结果总是不够理想，四狗的成绩依然在及格线上徘徊。之后，他考上了高中、大学，毕业后分配到煤矿工作。四狗没有考上高中，就回家务农了。之后，又到铁路派出所工作，由于是编外，遇上单位裁员，四狗下岗了。刘海洋知道后，就写信给四狗，让他来煤矿当矿工，四狗回信说他不想下井，更不想依靠别人，想自己闯出一片天地。四狗善于烹饪，做得一手好菜，靠着在派出所上班积攒的一些钱，在省城开了一家餐馆，主营家乡菜。由于饭菜便宜，味道鲜美，每天来吃饭的人很多，有骑自行车、摩托车来的，还有开宝马、奔驰来的。四狗开饭店挣钱了，把老家的房子重新翻修了一下，也买了车，还在省城买了房。有一次，他去省城出差，专门到四狗的饭馆品尝一番，量足味美，确实不错。

丧事筹备期间，四狗再次邀请刘海洋到他家做客，他家宽敞的二层小楼看起来很气派。四狗亲自下厨做了几道菜，还是省城饭店熟悉的味道，刘海洋吃起来很过瘾。酒酣耳热之际，聊起了小时候，四狗感叹地说："小时候处处羡慕你，你是我的榜样，你成绩好，考上大学，是城镇户口，还有一份稳定的工作。但现在不羡慕你了，五十出头就变老了，还有一身的富贵病。现在的农村多好，呼吸的是新鲜空气，吃的是绿色食品，身体倍棒，吃嘛嘛香！不愁吃穿，还有医疗和养老保障。"刘海洋听了之后也很感慨，对他说："还是你幸福啊！"

刘海洋觉得亏欠母亲的太多，夜深了，忍不住伏在灵柩前伤心地哭泣，任玉静发现丈夫在哭，也忍不住地放声痛哭。惹得一旁守灵的哥哥、姐姐也哭。母亲下葬那天，亲戚、朋友还有本村的村民 200 多人，一起来给老太太送葬。村民们都说，老太太好人啊！一辈子积德行善。

刘海洋出生的村子有上千年的历史，全村有一千多人，绝大部分人都姓刘，有几户虽然不姓刘，但也都是刘姓人的亲戚。村里人把父亲叫爷，把祖父叫爹爹，把曾祖父叫"老太"，男的就叫男老太，女的就叫女老太，把外公外婆叫"姥外"。除了叔伯兄弟姐妹之类的称呼外，还有称表兄、表叔、表姑、表姐，反正在村里不是本家就是亲戚。村里有个不成文的规矩，同姓的人不能通婚。以前，婚姻都是父母之命，媒妁之言，同姓不婚成为村里的铁律，即使出了五伏（辈）也不行。无论是否同姓，不同辈分的人不能通婚，因为这样会乱了辈分。村里人很团结，一致对外，一个人受欺负，一群人来帮忙。他们村子不好惹，打土匪、抓小偷，一个人吆喝，全村男女老少抄家伙就上。村子南边是座小山，山林里生活着不少野生动物，有野兔、野鸡、野狼等。冬天下雪的时候，大地白茫茫一片，狼在山上没有吃的，就会跑到村里找食吃，无论白天黑夜，只要有人喊狼来了，大人小孩都会去撵狼，村里的小孩听说狼来了，第一感觉不是害怕，而是两眼放光，立刻激动起来。在旧社会，当地土匪横行的时候，从不敢骚扰他们村子。李鸿章组建淮军的时候，村里去了几十个人，被编入同一个营。一个人冲锋，几十人跟着上，一个人牺牲，一群人要报仇，不用开动员会，不用做思想工作，自动形成一个优秀的战斗集体。淮海战役时，村里有几十个青年参加了解放军，有的还参加了抗美援朝战争。

他们村子取名字无论男女都是三个字，第一个是姓，第二个字是辈分，第三个字才是名。刘海洋家的辈分很高，辈分高的人很受尊重。邻里之间发生纠纷，不用找政府，上法院，全部自行解决。每年大年初一，晚辈要给长辈叩头，而且是挨家挨户地磕，路上遇见了也要磕，只要一磕头，一笑泯恩仇，一年的不快就烟消云散了。

三天的葬礼，刘海洋和任玉静磕了三天头，来参加葬礼的人，无论辈分、年龄都要磕头行礼。吃饭的时候，客人坐着吃，孝子站着吃。至于举行仪式的时候，孝子是全程跪着的，即使是下着雨也不例外，任玉静膝盖跪肿了，浑身湿透了，但也不能退场。闵红光、吕向阳、易正秋、宋如亮、王标等，还有一些原来葫芦滩煤矿的老同事、部下打电话要来参加吊唁，刘海洋说，路途遥远，一个也不要来。最后，工会主席王标以工会的名义献上了一个花圈，感谢老人家对杨村矿业集团的理解和支持，杨村的发展也有老太太的一份功劳。

2

这年春节，武汉疫情波及全国，秦黄省城少了往日的喧嚣和繁华，市民都猫在家中静观疫情的发展。杨村矿业集团由于采取严格的管控措施，没有发生一起疫情。刘海洋和妻子任玉静、儿子刘矿生静静地守在矿区家中。

“爸爸会做面了！”儿子刘矿生将刘海洋做的油泼面图片发到家族群里，立刻引起不小的轰动，哥哥姐姐、侄子外甥纷纷点赞。

刘海洋喜食米饭，任玉静喜欢面食。一个喜欢吃肉，一个喜欢吃素。一个喜欢咸，一个喜欢辣。一个喜欢酱油，一个喜欢醋。刘海洋刚到葫芦滩煤矿工作时，食堂里经常做面食，看着一尺多长、两指宽的面条顿时没了胃口，看着周围人呼哧呼哧地吃得倍香，他非常茫然，要了一碗面，吃了几口就放下了筷子，然后满街去找卖米饭的小吃店。

结婚后，夫妻两人过了一段幸福时光，周一到周五吃食堂，周六和周日下馆子。任玉静吃她的面，刘海洋吃他的米饭。吃了一段时间，发觉不对劲，因为下馆子的成本很高，每个月的工资大部分都用于吃饭了。两人就商量，开始自己做饭。她做她的面，他做他的米饭，她做她的菜，他做他的菜。来她家亲戚的时候，任玉静负责做饭，来他家亲戚的时候，刘海洋负责做饭。最难的时候是过年，去她家过年，她最高兴，她家吃饭以面为主，菜味清淡，以素为主，还放了很多醋。老丈人任自忠吃得津津有味，还问他饭好吃不？他只能回答：好吃，好吃！有一天，刘海洋实在忍不住了，就提出由他给全家做饭，任自忠欣然同意，还表扬了他一番。谁知吃饭的时候，全家都不满意，岳父说菜太咸了，说菜没放醋了，于是刘海洋被长期剥夺了做饭权。回刘海洋家过年，他最高兴，他家的饭以米饭为主，柴火灶台，蔬菜是自家地里的，鱼是自家塘里的，鸡鸭是自家放养的，腊肉是新做的，满桌的鸡鸭鱼肉任玉静还说不好吃，想吃面，刘海洋的嫂子给她下了一碗挂面，她却在面碗里加了醋和辣椒，搅匀了才吃，吃几口面还要吃一瓣生蒜。小侄子觉得很奇怪，就满世界宣传，说她婶娘吃面条还要就生蒜。有一天，任玉静突然说想吃凉皮，村里没有，镇上没有，县城也没有，最后打电话给住在省城的外甥，才在省城的一条大街上找到一家卖凉皮的。夫妻俩在一起生活了多年，老是为吃饭的问题发生争执。后来任玉静因工作调动去了省城，刘海洋又开始了快乐的单身生活，大部分时间是吃食堂，改善伙食就自己动手，一人吃饱，全家不饿。

疫情来袭，投亲不成，饭馆关门，只能开始居家生活，更为不巧的是，任玉静把腰扭了，不能下床做饭。儿子不会做饭，刘海洋只能自己动手，关键任玉静爱吃的是面条，而他却不会做。

经过一番激烈的思想斗争，刘海洋就向妻子请教如何做面，经历过几次挫折后，和面、擀面、切面、煮面都会了，油泼面、臊子面、酸汤面、炝锅面等一通百通。吃着自己做的面条，格外的香，刘海洋发现原来面条也是这般好吃。为了做出一家人都能吃的菜，刘海洋打开网络，找菜谱，照着菜谱做出的菜就是好，妻子爱吃，他也爱吃，儿子吃着香喷喷的饭菜，一个劲地为老爸点赞。

居家期间，秦黄省政府转来山南省煤炭告急的文件，刘海洋要求杨村矿业集团12个矿停止检修，立即全面投入生产，开足马力出煤，已经放假的职工停止休假，立即赶回矿上。山南各大电厂用煤则是敞开供应，对于支付煤款有困难的电厂，实行先发煤后付款的办法。各个矿都反映人手不够，因为放假人员返回困难，即使克服困难返回了，按照要求也要实行隔离。

宋如亮来电话说，公司派出的客车从各地接到员工后，黄土市内相关高速路口不让下来，要想返回也不可能，各个地方都封闭了，只出不进。宋如亮接着说，有300多名干部职工在高速公路游荡，挨饿受冻不说，连上厕所都困难。员工在网上发消息，诉说他们的艰难，一方面是山南煤炭告急，一方面是回不了单位……

刘海洋打电话给已从市长升任市委书记的郝思晨，将情况如实反馈给他，郝思晨书记立即指示防疫部门放行，同时对返矿人员进行健康监测。

由于疫情的限制，各种线下的大型会议没了，很多会议转为了线上的视频会议。时间充足了，刘海洋就经常下基层搞调研，不打招呼，不搞迎来送往，直奔现场。一天，他来到杨村二矿的煤场，看到煤里夹杂了很多矸石，非常生气，就通知薛明亮到煤场。

薛明亮听说刘海洋到了煤场，小跑着赶了过来。

刘海洋指着煤里的矸石说：“这是怎么回事？”

薛明亮解释说：“掘进工作面有一层夹矸，为了保证采掘接续，就和煤一块儿拉上来了。最近，煤炭比较紧俏，很多小煤窑都把矸石粉碎了，掺到煤里去卖，相比小煤窑，咱们的矸石量少多了。”

刘海洋严肃地说：“我们不是小煤窑，我们是国有大矿，国有企业要有国有企业的样子，国有企业要有国有企业的担当。我们为什么能度过四年煤炭行业的寒冬期？靠的就是杨村煤的品牌和信誉！这日子才好了几年，我们就好了伤疤忘了疼？把全矿科级以上的干部都集中起来，到煤场捡矸石！”

薛明亮通知全矿科级以上干部到煤场捡矸石，刘海洋也参与到捡矸石的行列。100 多人干了一天，捡了 50 多吨矸石，刘海洋让把矸石集中起来，堆放在井口广场，让全矿职工每天都能看到矸石，牢记质量就是企业的生命。

3

王标建议刘海洋去看望慰问一下驻村扶贫干部，顺便检验一下他们的扶贫成果。刘海洋说，我早就想去看看他们。

在王标和沈大山等人的陪同下，刘海洋首先来到汉滨市的大庙村。在大庙村一组的北山上，刘海洋看到，环形农场一派生机盎然。靠山养牛，搭棚养羊，林下丛间是欢实的黑腿土鸡，仅每年出栏的鸡至少一万五千只，农场的畜、禽类肉制品受到各大火锅店热捧。村民们忙碌其中，乐在其中。

王标汇报说，大庙村能有今天这样翻天覆地的变化，与驻村第一书记沈大山有密不可分的关系，王标向刘海洋介绍了沈大山带领乡亲们脱贫致富的故事。

大庙村距离县城 10 公里，辖 13 个小组，共 475 户 1209 人，属浅山丘陵，交通不便，主要靠种植玉米、花生等作物为主。杨村二矿综采一队技术员沈大山被选派到了大庙村，他从煤矿辗转来到山大沟深的扶贫第一线，用自己朴实无华的行动感动着大庙村的每一个人，以煤矿人特有的吃苦耐劳在扶贫路上不断坚持，书写着一个共产党员的坚守。

沈大山认为：要成为一名合格的驻村扶贫干部，最重要的就是要“驻心”，真心、用心、定心地去抓扶贫，去对待贫困群众，去解决实际问题。沈大山刚到大庙村时，为了摸清底子，村子的南北两山没少去，山高路陡，全凭两条腿跑。在大庙村，下雨天就是天大的事也要停下来，可沈大山的脚步却停不下来，他还兼管当地防汛和地质勘查工作，雨季的时候，他成宿地值班，一户户打电话叮嘱村民注意房屋和雨水，到独居的村民家中查看。平时沈大山和工作队员吃住都在村委会，整天都是在跟农民打交道，下雨、刮风、毒虫、五步蛇，这些都是他三年多来驻村工作所要面对的。三年多来，家里 80 岁的父母亲、妻子和正上高中的女儿，这些他都顾不上。在当地村民眼里，大庙村已经成了沈大山的第二个“家”。

“跟百姓交心交友，让国家各项扶贫政策落到实处！”这是沈大山所坚持的。按照精准扶贫要求，沈大山和村“三委”创新出“一进二看三算”识别法，就是和村干部进门入户了解农户家庭基本情况；看其生产生活设施，看发展基础和状况；算农户收入、支出、债务。经由党员和村民代表投票，大庙村落实了 275 户 755 人为精准扶贫对象。在这个过程中，沈大山带领工作队员入户填写调查问卷，全程参与监督。去年 9 月初，四级督导部门在大庙村召开现场协调会，群众对沈大山和他的工作队满意度达 90%以上。

在走访调研中，沈大山发现八组 68 岁的阮世友老人，孤寡且患有疾病，家中连电都没通上，是村里唯一的“盲点”。了解情况后，他马上与村委会研究，决定由工作队出资购买供电物资并组织安装。“沈书记，和你才认识几个月，你好人、好干部……”通电后，看着耀眼的灯光，阮世友老人紧紧握住沈大山的手不愿松开。今年春耕之际，沈大山了解到春耕地膜是村民急需的生产资料，他及时向县里汇报，联系对接县农牧局，亲自把半吨地膜送到贫困户家中，解了贫困户的燃眉之急。逢每年秋收之际，针对大庙村玉米种植面积较大，沈大山紧急协调县农机局，及时联系玉米脱粒机，方便群众劳作所需，增加群众的可支配收入。

“每次他到农户家中去，大家都跟见到亲人一样。不论大小事，只要我们向沈书记反映，他都拿本本记下，及时解决，真是位好同志！”大庙村精准扶贫户王光军说。在沈大山那本厚厚的民情日志本里，珍藏了太多让人为之动容的故事。为曾在五六十年代修建观音河水库受伤的李万根老人协调争取工伤补贴，当 800 元补贴打到老人账户上后，老人多次邀请沈大山去家里吃饭，都被婉拒。70 多岁低保户王昌刚夫妇，因儿子长期在外打工，为 5 岁孙子办户口就学发愁，沈大山竭力办妥孩子入学事宜，现在孩子见了他一口一声“大大”。为独自带着两个女儿的邹秀云办理低保信息变更，当拿到低保时，这个 40 岁的农家妇女含泪跪地……

“没有资金，村民脱贫积极性不高，劳动力不够……”沈大山常常辗转反侧，一遍遍地自问：“怎么办？”出路是逼出来的。年轻劳力出去打工是捡了芝麻，丢了西瓜，归根结底是没有产业支撑。如果把村民集中起来，搞规模化绿色经营，瞄准市场需求，人力、土地、资金资源自然就盘活了。沈大山通过调研，决定发展投资少、周期短、见效快的鸡、羊、牛等养殖项目，着力将大庙村建设成脱贫攻坚示范村。他耐心游说在外打工的年轻人，仅两个月，一大批村民从山西、内蒙古等地纷纷归巢创业搞养殖。养殖场建设期间，沈大山盯着现场，拿着尺子量场地、看材料规格，反复测算预算方案。养殖场搞起来了，技术问题又怎么解决？沈大山一次次跑县上，协调畜牧站进驻大庙村包村，问题最后迎刃而解。

为了规范管理养殖产业，大庙村成立了绿色养殖农庄联扶专业合作社，沈大山被选为监事长。合作社采取重点扶持养殖大户、精准扶助贫困小户的模式，由养殖大户每年负责联扶 10 个左右贫困户。沈大山将杨村矿业集团的帮扶资金部分用于奖补养殖场建设，剩余全部用于建档立卡贫困户。养殖大户经营一年后，按每人每年 1200 元的标准，将红利发到贫困户手中。沈大山自豪地说，即使我们工作队走了，但贫困户股本金在合作社一直循环使用，贫困户可以得到分红，实现长效稳定增收。

“沈书记让我们回乡创业绝对是正确的。一家人齐全，孩子的未来就是希望。”43 岁的贫困户王光军激动地说。王光军夫妇常年在外地打工，母亲患重度风湿半残疾，独居在山头，女儿在县上读寄宿中学。回乡后，王光军在养殖大户王兵的养殖场干活，包吃每天 100 元，一家分得了 3 张股权证，他还以自家 8 亩土地入股到合作社。现在他和妻子既能照顾母亲身体，又能陪伴孩子。包括王光军在内，仅养殖大户王兵联扶的贫困户就有 13 户。截至年底，沈大山在大庙村帮扶的 40 户 142 人实现稳定脱贫，贫困户收入也从 2700 元提高到 5000 元以上。

听完王标的介绍，刘海洋深受感动，他对沈大山说，如果家里有困难，公司可以派人替换他。

沈大山坚决不同意。他说："大庙村脱贫攻坚正是吃紧的时候，换个人又一时半会儿不熟悉情况，我无论如何都不能半途而废。"

刘海洋握住沈大山手说："我代表杨村矿业集团谢谢你了！"

沈大山动情地说："董事长，这都是我应该做的。"

看完了大庙村，刘海洋又来到了相山村。相山村的驻村第一书记惠铜川早已经带领着村干部和扶贫工作队在村口等候了。下车后，刘海洋看到惠铜川又干又黑，整个人瘦了一圈，眼窝子都塌下去了，头发花白得像个垂暮之年的老汉。刘海洋心疼地拍了拍惠铜川的肩膀，说了声辛苦了！在村委会的会议室里，通过听专题汇报和看展板，刘海洋知道了惠铜川的扶贫故事。

第二十五章

1

三年前，惠铜川来到了相山村。崎岖的山路，破旧的村舍，身着七八十年代服装的老弱妇孺，这样的困境让惠铜川既沉重，又暗自焦心。他暗下决心："要让这里的村民过上和家乡人一样的生活，柏油马路修到大门口，红砖白墙盖的村舍整齐有序。"

"交通靠走，通讯靠吼，山林少落鸟，河里难见沙，多有汉子往外嫁，少有女子娶回家。"这样鲜明的写照，让他揪心。相山村建档立卡贫困户共188户636人，农民人均纯收入仅2500元，有三分之二以上劳动力靠着外出务工养家糊口。

相山村地处山区深处，崖陡沟深、交通闭塞、劳动力不足，这样的"空壳村"要致富，该从哪里下手？上任后，工作环境和对象的改变，让惠铜川一时无法下手。为了摸情况，他没日没夜地到农户家、田间地头走访，向村里党员、老干部、村民问人口、问收入、问困难，凭借多年的思想政治工作经验，他很快找到了致贫“病根”，最终与村委会确定了方案，那就是大力发展村集体产业经济，把在村的弱劳动力村民都变成产业农民。

惠铜川认为，村里的香菇、水稻、茶叶产业虽然使部分贫困户受益，但产业规模和层次不高，单靠这种传统小农经济或外来企业投资带贫效果有限，关键还得升级集体产业。对相山村而言，只有走村集体经济发展路子，建立起产业基地，才能实现产业升级。改造老茶园，建茶叶产业基地；实施现代化大棚，建食用菌产业基地；标准化种植水稻，建富硒大米产业基地。就这样，惠铜川的产业升级思路很快成了村里的致富蓝图。

土地流转是产业升级关键一环，但开局第一步，惠铜川就遇上了坎。建茶叶产业基地首要就是鼓励农户对自有老茶园进行改造，盘活效益低的老茶园。蒋坤德是村里的五保户，早年没上过学，凭着传统手艺，守着 5 亩老茶园，习惯了懒散的生活方式。惠铜川一次次上门，从吃闭门羹，到投其所好，找借口和蒋坤德下象棋，做思想工作，蒋坤德思想逐渐转变。蒋坤德的房子建在半山腰上，坡陡路窄。四月份的一天，下着大雨，惠铜川淌着泥路，往山下走时，一不留神脚底一滑，摔倒在泥泞中，手臂被树杈刮了一道口子。回到村委会正处理伤口，工作队员一边跑一边高兴地告诉惠铜川，蒋坤德同意将老茶园交给集体改造了。现在蒋坤德除了土地流转收入，自己还参与到除草、施肥、浇水、采摘鲜叶等工作中，一年收入就达 4000 多元。

后来，相山村在村集体经济合作组织管控下全力实施“以现代农业水稻种植业为主体，食用菌大棚种植和茶园基地为两翼，茶叶加工厂、红薯粉条加工厂、生猪养殖场、肉牛养殖场和水产养殖基地五同步”的“一体两翼五同步”发展模式。将相山村现有水田充分利用起来，发挥地区优势，种植富硒水稻，发展稻田养殖淡水虾。以村集体名义流转40亩土地建设大棚，实现羊肚菌、香菇等循环交叉种植，并将其产生废料作为茶园有机肥料使用。以老茶园及增建新品种茶苗基地为基础，建设纯天然、绿色、有机茶园，通过规范化管理，提产增收。茶叶加工、红薯粉条加工、生猪养殖、肉牛养殖和水产养殖同步辅助发展、多元经营。

进入秋收季节，连片的新茶园里，村民忙着除草，新茶叶加工厂刚封顶，设备陆续进厂安装；香菇棚里村民们正进行菌棒刨皮；而金灿灿一片的富硒稻田正在收割……

相山村通过积极招商引资、百企帮百村等渠道，建立村、企长期合作关系，实现产业发展“订单化”。相山村集体股份经济合作社注册并运营的“相山山珍”品牌，将相山村绿茶、红茶、香菇、羊肚菌、大米等26项农副产品，全部纳入“相山山珍”品牌经营范围内，实现农副产品进入大众消费市场的华丽转身。

建立线上线下双重销售网络，在汉滨市建立了多家线下实体体验店，并和电商网站进行了合作。目前，依托专业公司，3名村民跟班学习绿茶、红茶制作技术，食用菌基地长期固定4人学习香菇、羊肚菌种植管理技术，培育专业技术人才。

下午吃过饭后，惠铜川前面带路，刘海洋一行走访了村里的几户贫困户。

“我种了几亩稻谷，都是富硒的，营养价值高，以前不好卖，现在只要联系惠书记，我们的稻谷就能卖出去了，价格还不低。”村民袁老汉拿着5000元的米款笑得合不拢嘴。

有个村民叫文木九，他拉着刘海洋的手说：“老总啊！惠书记，好人啊！”原来，文木九在村里算是有一定眼光的人，很早就开始搞养殖猪。但是，相山村交通不便，外面的饲料进不来，光靠粮食养殖，成本太大，出栏时间长，利润低，而且因为资金流转慢，每次只能养三四头，一个养殖季下来，运气好的话还能赚点儿，要是运气不好的话，别说赚钱了，能保住本，就算很幸运了。为了改变现状，文木九找亲戚朋友借来一笔钱，扩建了养殖场，增加了养殖数量，眼看就要出栏了，他发现一头猪躺在地上精神呆滞，不吃不喝。难道是猪生病了吗？文木九心里一惊，可还是心存侥幸地等到第二天，等他再到猪舍一看，顿时傻眼了，十几头猪全部病倒在地，一动不动。焦急万分的文木九连忙上山采药，小时候，他听老人说，山上有种草药能给猪治病。一番忙活下来之后，十几头猪不但没有能够好起来，反而更加严重，妻子在一旁急得直哭，文木九决定去镇上想办法，他向邻居借了一辆摩托车，刚到村口便遇见了进村的惠铜川。问明情况后，惠铜川二话没说，驾车带着文木九就朝县城而去。到达县城后，惠铜川不停地找熟人联系，最终联系了一名专业兽医，等返回相山村的时候，已经是凌晨一点的时间。经过仔细检查，兽医很快便为十几头猪注射了药物，并告诉文木九，猪是因为吃了变质的食物而导致发病，要是再晚上几个小时，恐怕一头猪都留不住了。文木九这才想起原因，为了减少出山的次数，他每次都多采购一些饲料，但相山村空气潮湿，一些饲料已经有些发霉。

那一夜，惠铜川和文木九在猪舍外生了一堆火，一直坐到天亮，确定所有猪都脱离危险后，惠铜川才拖着疲惫的身体离开了。几天后，为了表示心意和感谢，文木九提着自酿的拐枣酒走进了村委会，惠铜川收下了他的酒，却在晚上给送了回来，并对文木九说，如果要想致谢，就按照他的办法去做。惠铜川让文木九坚持用南瓜、玉米等为主要饲料，这样，出栏后的猪所产的肉品质较好，能卖掉的就卖掉，卖不掉的就按照相山村的传统方式加工成腊肉。同时，惠铜川通过村里的农产品销售平台，为文木九开辟了新的销售渠道。如今文木九坚持用惠铜川教给他的方法养殖，每年差不多有六七万元的收入。在他的带动下，村里很多人也自觉地发展起了养殖业，有着丰富经验的文木九成了他们的义务指导员。

“惠书记救的是猪的命。猪就是我的命，等于救了我的命。”文木九激动地对刘海洋说。

贫困户李元号的妻子王亚锐有小儿麻痹的残疾，下肢严重萎缩，行动很不方便，但她心灵手巧，裁衣做针线，当年还是个巧媳妇。因时代变了，人们都向往“洋”的，她那“土”的就没有了出路。惠铜川了解到情况后，就动员她做布鞋，打出品牌，想办法打开销路，帮助她家脱贫。

“能成吗？”起初，王亚锐怀疑地问。

“能成，听说你鞋做得好。”惠铜川说。

“那时候，做鞋是给自家人穿呢，现在谁还买着穿布鞋呀？”王亚锐问。

“没问题，你做，现在返璞归真，城里都有专门卖布鞋的店哩。”惠铜川说。

“那咋弄，我试试？只是我没有本钱。”说到钱，让王亚锐顾虑。

“不怕，你这也要不了多少本钱，我先给你垫上。”

惠铜川用车拉着王亚锐，从镇上的布店购买了白棉布、黑绒布、碎花布、黑松紧和针线。有了物资，王亚锐就干开了。剪鞋样、扩鞋帮、沿鞋口、打袼褙、纳鞋底……一双做成，少说也有十几道工序，王亚锐做得精细，做得巧妙，第一批鞋十几双做成放到集市上去卖，被一抢而空。王亚锐尝到甜头，要扩大规模，就叫上了村里几个姐妹，大家一块儿做。

“惠书记，这样就形成规模了，就是一个产业。”王亚锐说，“村上还有一些贫困户哩，也给他们找些活干。”

惠铜川说：“定了，这事就是你王亚锐带头，搞起一个产业来，可以做成系列产品，有男人鞋、女人鞋，还有小娃鞋。”

两年过去了，王亚锐的鞋真的成了一项小产业，成立了“忆乡愁”手工布鞋合作社，发动全村妇女参与。由于供不应求，纳鞋底子一双也从以前的5元，陆续涨价到8元、10元，现在是12元，还设计了外包装，鞋子不用盒子装，而是装在布袋里，袋子上面印着“忆乡愁手工布艺坊”，盖上一枚“亚锐手作”的方形红色印章，再通过淘宝电商、微信平台、今日头条、电视报道等多种媒体宣传销售，三年卖了20万元。

经过各方面的努力和共建，相山村建设1000平方米的现代化茶厂、人均香菇1000棒、村年收入达1000万元的“三个一”目标正成为现实。现如今，相山村修建了水泥路，改造了水塘，新建了公厕，安装了路灯，昔日的破旧瓦房不见了，整个村庄焕然一新，也吸引着越来越多村民回乡创业。

“作为一个外乡人到这里生活习惯吗？”刘海洋笑着问惠铜川。

惠铜川咧开嘴笑着说，刚开始不习惯，现在习惯了！来相山村当天，我就见识了这里的蚊子，黑白相间分外明显，把翅膀展开，不算那六条大长腿，竟比平时见的苍蝇还大！咬人时，一咬一个疙瘩，瘙痒难耐。当天还遭到蠓虫的围攻，被咬时感觉不强烈，我根本没有把这些比芝麻还小，仿佛烟灰一样的小虫放在眼里。可是第二天就不一样了，感觉越来越痒，而且被咬过的地方全变成了红疹，忍不住去抓挠。不到一天工夫，红疹连成了一片并开始肿。第二天晚上又痒又痛。第三天实在受不住了，一大早就去找当地人问办法。当地人给说了用哪种药膏，挺管用，中午就不痛了，瘙痒也有所缓解。但因为当天晚上回来太累，忘了抹药，半晚上被痒醒，迷迷糊糊中一顿乱挠。第四天，肿的地方就起水泡了，这时，再涂药膏也不管用了，而且开始有溃烂的地方。当地人也没有了办法，只能到镇上去打点滴。治疗了三四天，症状才消失。到相山村第一顿饭，土豆、豆角、面疙瘩一起煮的，又辣又酸，尝了一些，吃不惯当地的饭，然后偷偷地到宿舍泡着吃了一包方便面，然后就拉了三天肚子……

刘海洋紧紧握着惠铜川的手说："让你受委屈了。"

惠铜川说："没啥，董事长，我们扶贫干部都是一样的。"

2

平心而论，黄丽君的工作能力是有目共睹的，自从她当了工会副主席以后，工会的工作有了很大的进展。以前工会属于可有可无的部门，尤其在职工看来，这是一个组织吹拉弹唱的"闲职"单位，平日就是搞搞活动、组织节日慰问等等，其他时候基本就看不到影子了。黄丽君来了以后，首先提升了部门人员的自信心，不要觉得工会的人就“低人一等”，生产经营部门的人就“高人一头”，所有的部门地位上都是平等的，只是分工不同、业务不同、职能不同而已。其次，黄丽君将工会的工作业务与葫芦滩煤矿的安全生产经营工作融入一起，每个月组织人员去考核机关部室和基层区队，用好检查考核这个指挥棒和武器。打蛇打到了七寸，掐住了要害处。实行考核后，来工会学习请教的人越来越多。这里子、面子都有了，手底下的人干得也心劲足。最后就是黄丽君抓住一切可以利用的机会，想方设法把部门的人员往上推，不仅让他们收入提高了，也让他们看到晋升希望和未来。在黄丽君的带领下，工会这支原来软绵绵的队伍变得干劲十足。所以，在葫芦滩，无论是干部还是职工对这个女子都是高看一眼，觉得这个女干部管理水平高，就是原来那些私底下认为她“走后门”的人对她也是刮目相看。

不过这一切的成就都换不来黄丽君在感情生活上的稳定，搅动感情风暴眼的人不是别人正是刘宁。黄丽君的心里只能装得下刘宁，再也容不下第二个人了，尽管这样的感情是违背人之伦常的，但是黄丽君的潜意识仍固执地认为爱一个人是没有错的。上次她当面撞见刘宁在外面拈花惹草、跟其他女人卿卿我我时，她内心是非常痛苦的，将刘宁的电话直接拉进了黑名单，甚至有几天消失不见了踪迹，事业上她可以做到冷静如水，游刃有余，但是感情上她一点也不理智啊。最后刘宁找到了她，说明了缘由，并道歉认了错，她才又重新回到了葫芦滩人们的视野中。

直到有一天，一封举报信打破了平静的湖面。这封举报信来得比较奇怪，是从省煤炭局转下来的，被举报的人正是黄丽君。举报信没有署名，是一封匿名信，里面说黄丽君作为国有企业的干部，不守妇道，私生活混乱，道德败坏，破坏他人家庭，严重玷污了干部的形象。

举报信转下来以后，作为葫芦滩一把手的刘宁最为头疼。黄丽君属于葫芦滩煤矿所管辖的干部，省煤炭局给出的具体意见是，由矿党委进行核查，最后将核查结果上报省局。刘宁的第一反应是这件事情必须压下来，这里面不仅仅是黄丽君的事情，更涉及他。刘宁甚至认为，表面上这封举报信是针对黄丽君的，实际上真正举报的对象是他。由于举报信是匿名，查不清来源，刘宁就从身边的人排查，一圈子下来，也没有理出个所以然。刘宁觉得当下最要紧是跟上面的人疏通好关系，让这件事“软着陆”，最好的结果是悄无声息地压下去。

看似一件小事，处理不当就会掀起滔天巨浪，把一个人瞬间掀翻在地。处在事件中心地带的黄丽君是受伤害最大的一个，这关乎她的名声和荣誉。就在刘宁通过他的人脉和资源上下疏通关系，想要平息匿名信事件时，不知道匿名信的内容怎么就泄露出去了。一个礼拜的时间，流言蜚语就像瘟疫一样迅速在矿区开始蔓延传播，职工们指指点点，议论纷纷，黄丽君也成了大伙儿茶余饭后的谈资，他们把矛头对准黄丽君，火力全开，谩骂、诅咒，劈天盖地……说什么的都有。每天上班，黄丽君觉得大家看她的眼神都不一样了，看到同事们窃窃私语在谈论着什么，即便不是说她黄丽君，她觉得也是在说她，这件事情把黄丽君整得有点神经质了。

一个人的突然闯入让这件事二次发酵了。这个人不是别人，正是刘宁的妻子钱素娟。这位任玉静的校友也生活在水深火热中，自从嫁给丈夫刘宁后，她就活得不像个女人，别人都是相夫教子、恩爱有加，她和刘宁连个亲生的孩子都没有。大多数时间，钱素娟只是刘宁名义上的妻子，刘宁整天忙于工作和应酬，很少回家，即便回来也是将就住一晚，第二天早早就走了。钱素娟守着空荡荡的房子，看着奢华气派的家具，心里空落落的。在丈夫身上得不到情感和疼爱，钱素娟想要一个孩子，有了孩子，情况可能会迎来转机，让这个偌大的房子有一点人气。结果，几年了不争气的肚子不见任何反应。眼看着年龄越来越大，钱素娟只能抱养了一个孩子。孩子的出现确实给钱素娟带来了很多快乐和希望，现在抱养的孩子都已经长大了，自己和丈夫的关系仍然没有改变，刘宁还是那副冷冰冰的样子。以前钱素娟也听过关于丈夫和这个女人的一些风言风语，但这个不爱惹事的女人选择了沉默，不想听也不愿意去管，反正她在丈夫心目中是可有可无之人。现在听到举报信里面的内容，别人嘴里都是丈夫与黄丽君的种种暧昧缠绵的故事，在丈夫身上得不到爱的钱素娟把满腔怒火和怨气全部指向了黄丽君。

四月的一个下午，黄丽君正在组织开内部的部务会。这时候，钱素娟突然就闯进来了，直接问道："黄丽君，你为什么要破坏我的家庭？"

黄丽君被钱素娟突如其来的一句话问得一愣，平时她很少跟钱素娟打交道，更谈不上有来往，同在一个单位上班，在一栋楼里办公，见了面就点个头，仅此而已。

"你把话说清楚，我怎么破坏你的家庭了？"黄丽君站起来，顺嘴问了一句。

"现在矿上传得沸沸扬扬，满大街的人都知道，你勾引我老公。你这个不要脸的女人！"钱素娟说得很激动，她的胸脯颤抖着，眼睛里喷着火，仿佛要一口吃了黄丽君。

“你不要无理取闹！谁勾引你老公了，你把话说清楚！”黄丽君被架在了半空中，尴尬得收不了场，同事们都看着她。随后她宣布散会。她不想理会钱素娟，准备离开这个地方。

黄丽君想走，钱素娟压根儿不给她这个机会。钱素娟把身体横在门前，怒气冲冲地喊道：“不说清楚，谁也不能走！”

在场的人面面相觑，被钱素娟的气势吓到了，不知道怎么办，走也不行，留也不行。

黄丽君不想与钱素娟纠缠，但又走不了，便问道“给你说什么？”

“说你是怎么勾引我老公的？让大伙儿也看看你那股骚劲儿！”钱素娟说。

黄丽君冲上去，想撞开一个口子冲出去。钱素娟一把推开她，左右开弓就给了黄丽君两记响亮的耳光，黄丽君也顾不得体面和尊严了，朝着钱素娟粉白的脸就抓了上去，一时间两个女人扭打在了一块儿。

刘宁坐在办公室也是团团转，他早就知道消息了，此刻他已经派办公室主任去处理了，这种事情他不方便也不能出面，手心手背都是“肉”，让他这个中间人咋办？办公室主任跑过来告诉他，事态进一步升级了，两个人已经打起来了。血立马就涌到刘宁的脸上了，他深知，自己不出面是不行了，这既是家事，又是公事。处理不好，会弄得满城风雨的。

刘宁赶到后，跟办公室主任合力将黄丽君和钱素娟拉开。为了消除影响，办公室主任赶忙呵斥让围观的人赶快散去。

黄丽君与钱素娟两个人基本上谁也没有占到什么便宜，都破了相，头发被揪得乱蓬蓬的，脸蛋也被抓得留下了印记。

“刘宁，你今天必须跟这个女人有个了断！”钱素娟哭喊着。

“你们不要闹了好不好，这是在单位，影响多不好啊。”刘宁眉毛拧成两个疙瘩。

“你打不打？”钱素娟看着丈夫没有行动，进一步威胁，“你如果不打她，我今天就从这个窗户上跳下去你信不信！”

刘宁瞬间慌了神，连忙走过来安抚钱素娟的情绪：“你这是干啥？还要死要活的。”

“你到底打不打？”钱素娟情绪几乎崩溃。刘宁看着狼狈不堪的妻子，生怕她干出出格的事情。想了一会儿，他走到黄丽君面前，抡起胳膊朝着黄丽君的脸上同样来了两记响亮的耳光。

黄丽君捂着脸，眼里充满着杀气，她没想到刘宁会打她，而且是两记侮辱性极强的耳光。她狠狠瞪了一眼刘宁，转身就跑出了办公室。

刘宁呆若木鸡，立在原地……

那天以后，黄丽君就在葫芦滩消失了，像人间蒸发了一样。

3

一开年，煤炭价格急速上涨，市场上一吨煤最高卖到 2000 多块，平均价格也超出了 1000 块，这种情况出乎所有人的预料，想不到煤炭价格如此之高。尽管如此，前来买煤的人依然是络绎不绝。

这天，刘海洋正在省城出差，接到了林河电厂厂长陈国庆的电话，约他到西京九号见面，晚上一起吃顿便饭。

刘海洋问："还有谁参加饭局？"

陈国庆说："只有你我两个人。"

刘海洋说："可以，我也想见见老朋友。"

来到西京九号，是一座十层建筑，外观并不起眼，里面装修得却很精致。十多年没见，陈国庆明显老了，头发稀了，眼袋大了，皱纹多了。

陈国庆说："刘总，我已经退休了，老朋友，多年没见，想和你一起叙叙旧。"

两个人聊了一会儿，就聊到了王志强。陈国庆说，王志强死了。刘海洋就问，是怎么死的。陈国庆就说了事情的经过。

王志强被免去林河电厂销售科长职务后，觉得没脸在林河电厂待下去了，就另谋出路去了。先是贩卖苹果，后又开了一家商店，王志强觉得辛苦来钱又太慢，就在省城贩卖毒品。由于他善于钻营，便成了一个小头目。王志强有一个原则，自己不吸毒，他手下的小弟也不能吸毒，否则就动用"家法"，只害别人，不害自己人。不久，东窗事发，王志强被抓了起来，判了10年有期徒刑，关进了监狱。他在狱中还不老实，给同监狱的两个犯人做工作，声称自己在省城的一所旧房子里存有200万元现金，如能帮助自己越狱成功，这200万元就是他俩的。在两个犯人的帮助下，一个月黑风高的晚上，王志强抱着被子从三楼的窗户滚下来，又趁着武警换岗之际，将被子铺在铁丝网上，越过高墙，消失在茫茫夜色之中。由于监狱建在一片森林中，王志强在森林中迷失了方向，喝山泉水，吃野果充饥，晚上就睡在树林里，听见动物的叫声就吓得要死，经过 7 天 7 夜的跋涉，终于走出了森林。王志强身无分文，饥渴难耐，就一路躲藏，一路讨饭，最后逃到了一处小煤窑打工，他没有吃过苦，当然也干不了煤矿的重活，强忍着干了 3 个月，就找煤老板结账，老板不给他钱，说他干的活还不如吃的多，王志强一怒之下，便掐死了煤老板，又开始逃亡。最后王志强逃到了云南，投靠了一个贩毒头目，工作就是负责从缅甸往国内贩毒，王志强知道自己成了通缉犯，已经没有了退路，就死心塌地贩毒。两年之后，王志强成了贩毒团伙的小头目，就打电话叫他的好朋友冷铁柱也过去跟他一起贩毒，贩毒的数量越来越大，王志强的心里也越来越恐惧，打算洗手不干了，就和冷铁柱带上毒品款，声称去运毒品，到缅甸后一去不返，失踪不见了。半年后，二人在缅甸被贩毒的大头目找到，惨死在异国他乡，直到去年这个贩毒大头目落网，王志强的死讯才被人知晓。

刘海洋听完，感慨地说："多行不义必自毙。"

陈国庆点了四菜一汤，菜量不大，却很精致。喝的是深绿色的白酒，但入口绵和，带着浓浓的香味，喝到胃里，浑身都很舒坦。菜味也很特别，滑口爽胃。

刘海洋说："这家会所的酒菜很精致呀！"

陈国庆说："刘总，你整天忙于工作，头上都有白发了。你把企业做得又大又强，也要学会享受生活呀！"

席间，陈国庆提出想从杨村矿业集团买些煤。

刘海洋说杨村矿业集团的煤都是卖给大用户的，签的是长期合作的合同，不对中间商出售。

第二十六章

1

在杨村矿业集团的董事会上，吕向阳通报了一个振奋人心的消息，世界500强企业排名榜单刚刚发布，杨村矿业集团凭借3000亿元的收入，450亿元的利润，顺利进入世界500强，同时还被评为全国最有竞争力的企业。

宋如亮也报告了一个好消息，北京研究院瞄准聚合物领域的世界领先技术，卧薪尝胆、矢志不移，十年磨一剑，在高端弹性体、特种多元醇、可降解材料、磷酸铁锂电池和钠离子电池四个方向，研发取得革命性突破，5年内工业化应用后将带来5000亿产值。

刘海洋说："很好！我们就是要居安思危，未雨绸缪。煤炭毕竟是个高碳产业，将来逐步会被新能源所替代。我们要在煤炭形势好的时候实现华丽转身，低碳转型，矢志打造世界一流企业。"

杨村11矿和12矿终于建成了，刘海洋决定到现场去看一看。进入11矿，一座巨大的太阳石造型雕塑在阳光下熠熠生辉，杨村 11 矿党委书记、董事长王亮早早地等在办公楼门口迎接。

王亮介绍说：杨村 11 矿是由杨村矿业集团出资 51%，本市国有资本运营管理有限公司出资 49% 共同组建的大型国有股份制企业。11 矿建立了完善的法人治理结构，设股东会、董事会、监事会和经理层。

杨村 11 矿井田面积 138 平方公里，地质储量 48 亿吨，设计可采储量 35 亿吨。核定年生产能力 5000 万吨，配套年洗选能力 5000 万吨的选煤厂。煤炭产品具有低灰分、特低硫、特低磷、高发热量、高挥发分、高含油量的特点，是优质的动力、气化、液化、水煤浆和制备超纯煤原料，被誉为得天独厚、世界罕见的“环保煤”。

刘海洋提出下井去看看，王亮说好。刘海洋一行人到井口浴池，换好了衣服，带上矿灯和自救器，坐上皮卡车就出发了。车子行驶在井下柏油马路上，个别路段上还设置了红绿灯，看起来跟地面上的道路并无两样。

王亮继续介绍说：“11 矿坚持智能发展，围绕云计算、大数据、人工智能等新一代 ICT 技术与煤矿深度融合展开合作，合力打造智能协同示范矿井。制定了智能矿山总体规划，先后实施了工业环网升级改造、F5G 视频环网、模块化数据中心、云计算平台、智能化综合管控平台、智能作业管理系统、智慧园区、智能综采、智能灾害防治等 24 个智能化矿山项目建设，通过验收，达到了国家一类一级。下一步，将与国家院士开展深度合作，聚力相关课题攻坚，建设国家级高效智能绿色样板矿，形成全面智能运行、科学绿色开发新型矿业产业生态。”

刘海洋一行来到了综采工作面，采煤机自动割煤，一名采煤工正在工作面巡查。进风顺槽摆放着设备列车，有一节车厢里摆放着书籍、小食品、方便面、咖啡、茶水和各色水果。刘海洋喝了一杯咖啡，又吃了一个桃子，脸上绽放着笑容，高兴地说：“快乐生活、体面工作，煤矿工人的工作环境就应该是这个样子的。”

去过综采面，他们又来到掘进工作面。王亮介绍说：“掘进面采用智能机器人作业，掘锚支护一体推进，智能快掘系统创下了单巷日进 86 米，双机双巷月进 3048 米的新纪录。”

王亮说：“现在煤尘是矿工健康的大敌，同时煤尘也是灾害治理的难题。11 矿正在与专家团队合作，全力打造井下空气质量革命示范矿井，让井下员工呼吸到和地面一样的新鲜空气，让职业病在 11 矿彻底消失。井下空气质量的技术突破，将把关爱员工生命安全提升到关注员工身体健康层面，必将为煤矿工人的健康福祉探索出新路径，对煤炭行业发展具有重大意义。”

刘海洋说：“特别好！这是一项开创性的工作。接下来，11 矿要对井下空气质量革命的创新成果进行总结，并无偿提供给集团所有矿山企业，造福集团乃至行业全体矿工。”

升井后，刘海洋发现，他们一行人脖子上的白毛巾还是洁白如新，又高兴地说：“很好，煤尘问题解决了，矿工的劳动健康就更有保障了。”

在谈到人才开发的问题时，王亮说：“杨村 11 矿现有职工 1800 人，全部都是本科以上学历，其中研究生 200 人，博士生 80 人。具体做法是对博士生和研究生实行轮岗制度，用一年时间分别在综采、掘进、通风、机电等区队轮岗，轮岗结束后，根据个人特长一对一做好职业发展生涯规划，制定个人成长计划书，择优聘任 80 名研究生为技术员，聘任 50 名博士为首席技术员。”

谈到未来发展时，王亮表示：11 矿将深刻领会和准确把握新时代高质量发展要求，尽早建成“智能协同”“井下空气质量革命”示范矿井，让人们从《平凡的世界》中走出来，看到一个“不平凡的世界”，让“劳动光荣、矿工伟大”成为新时代煤矿工人的荣光。

刘海洋听完汇报，向王亮竖起了大拇指说：“这就是我心目中的煤矿。”

看完了 11 矿，刘海洋又来到 12 矿，刘海洋在会议室听取了党委书记、董事长李辉的工作汇报。

杨村 12 矿分别是由杨村矿业集团持股 55%，本市国有资本运营管理有限公司持股 45% 组建而成的大型国有企业。煤炭储量 55 亿吨，可采储量 40 亿吨。12 矿按照“一矿两井”的模式建设，一、二号井设计产能分别为 2800 万吨和 2200 万吨，两井生产系统相互独立，地面设施共用。12 矿以“打造智能矿井、创建智慧园区”为目标，充分利用物联网、大数据、人工智能、5G 等新兴技术，建成了具有自身特色的智慧矿山，被列为“国家首批智能化示范煤矿”。在“智能矿井”方面，建成了智能综采工作面，投用了智能掘进、智能煤流、智能辅助运输、智能洗选、智能装车等系统，矿井主要巷道实现了 5G 信号全覆盖，井下重要场所巡检机器人全覆盖，所有机房硐室达到了“无人值守、有人巡检”，部分实现“无人值守、无人巡检”。在“智慧园区”方面，建成了综合安防、访客预约、无感考勤等系统，打造了智慧园区管理平台，建成乐智能物流系统，实现了物资仓储、配送全流程自动化作业。

12 矿坚持以员工为中心，建成投用了体育场、篮球场、网球场、文体中心、员工书吧、音乐烤吧等，启用了游泳馆、健身房、棋牌室、乒乓球室、台球室、瑜伽室、练歌房等文体场所，食堂就餐实行刷脸支付，员工住宿“一人一室”，宿舍配置了电视机、洗衣机、空调等家电设备，推行五星级公寓管理模式。开通到市区的通勤车，设置自动贩售机，投用无人超市、员工理发室、医务室、快递收发室等服务点，规划建设了“矿区儿童乐园”、干洗店、自助洗车房等，不断完善矿区绿化，努力让员工享受城市般的生活。

听完汇报后，刘海洋在李辉的陪同下，又参观了区队学习室、职工宿舍、总调度指挥中心、游泳馆等地。在综采四队学习室，刘海洋见到了苗郭壮。李辉介绍说：他叫苗郭壮，综采四队队长，学的是采煤专业，特别能干，年薪60万元，开的是凯迪拉克小轿车。

刘海洋笑了笑说：“小苗我认识。”

苗郭壮必恭必敬地叫了声：“董事长好！”

刘海洋突然愣了一下，问道：“小苗，你怎跑到12矿了？”

苗郭壮说：“为了支援新矿井建设，我就到这里了，在李总的指导下，我还应聘上了综采四队的队长。”

刘海洋看着眼前的苗郭壮，突然想起了当年死于井下的大头，想起了当年煤矿困难的时候壮壮吃客人剩饭的情景，心里顿时五味杂陈。良久，他感叹地说：“煤矿30年，岁月两重天啊，现在的煤矿真是矿工的天堂啊！当初怎么也不会想到，煤矿工人能过上如此的幸福生活！”

2

惠铜川死了，刘海洋从王标口中得知了惠铜川的死讯，他既吃惊，又非常难过，好端端的一个人突然就没了，这让刘海洋一时间难以接受。他跟惠铜川虽然是同事关系，但是他一直把惠铜川当成是自己的朋友和兄弟相处，工作上是上下级，工作之外就是朋友，现在最好的一个朋友没了，刘海洋既难过又有些茫然无措。他一个人坐在办公室的椅子上，想着这几十年跟惠铜川的过往，从葫芦滩到杨村，从井下到地面，不由自主地两行眼泪就从脸上掉了下来。稳定了一下情绪后，刘海洋就问王标，惠铜川是怎么死的。

王标说，惠铜川马上就到退休的年龄了，考虑到他的年龄和身体状况，公司几次想把他调回来，但都遭到了他的拒绝。不是惠铜川不执行组织的决定，而是他已经成为一个地地道道的农民了，他已经与相山村紧紧连在了一起，所以他坚持要在那里干到退休。

几天前，外地有家公司到相山村商谈红茶制作技术和食用菌基地建设的事，惠铜川和村委会干部一起在农家乐招待远来的客人，为了谈成合作，惠铜川喝了一斤多拐枣酒，惠铜川是有些酒量的，但毕竟年龄大了，不比年轻的时候了，喝完酒摇摇晃晃的，众人就扶他到住所休息。第二天，大家去叫他开会的时候，发现人已经没有气息了，赶紧送到医院，医院也无力回天，给出的死因是呕吐物堵塞了气管导致死亡。

很快就是善后的事宜，人力资源部经理党从文认为惠铜川是喝酒死的，不算是工亡。相山村来了几名村干部，都为惠铜川鸣不平，他们准备在相山村的山上为惠铜川立一块碑，纪念这位一心一意为群众办好事的好书记。

刘海洋打电话叫来党从文，狠狠批评了他一顿，对他说："不能认死理，惠铜川是正常的公务接待，吃饭在农家乐，喝的是村民自酿的拐枣酒，并没有超标准接待。不但要按工亡对待，还要评他为杨村矿业集团敬业奉献的道德模范，让全集团的职工都向他学习。这个学习文件你抓紧起草，起草好就下发下去，号召大家都学习惠铜川爱岗敬业的品质和作风。"

党从文马上道歉："董事长，对不起，我思想上教条，是我理解事情片面了，我马上下去落实，您放心吧。"

几天后，王标对刘海洋说："从惠铜川的遗物中发现了他写的一首歌词，叫《从杨村走向世界》，写得非常好，建议找专业人员谱曲，在矿区传唱。"说着话，王标把一张写有歌词的纸递给了刘海洋，刘海洋展开一看，连声说好，并对王标说，这首歌可以定为新时代杨村矿业集团之歌，要积极发动广大职工传唱。

从杨村走向世界

我们的信念坚如钢铁
铸就脊梁托起日月
我们的事业兴旺发达
奉献青春温暖世界
穿越风雨转型创新
改革发展壮怀激烈

穿越风雨转型创新
改革发展壮怀激烈
要做最好最强
追求精彩卓越
打造新时代的能源航母
我们从杨村
我们从杨村走向世界
走向世界

创业的先锋挺起胸膛
强国富民热血激荡
光荣的团队旗帜飞扬
追梦高歌走在前方
杨村为家携手并肩
锐意进取追赶超越
杨村为家携手并肩
锐意进取追赶超越
要做最好最强
追求精彩卓越
打造新时代的能源航母
我们从杨村
我们从杨村走向世界
走向世界

刘矿生大学毕业了，面临三个选择。一是上清华大学的研究生。二是出国留学深造。三是到国内企业工作。刘海洋对儿子说：“我的意见是不急于就业，继续在清华大学深造，等研究生或博士毕业后，到杨村矿业集团的北京研究院工作。比起国内大的科研机构，杨村矿业北京研究院的规模不占优势，但杨村矿业的研发经费充足，可供研究的项目很多，比较容易出成绩。”妻子任玉静也表示同意，刘矿生同意父母的意见，上学的事这么定了下来。

任玉静说：“楠楠在井下干了好几年了，还是个工人，能不能把孩子提拔一下，这样孩子也好对自己以后的人生有个发展规划。”

刘海洋说：“我已经给薛明亮推荐过了，让楠楠先从技术员干起，磨炼上几年再看。我了解到楠楠一直在工程技术方面表现得很优秀，他参与的两项科技成果获得了秦黄省科技进步二等奖。不过，我观察这个孩子，性格像你，比较柔弱，不是当官的料。他将来可以当矿上的首席工程师，甚至是首席专家。首席专家的待遇比矿长还高，年薪超过了一百万元。”

任玉静说：“你说的有道理。不过楠楠从小就丢了，我们也没有照顾上，吃了那么多年的苦，我总觉得亏欠他的。咱俩可要对他好点！”

刘海洋说：“我知道了。”

任自忠去世了，享年86岁，也算是高寿了，老人走得很安详。一年前，任自忠得了阿尔茨海默病，除了女儿任玉静，其他人都不认识了。任自忠每天早早地起床，穿着一身矿工服，戴上矿工帽，到街道上转，遇到行人就给发钱，有的给100，有的给200。有熟人遇见了任自忠，就连钱带人一起送回了家。任玉静专门请了长假，回来看护父亲，刘海洋不忙的时候也回去伺候。任自忠完全不认识刘海洋了，就问他是谁，为什么和玉静睡在一张床上?

刘海洋对他说：“我是你女婿，海洋啊！”

任自忠说：“我女婿海洋是个美男子，你长得又老又丑，还满头白发，你不是我女婿，你给我滚！”说完老人就拿棍子赶刘海洋，还拿酒瓶子砸他。刘海洋没办法，只好住进办公室。

矿生一回家，老人就眉开眼笑，说：“我女婿回来了，来！咱爷俩喝几杯！”

一天晚上，天降大雨，还有打雷的声音。任自忠听到雷声，立即起床，说了一声：“冒顶了，快跑！”说完后，穿着睡衣就跑出去了，在雨地里边跑边喊：“冒顶了！冒顶了！”任玉静费了九牛二虎的力气才把父亲拉了回来。回来后，任自忠就感冒了，最后是因急性肺炎引发呼吸衰竭而去世的。

3

9月的一天，刘海洋正在办公室办公，闵红光就敲门进来了，告诉他山南省煤炭局局长黄一品来访，刘海洋立即出门迎接，老朋友见面，显得格外亲切。黄一品说：“海洋啊，无事不登三宝殿，我是来向您求援的。”

今年入夏以来，山南省遭遇了历史最极端高温、最少降水、最高电力负荷、最大电力缺口“四最”和旱情、疫情、火情“三情”的叠加局面，导致电力负荷急速攀升，电力缺口急剧扩大。

山南和杨村矿业集团有协议，每年通过输煤管道向山南省发运煤炭 3000 万吨，现在输煤管道已建成投运，合同也能按进度履行。

黄一品说："目前山南省各大电厂普遍缺煤，有的电厂机组已经停运。关键是由于煤炭市场紧张，山南省还缺口 500 万吨优质煤炭。我知道这是额外请求，也知道会给你们添麻烦，如果实在为难，我们愿意用市场价购买这 500 万吨煤炭。"

刘海洋说："山南省在我们最困难的时候帮助了我们，把关井压井指标无偿给了我们，现在你们有困难，我们也一定出手相助。这 500 万吨煤还按长协价供应，目前管道运输已经满负荷了，就通过铁路运输。铁路运输有困难，我们就通过水运运至山南。"

听完刘海洋的话，黄一品的眼泪夺眶而出，哽咽着说："太谢谢您、谢谢杨村矿业集团了。多了这 500 万吨煤，山南人民今年冬天就不会挨冻了。"说完话，黄一品站了起来，朝刘海洋深深地鞠了一躬。刘海洋上前一步，握住黄一品的手说："黄局长，这都是我们应该做的。"

黄一品走后，刘海洋就让闵红光安排煤炭发运的事。闵红光说："董事长，500 万吨煤按长协价供应，按目前的价格，我们少收入了 20 多亿元。"

刘海洋说："在市场经济环境下生存，讲的是品质和风格，别人对咱们的好，要以乘法加倍地回报，咱们对别人的好，要以除法加倍地忘记，这样，企业的路子才能越走越宽。我们不要忘了煤炭市场不好的时候，到处求人而不得；我们要在市场好的时候建立人脉，拓展市场。我们现在经济形势好，少收入一点不算什么，赢得山南这个大市场才是至关重要的。这叫短期利益服从长期利益，经济利益服从诚信红利。有了山南这个市场，我们还可以把这种能源合作模式向长江上下游拓展，将长江沿岸的市场收入囊中，那我们的杨村就会在市场竞争中立于不败之地。”

闵红光听完说，深受启发，他向刘海洋伸出了大拇指，还是董事长站得高、看得远。刘海洋笑了。

第二十七章

1

夜总是那么漫长，白天也总是那么漫长！白天等不来夜黑，黑夜里盼着天明！

自从惠铜川走了以后，杨荔枝就进入一种魔怔的状态。她真是受不了这个打击，她现在也是个半老太婆了，而且离开的人还是她最心心念念的惠铜川。

就在惠铜川出事前几天，杨荔枝每天晚上都会在噩梦中惊醒，醒来后，枕头和被子上湿漉漉的，都是沁出的汗水。杨荔枝给惠铜川打电话，将自己老做梦，梦见心惊肉跳的事情告诉了惠铜川，嘱咐他一定要照顾好自己，少喝酒，不要亏待自己的身体，出行安全是第一位的。惠铜川反而安慰她说，日有所思夜有所梦，让她不要多想了。现在杨荔枝已经在省城住下了，专职接送两个孩子上学，放学后给两个孙子做饭，不过辅导功课她就爱莫能助了。儿媳妇没办法，为了孩子，只能在单位办了长假手续回来带孩子。

惠铜川的死讯是刘海洋告诉她的。那天早上起来，杨荔枝就感觉右眼老跳，眼窝里面也凉飕飕的。下午的时候，杨荔枝就接到了刘海洋从办公室打来的电话，说惠铜川出事了。杨荔枝正在给孙子喂饭，听到惠铜川出事了，一头就从椅子上栽了下去，顺手把一碗饭就扣在了孙子的脸上，孙子疼得撕心裂肺地哭喊着，杨荔枝也坐在地上哭了起来。儿媳听到哭声，忙从卧室里跑出来抱起孩子，心疼地问怎么了？再一看婆婆也坐在地上哭，这个年轻的妈妈不知道怎么办了，放下还在哭闹的孩子，赶忙搀扶婆婆。杨荔枝拉着儿媳妇声泪俱下地说："老惠人没了，老惠人没了……"

最遗憾的一件事就是杨荔枝没见到惠铜川最后一面。杨荔枝原计划进入三伏天气后，就去相山村看惠铜川的，可是这一等就是天人永隔了。杨荔枝伤心欲绝，哭着喊着要去相山村送惠铜川最后一程，哪怕是一具冰冷的尸体，她也要看一眼。大伙儿没有同意她去，一来时间上来不及，惠铜川去世的第二天，老家的人就把遗体拉回去了，也算是魂归故里、落叶归根了，当然杨村矿业集团和相山村也派了人一同前往。二来毕竟杨荔枝还算是个"外人"，名不正言不顺的，容易落人话柄。

一个礼拜后，下葬仪式在惠铜川的老家举办，惠铜川原来工作过的单位葫芦滩煤矿、杨村矿业和相山村的同事也都来送行了，现场黑压压的一片人，灵堂前花圈和牌匾摆满了，王标代表杨村矿业集团致了悼词，高度肯定了惠铜川光荣的一生。杨荔枝还是坚持来了，她是以生前好友的名义前去吊唁的，她在灵堂前哭得伤心欲绝，把在场的人都感染得直流眼泪……

回来以后，杨荔枝就萎靡不振了，惠铜川仿佛把她的魂儿都带走了，整个人的精气神一下子就没有了。杨荔枝不想接送孙子，更没有精力伺候两个小家伙吃喝，只想找个没人的地方静静地待着。她时不时拿出惠铜川的照片，正面看看反面看看，摸来摸去的，捧在心口上，亲来亲去，两个孙子想让奶奶抱一抱，杨荔枝一点心思都没有。苗郭壮看到母亲这个状况，既着急，又没有办法。

一个月以后，杨荔枝做了一个大胆的决定，她要跟惠铜川结婚，生的时候，两人不能在一起，死了他们完全可以在一起了。她要举办一场婚礼：既然跟人不能结婚，那就跟惠铜川的照片结婚。

当杨荔枝把想法告诉了儿子苗郭壮时，尽管苗郭壮觉得这是个荒唐而大胆的事情，但是他能理解母亲的行为，并为母亲这种带有一点凄凉色彩的浪漫主义行为而感动。在苗郭壮还很小的时候，父亲因为井下的一场事故去世了，所以亲生父亲在他心目中的记忆是模糊的。后来，母亲就让自己把惠铜川当作父亲一般看待，在苗郭壮的内心深处，惠铜川与自己的父亲无异。一方面惠铜川跟母亲有一种难以言喻的深厚情感，这情感既有爱情的成分，更有友情和血浓于水的亲情，实际上，他们已经是相濡以沫的一家人了，基于这些因素，他非常理解母亲的这种行为，也愿意帮助母亲圆了这个梦想。

苗郭壮找到母亲后说："妈，我知道你跟我铜川叔叔这么多年了，感情非常深厚，你们风风雨雨在一起不容易。作为儿子，我给你们举办个仪式，圆你的夙愿。"

坐在床上的杨荔枝眨着眼睛，听着儿子的一席话大为感动。杨荔枝以为儿子肯定不会同意她这个不着边际的想法，不要骂她是神经病就万幸了。没想到，儿子非但不反对，还支持她。

"妈妈这辈子没什么未了的事情了。你现在有了自己的家室，也活出个人样了。只是妈妈觉得这辈子对不起老惠，做人要讲良心啊。生前没有对他有个交代，即便现在人不在了，必须也有个说法啊。”

“妈妈，这件事情儿子帮你完成。”苗郭壮紧紧地抱住了母亲。

苗郭壮特意为母亲选了一个喜庆的日子。杨荔枝买了一套婚纱，她底子好，人虽然老了，但是经过精心打扮后，穿上婚纱后非常惊艳。就这样，苗郭壮拿着惠铜川的照片，为母亲举行了简短的结婚仪式，杨荔枝还邀请了几个特别好的亲戚朋友在家里吃了一顿饭，算是喜宴。就这样，杨荔枝算是“结婚”了，与惠铜川真真正正在一起了。杨荔枝圆了夙愿以后，精神头逐渐恢复了，话多了，脸上的笑容也多了。

杨荔枝始终觉得，她的日子会越过越好，越来越幸福。她得替惠铜川好好活着，她相信，惠铜川在天有灵，一定会守护她，庇护着一家人的……

2

入冬之后，夜也长了。

刘宁还是很能干的，他学机电出身，从基层区队一步步干起来的，又在党委主要岗位历练过，既懂生产，又懂党务，所以经过多个岗位历练的刘宁领导经验丰富，综合管理水平是很高的。刘海洋离开葫芦滩煤矿后，葫芦滩煤矿在刘宁的带领下，发展得还不错，淘汰了炮采，上了两套综采设备，煤炭产量由 200 万吨提高到了400万吨，葫芦滩煤矿的日子好过了……但是关于刘宁的流言蜚语也很多，主要说他私生活不检点，拉帮结派，搞个人小圈子，尤其是原来被他撸下来的一些老干部、老同志把他批评得一无是处，说他只手遮天，就是葫芦滩一霸，变卖国有资产，任人唯亲，大肆卖官敛财……

新年刚过，省煤炭局党组召开会议，研究体制调整和干部人事问题。经局长肖让的提议，党组会议研究决定，刘宁任省煤炭局副总工程师，同时将葫芦滩煤矿划归杨村矿业集团管理。肖让相信，刘海洋有办法也有能力将葫芦滩煤矿管理得更好。后在刘海洋的提议下，杨村矿业集团也召开了会议，任命李强安为葫芦滩煤矿的党委书记、矿长。

接到任命的那一刻，刘宁既有一种如释重负的感觉，又有一些依依不舍的情感。是啊，他几乎把所有的青春和精力都献给了葫芦滩，献给了煤矿事业，他已经没有遗憾了，如果说遗憾，就是对不起黄丽君。自从上次他打了黄丽君以后，黄丽君就彻底消失了，再没有露过面。刘宁找遍了所有能找的地方都没有找到黄丽君的人影，黄丽君的父母在电视上登了寻人广告，还去派出所立了案子，刘宁还去黄丽君的老家走了一回，村里的老人说好些年没见黄丽君回过村子了。一年后，刘宁从黄丽君母亲的口中得知，黄丽君去云南支教了，至于什么时候去的，具体在哪儿支教，黄母也不知道。

刘宁对省煤炭局党组的决定不是很满意。事前肖让和他谈过话，说了葫芦滩煤矿体制及班子调整的想法，要把他平级调到省局来。刘宁认为，平级调任意味着自己降级了。一来他出任副总师，虽然名义上是上级领导，但实际的权力非常有限，收入待遇等各方面都不高。二来副总师就是个闲职，实打实的“养老岗位”。但眼下也没有办法，这是上级的决定，他作为下属必须执行。

刘宁去了省城出任煤炭局副总师后，确实比较清闲，他多半的时间都是在开会、学习，下了班也没有了应酬，请他吃饭喝酒的人也不见了。除了以前圈子里的一些心腹朋友还偶尔过来看看他，再也见不到其他人来拜会他了。

闲暇的时候，刘宁开始练习毛笔字，每天上班的第一件事，就是展开宣纸，尽情地在上面挥洒，虽然字写得歪歪斜斜，不成气候，但他却乐在其中，聊以自慰。有时候刘宁也会关注一下葫芦滩的事情，葫芦滩发生一些重大的事情，他原来手底下的人都会第一时间报告给这个前任领导的。

直到原来跟他有过深交的一个商人出事儿后，才打破了这种安逸的生活。刘宁变得心神不安起来，担心自己会被牵扯进去，出门后老感觉后面有人跟踪，晚上怎么都睡不着，凌晨两三点了，明明身体困得要死，就是睡不着，想睡个自然醒就只能靠吃安眠药了。毛笔字也不想练了，烦躁得连笔都不想拿了。

一天，刘宁照常来到办公室，坐在椅子先抽了一根烟，这时候，办公室的工作人员走进来，让他签了几份文件。签完后，刘宁铺开宣纸打算练练笔，他现在主要是临帖，已经进步了不少。这时候，肖让突然敲门走了进来，刘宁赶忙放下笔，把这位顶头上司迎了进来，这是肖让第一次来他的办公室，刘宁猜想，领导来肯定是找他有重要的事情的。

刘宁恭敬地把上级领导引到沙发上坐下，然后给肖让沏了一杯上好的龙井茶。

“刘总啊，字练得怎样了？听说你的字写得不错。”肖让喝了一口茶放下后说。

“局长啊，我是练手呢，哪敢在您面前班门弄斧啊。”刘宁早就听说肖让的书法很厉害，在全省的煤炭系统也是颇有名气的。

“局长，今天既然您过来了，能否留下一幅墨宝啊？”刘宁笑着问道。

“写字的事情稍微缓一缓。今天省纪委的同志过来了，想让你协助调查一个案子。”肖让摆了摆手说。

气氛突然紧张了起来。这时候门外走进来一名中年男人和一位戴着眼镜的年轻人。

“你是刘宁吗？”中年男人问道。

“我是。”刘宁慌张地回答。

“我们是省纪委的，正在调查一个案子，需要你协助配合一下。”戴眼镜的年轻人说。

“没问题……”刘宁说。

“要好好配合纪委的同志。”肖让站起来拍了拍刘宁的肩膀，叹了口气，走出了办公室。

刘宁大脑飞快地运转着，中年男人和戴眼镜的年轻人一前一后已经把他包围住了。刘宁不知道纪委的人前来找他的具体原因，但是从肖让的神情和动作分析来看，他有一种不祥的预感。想到这里，刘宁瞬间感到血压上头，心跳加速跳动了起来，他觉得自己不能跟这两个人走，得想办法逃走。就在刘宁跟纪委的人坐电梯准备走的时候，刘宁突然说他肚子疼，要上厕所，那两个人也没多想，就让他去了。刘宁冲进卫生间，从卫生间的窗户爬了出去，尽管在二楼，距离地面有很高的一段距离，他看了看，下面正好是草坪，跳下去应该问题不大。想好后，刘宁纵身一跃就跳下去了。

纪委的两位同志听到卫生间里传来了响声，赶忙冲进去，结果看到一辆车已经启动，里面坐着的就是他们要带走的刘宁。

纪委的人也慌了神，没想到刘宁竟然驾车逃逸了，他们赶快下楼开车追，同时将这一意外情况报告给了省纪委领导。

大街上，刘宁开着车疯狂逃窜，纪委的两个同志在后面紧追不舍，没过一会儿，警车也加入进来。车子速度越开越快，刘宁的头上流着豆大的汗珠，就在过一个十字路口的时候，不知道从哪儿冒出来一辆货车，端直就撞上了刘宁的车，由于大货车的速度快，惯性大，一下子就把刘宁的车撞飞了好几十米，等纪委的人跑过去的时候，血顺着车子流了一地……

3

张怀古病了，刘海洋坐飞机赶到北京的一家医院去探望他。张怀古走路时不小心摔了一跤，右腿骨折，正在住院疗养。见到刘海洋到来，张怀古很是开心，就当前的形势和杨村下一步的发展，张怀古谈了自己的看法。

张怀古说：煤炭作为化工原料将会长期存在，我们住的房子、开的汽车、吃的粮食、用的各种工具都离不开煤。作为煤炭企业首先要争取更多的煤炭资源，再布局几个年产千万吨的煤矿。同时，杨村要发展，不能老在国内转圈圈，要抓紧走向国际，布局海外市场，在国际市场经济的海洋中游泳，与世界同呼吸共命运，才能在市场经济的竞争中立于不败之地。要在北京研究院的基础上，在外国设立研究分院，利用发达国家的高端人才，瞄准国内卡脖子技术、国际顶尖技术进行研究，在国内进行工业化试验，为杨村的转型发展打好基础。

听完张怀古的一番陈述，刘海洋茅塞顿开，他握住张怀古的手说，真是听您一席话，胜读十年书啊！

在省煤炭局局长肖让的提议下，杨村矿业集团举办了杨村化学公司、杨村运煤管道、杨村 11 矿和杨村 12 矿集中投产仪式。国家煤炭学会会长孙长安，秦黄省委书记于天军，省煤炭局局长肖让，黄土市委书记郝思晨，还有白发苍苍的张海明、张怀古等都受邀前来参加集中投产仪式。这次活动，还特别邀请了山南省的高亮副省长和黄一品局长。高副省长带来了一批山南省的企业家，有港口、电厂、化工、贸易等方面的 30 多家企业，并诚邀杨村矿业集团到山南省投资港口、航运、电厂、煤化工等项目，双方还签订了合作协议，合作项目达 12 个，合作金额 360 多亿元。

会上，刘海洋发表了题为《追求》的演讲：

人总是有所追求的。作为一名煤矿人，作为一名煤矿企业领导干部，我们追求什么？是钱，是官？都不是！曾几何时，煤矿是脏苦累险的代名词，路遥笔下的《平凡的世界》让很多人的目光都停留在二十世纪七八十年代煤矿的样子，几十年来，我们不停地奋斗，与煤矿灾害斗，与煤炭市场斗，与不良社会风气斗，斗出了一片新天地。我们精心打造了杨村矿业集团，把我们的企业变成了成长成才的校园、干事创业的家园和幸福生活的乐园，在大家的共同努力下，我们走出了“平凡的世界”，创造了一个不平凡的世界。新时代的煤矿工人有了一个安全舒适的工作环境，有了一个花草飘香的居住环境，过上了真正的小康生活……世界在变，煤炭企业也要变，如何清洁利用、低碳发展是个大课题。下一步，我们将按照“以煤为基、能材并进、零碳转型、绿色发展”的发展战略，建设一个绿色高端的世界一流企业。这就是我们的追求！

随后，孙会长、于书记、高副省长都做了重要讲话，盛赞了杨村矿业集团的高质量发展和勇立潮头、超越自我的企业精神。最后，由歌唱家演唱了跨省能源合作之歌《山水相连》。

铁龙奔忙 秦岭在望
路长哪有情长
黄土地下的黑金流淌
将那古城的灯火点亮

山南江头 轻涛回响
水长恰似情长
辗转千里的一个承诺
赢得一世的别来无恙

秦黄辽阔 星夜起航
从你的家乡到我的家乡
我们一路担当
山水相连 信义无双

锦绣古城 星夜起航

从你的家乡到我们家乡

我们一同滋养

山水相连 繁华景象

……

后 记

我在煤矿企业工作 33 年，写过不少短文，也出版了自己的散文集《梅苑寄情》，但我还不满足，很想写一部反映煤矿企业的长篇小说，但我是个急性子，急性子是写不好长篇小说的，因此几次提笔，几度放下。

随着年龄的增长，性子慢慢缓下来了，眼看今年 55 岁了，不能再等了，再等就老了，老了就可能永远放下了，那将是我一生的遗憾。于是，我下决心开始写，中间几度停笔，几度坚持，毕竟长篇小说是个大工程。我对身边的朋友说，我在写长篇小说，朋友们都很期待，再次见到我就问，你的小说写得咋样了，我说正在进行时。有了朋友的督促，就有了坚持下去的动力和勇气，历时两年，终于写成了，为了庆贺，我把自己喝醉了，醉得一塌糊涂，心情却很放松，因为一桩心愿了了。

中国是个富煤、贫油、少气的国家，煤炭在能源消费中占主导地位，过去离不开煤，现在离不开煤，将来也离不开煤。煤矿工人太不容易了，工作在看不见阳光的千尺井下，却一直为社会贡献光明。过去我们用的煤炭都是煤矿工人用汗水、泪水和血水换来的，种种不易与辛酸，令老煤矿人终生难忘。在几代煤矿人的努力下，如今，煤矿工人的生产生活条件有了很大改善，煤矿推行了智能化开采，煤矿工人开着小车上下班，井下可以用5G防爆手机打车，矿工住的是单人单间。我想通过本书告诉读者，新时代的煤矿工作环境不再是《平凡的世界》里描写的大牙湾煤矿那样脏苦累险，我们已经通过艰苦卓绝的努力创造了一个“不平凡的世界”。

本书的写作过程中，得到过很多人的帮助，如李演珍先生，李永刚先生，问永忠先生，张宏先生，还有郭风景、徐宝平、卫庆华、白晓红、王艳萍、汪琳、钱锴、贺飞、迂蓬、卜春花、拓国帅、魏新胜、张莉、李波峰、田宏伟等，在这里一并表示感谢。

梅方义

二〇二三年七月